¿Hogar?

Mª Concepción Regueiro Digón

Primera edición: Junio de 2018

Cubierta: © Cecilia G.F., 2018
Corrección: Diana Gutiérrez y Ricardo Cebrián
Maquetación: Diana Gutiérrez

Web de la ilustradora: https://www.artstation.com/ceciliagf

www.editorialcafeconleche.com
www.facebook.com/edcafeleche
www.twitter.com/edcafeleche

ISBN: 978-84-947554-8-4
Depósito legal: B 15747-2018

¿Hogar?

Una historia de amor,
nostalgia y fantasmas

Mª Concepción Regueiro Digón

café **moka**

CALLE DE LAS ANGUSTIAS,
7-3.º
C.P.: 96003

1.

—Cómo se nota que no tienes un sargento en el rabo cada dos por tres.

Voy a protestarle por enésima vez por esa manía suya de colocar continuamente el paño de cocina plegado a la perfección, pero prefiero puntear sus labios con un rápido beso.

—Y cómo se nota que eres una milica —contraataco empleando un vocablo de mi escueto y poco preciso léxico macarra.

Cojo de nuevo el trapo para agarrar el mango caliente del cazo y servir la leche y lo vuelvo a lanzar de cualquier manera sobre la mesa, y también de nuevo ella lo alisa y lo dobla en un perfecto rectángulo.

Es nuestro último desayuno en varios meses, quizás exigiría otro ceremonial, donde todos y cada uno de nuestros movimientos adquiriesen un más profundo significado, pero, como siempre, yo he hecho el café, calentado la leche y puesto el pan en el tostador. Nos sentaremos juntas y comentaremos de vez en cuando las noticias que sonarán en el pequeño aparato de radio y después ella fregará los cacharros y arreglará el dormitorio para que yo pueda irme al trabajo con tiempo suficiente.

Es muy cabezota. De ninguna manera ha querido que me coja el día libre para acompañarla por lo menos hasta que se reúna con la tropa. Insiste en que es imprescindible solucionar cuanto antes esa gestión inesperada con la inmobiliaria y yo tengo una vez más la sospecha de que no quiere dar lugar a chismorreos pues a mí me sería imposible contenerme en la despedida. Sé que dos chicas besándose con ansia se transformarían en protagonistas indiscutibles de los sueños húmedos de sus compañeros machos, y puedo comprender, solo un poco, que ella quiera evitar esa posibilidad, aunque detesto esa cobardía suya cuando, por otro lado, somos ya pareja perfectamente reconocida ante la gente y ante esa ley antaño tan esquiva. Una punzada de enfado me hiere, pero prefiero cicatrizarla con la simple contemplación de sus brazos. Me encantan, tan bien formados. Esos mismos brazos fueron los felices culpables de lo nuestro, sobresaliendo orgullosos bajo las mangas dobladas del uniforme de diario, en aquella mañana de primavera de hace un par de años. Hoy también asoman rotundos bajo la camiseta caqui que ya se ha vestido y, al contrario que hace dos años, hoy puedo permitirme dar rienda suelta a mi deseo así que, olvidándome de mi café con leche y mis tostadas perfectamente preparadas con la adecuada cantidad de mantequilla y mermelada, comienzo a besar con lentitud voluptuosa esa extremidad superior derecha, iniciando mi placentera marcha a la altura de su vieja marca de vacunación y marchando con deliciosa parsimonia hacia el hombro. Frena un poco mi avance el extremo de la manga, pero solvento en parte esa contrariedad levantándolo con la nariz. Ella mira divertida ese arranque mío, no por habitual menos sorprendente.

—¿Qué? ¿Ya estamos? —pregunta con sorna.

—Tienes unos brazos tan bonitos —vuelvo a repetir, como tantas y tantas veces a lo largo de estos dos últimos años.

Ella premia mi piropo cogiendo dulcemente mi cara y besándome en los labios. Me encantan sus besos, desde el primero determiné que era toda una virtuosa en ese arte, en su justa medida de duración y presión, con la maravillosa ventaja de que a ella le encanta hacerlo y es capaz de estar tiempo y tiempo disfrutando de mi humilde boca, pero hoy no quiero centrarme en ese placer tan celestial, sino que continuaré con el ya iniciado de sus brazos, así que, apartándome suavemente, continúo con el avance de mis labios por ese haz de músculos privilegiados. La llegada al hombro convierte la camiseta en incómoda frontera y ella, comprensiva, adivina mi frustración y se quita enseguida esa prenda tan molesta.

—¿Qué haces? Ya te es tarde —apunta hipócritamente, pues noto cómo su voz se hace entrecortada por el mínimo placer que ya siente y el inmenso que ya adivina.

Acerco mi taburete haciendo un tremendo estruendo que con seguridad ha enervado a doña Rosa, nuestra vecina del piso de abajo, pero no estoy para esas consideraciones. La abrazo por la cintura y ella en nuestro amoroso rifirrafe consigue de nuevo llegar a mis labios y darme un beso que me deja sin aliento. Con todo, recuerdo lo que tengo que hacer así que, como puedo, alcanzo el móvil del trabajo y doy a una de las teclas de la marcación rápida. Espero cuatro o cinco toques que aprovechan mis labios para avanzar en su recorrido por el hombro hasta la deliciosa nuca, esa línea prodigiosa que me mantiene hipnotizada cuando camino detrás de ella. Por fin contesta Jacinto con una voz pastosa que me indica que un día más se le han pegado las sábanas, así que, finalmente, me deberá un favor.

—Jacinto, Fanny —digo, identificándome sucintamente—. Hoy llego más tarde, unas… —La miro a ella, ya con una expresión desbordante de deseo y me corrijo de inmediato— dos o tres horas más tarde.

—Coño, Fanny —protesta él, pero quizás recuerda lo que me está sucediendo, pues mi ánimo melancólico del día anterior lo dejó claro para todo el mundo—. Bueno, está bien —acepta—, pero mira que aún tenemos que terminar…

—No te preocupes, estaré ahí para acabarlo —concedo, sin puñetera idea del trabajo a que se refiere.

Cuelgo y tiro el aparato sobre la mesa, sin importarme que se trate un objeto frágil y que no sea mío sino de la empresa. Nos miramos con tal intensidad que no entiendo cómo no fundimos la cocina y todo lo que en ella hay.

No sé cómo voy a aguantar estos cuatro meses sin esas dos llamas color avellana, ¿quizás no he dicho aún que ella tiene una de las miradas más intensas que he visto en mi vida? Pero prefiero no volver a hacer esa valoración tan sombría y pasear la mía sobre el resto de su cuerpo. Se ha quedado con el torso desnudo, solo ocultos sus pechos por el sujetador deportivo que acostumbra a vestir con el uniforme, tan apartado de las sugerencias de los otros de lencería fina que le gusta llevar cuando va arreglada, pero que a mí me encanta. Así, lo bordeo con pequeños besos que son promesa de mi siguiente movimiento, perfectamente coordinado con ella, aunque no nos hayamos dicho nada y que consiste en sacar entre ambas esa prenda constrictiva y dejar por fin libres esos senos que, a salvo de las impuestas apreturas se extienden turgentes y orgullosos cual magnífico regalo, tal y como esperaba. Esos dos pequeños pezones son mis caramelos particulares que chupo, lamo y beso con deleite, comprobando la curvatura perfecta de esa piel suave que los sustenta. Gime transida de placer con esta práctica en la que, modestamente, soy una gran experta y a la que me podría dedicar horas con su pleno consentimiento, pero ella también quiere su parte de protagonismo, así que decide emprender similares movimientos. La extracción de mi blusa y sujetador es un poco más torpe, y prefiero obviar que ha sonado un botón al caer y que, precisamente ese día, llevo una de las prendas más valiosas de mi vestuario que en absoluto recomienda unos movimientos tan bruscos. De todas formas, mi cabeza está puesta en otras cosas. Besa mis pechos a trompicones, desbordada por la pasión que se le escapa a raudales e, incómoda por el lugar en que estamos, me levanta como a una pluma (ella es tan fuerte) y me lleva en volandas hasta el dormitorio. Veo de refilón el petate ya preparado en la puerta de la entrada, pero prefiero ignorarlo y centrarme en esta deliciosa miniexcursión en tan maravilloso vehículo de corazón y carne, tachonada por el ruido hueco de mis zapatos, que dejo caer por el camino.

Nuestra cama aún permanece deshecha y no puedo evitar molestarme con el bulto de la manta engurruñada que se me clava en los lumbares al depositarme sobre ella, pero enseguida solvento esa contrariedad apartando toda esa ropa de un golpe, quedando el colchón cubierto solo por una sábana ajustable a medio meter y por mí a medio desnudar, un cuerpo que siempre consideré sin mayores atractivos y que ella observa admirada como si se tratase del de la modelo de la Venus de Milo, un deseo que me emociona y nunca le podré dejar de agradecer.

Me saca con facilidad el pantalón, sin apenas luchar con esa fatigosa línea de botones que un diseñador aburrido le colocó y las bragas se escurren rápidas por el mismo camino. Mi sentido estético hace que con premura me ocupe de retirarme las mini medias que darían un aspecto ridículo a mi desnudez. Ella sigue mirándome satisfecha. Quiero encargarme de ponerla con este mismo uniforme de piel y deseo, aunque su equipo es más complejo, así que debe ser ella quien se ocupe en exclusiva del cordaje de sus botas reglamentarias, pero soy yo quien le retira el resto de las prendas que aún esconden ese cuerpo precioso, ese pantalón militar, calcetines y bragas, quedando como yo, engalanada con todos los sentidos alerta para su más tierna amante. Remata quitándose lentamente la goma que sujeta su ceñida coleta, dejando libre en dos leves movimientos de cabeza esa media melena pajiza. Sé que me ganaré una mirada burlona, cuando no algún comentario cáustico por su parte, pero no puedo evitarlo y de mis labios salen las frases resumen de todo:

—Te quiero, te quiero muchísimo —digo emocionada, pero hoy es un día especial y como respuesta tengo un nuevo beso apasionado en los labios y los subsiguientes que descienden por mis pechos, costillas, vientre y muslos.

Al llegar a ese destino prometido, explora y regala con su lengua ese placer que se dispara con intensidad en fosfenos relucientes. Mis gemidos in crescendo rematan en gritos incontrolados que en cualquier otra ocasión intentaría dominar, pero hoy ni pienso ni quiero acallar. El sonido de su nombre es un elemento más de ese goce que ella tan generosamente me da sin descanso y no lo puedo silenciar:

—Martina, Martina —repito una y otra vez mientras procede incansable en su continua regalía hasta que llego a un orgasmo explosivo que me hace temer por la integridad del edificio.

Ella regresa a mi altura y deposita en mis labios un tierno beso donde se mezclan nuestros dos sabores. Desearía entonces que el mundo se detuviese en este mismo instante y nos congelase así a las dos. Sería una eternidad gloriosa, pero Martina espera, con esos ojos que me miran cargados de amor y yo solo pienso en darle esa misma ofrenda así que, tras recuperar un poco las fuerzas, son mis manos las que recorren sus formas suaves. Soy la escultora de su deseo, y lo modelo de forma traviesa, haciéndole primero ligeras cosquillas en sus axilas y cintura que hacen brotar su risa despreocupada y después centrándome con toda mi alma en avanzar en busca de su centro de deseo, esa promesa tras los ricillos también pajizos al que mis dedos acceden reverenciosos mientras mis labios vuelven a demostrar su maestría sobre esos pezones triunfantes.

Froto y acaricio guiada por la práctica y el amor acumulado, y esa combinación resulta efectiva una vez más. Ahora son los gritos de mi nombre los que retumban en la habitación y esos "Fanny, Fanny" me parecen música celestial. Soy yo la que ahora va en busca de sus labios, pues ambas siempre rubricamos así estos encuentros.

No son dos ni tres horas, sino toda la mañana la que empleamos en hacer el amor un número importante de veces, repasando todo nuestro repertorio compartido e introduciendo alocadas novedades que dicta al paso nuestro deseo común. No me quedará otro remedio que machacarme a horas extras no remuneradas para recuperar el tiempo de ausencia de mi puesto, si no hacerle directamente el boca a boca a Jacinto cuando me lo encuentre desmayado en medio de la oficina, superado por el trabajo de más que por un día se ha visto obligado a hacer, pero ha valido la pena. De igual modo, imagino que todos esos recados que ella tenía que arreglar en la base antes de marchar eran perfectamente secundarios y, seguramente, solucionables en el economato de su unidad. Ahora, tumbadas de lado la una frente a la otra, jadeamos sonrientes, agotadas por todo ese derroche de energía sexual.

—Jesús —exclama con dificultad, todavía entre sus jadeos—. Debemos de haber infartado directamente a doña Rosa.

Nos reímos con malicia ante la imagen de esa vieja cotilla meapilas desplomada en medio de su recargado cuarto de estar. Volvemos a besarnos, quizás por milésima vez en esta misma mañana, como pobre remedio a nuestras risas malvadas, pero la dicha no puede alargarse a nuestro antojo y el recuerdo de lo que va a pasar en unos minutos me atraviesa violentamente como una de esas balas explosivas de las que ella me ha hablado en alguna ocasión.

Consigo dominar mis lágrimas no sé cómo, aunque mis ojos seguramente brillan en esta semipenumbra de persianas a medio cerrar y exterior soleado. Ella me mira con nostalgia y acaricia dulcemente mi mejilla.

—No sé cómo voy a aguantar tanto tiempo lejos de ti —reconozco—. Cuatro meses es mucho tiempo.

—Venga, cariño, cuatro meses no es tanto tiempo —me consuela abrazándome—. Te llamaré todo lo que pueda, te mandaré millones de mensajes y de fotos.

—Sí —acepto amparándome en sus brazos.

—Con lo que me paguen por estos cuatro meses, daremos un buen empujón a la hipoteca, y llegaré con tiempo de sobra para hacer la mudanza contigo a nuestro piso.

—Nuestro piso —repito maravillada ante la vivienda de dos habitaciones con espaciosos armarios empotrados, sala, cocina amplia (¡¡y equipada con los electrodomésticos básicos!!), cuarto de baño, trastero y garaje, adquirida sobre plano y a la que los albañiles deben de estar dando los últimos retoques. ¡Ah! Sin olvidar la piscina y pistas polideportivas comunitarias de próxima construcción a las que tendremos acceso como propietarias, un equipamiento ante el que Martina se frota las manos, codiciosa.

—Por fin tendremos nuestra propia casa, solo de las dos ¿te das cuenta? —continúa ella entusiasmada—, y por fin dejaremos este edificio tan cutre y a unos vecinos tan insoportables —asiento, no tan encantada como ella.

Es cierto que la casa se cae a pedazos, los muebles son incómodos y feísimos y que su alquiler resulta elevado para las escasas comodidades que ofrece (en realidad, una sola, como es ese viejo televisor de 40 pulgadas que preside la sala), sin contar con que ambas estamos hartas de las miradas de superioridad y de los comentarios con retintín de otros inquilinos, pero tampoco puedo evitar recordar que fue aquí donde hicimos el amor por primera vez, en esta misma cama y habitación, y a donde ella se vino cuando aquella maravillosa tarde de hace quince meses aceptó sin dudar mi oferta de vivir juntas. También es nuestro primer hogar conyugal pues tras nuestra boda, cuatro meses atrás, preferimos seguir usando esta casa y esperar a que terminasen la nueva, por lo que yo no puedo experimentar ese rechazo frontal tan radical. Qué le voy a hacer, soy una sentimental. Ella comprueba la hora en el despertador de la mesilla y se incorpora de un brinco.

—Mierda, qué tarde se me ha hecho. Tengo que prepararme —dice mientras recoge a toda velocidad sus ropas y se mete en el cuarto de baño.

Buena conocedora de sus hábitos, me limito a ponerme la bata y me adelanto a calentar en el microondas la lasaña sobrante de la comida de ayer y a hacer un poco de ensalada para que no se marche en ayunas, pues bien recuerdo que apenas le dio tiempo a probar su café.

Sale equipada con su uniforme completo, con la gorra ya puesta sobre su cabellera recogida en su coleta apretada y el enorme petate acomodado sobre sus hombros.

—Tómate por lo menos unos bocados —ordeno, y ella se sienta a la mesa obedientemente.

Sirvo la lasaña y la tomamos en silencio, sin apenas probar la ensalada. Cualquier simple comentario nos demolerá con la evidencia de que ahora sí que se trata de nuestra última actividad en común en muchos meses. He aguantado como una jabata, pero ya no puedo más, y mis lágrimas escapan por fin, cayendo sin pudor sobre mi plato.

—Venga, Fanny, no llores, por favor —suplica ella y acaricia mi mejilla—. Enseguida estaré de vuelta, ya lo verás. Esto no va a ser nada, mujer.

—Afganistán… —hipo yo como una niña pequeña—. Está tan lejos…

—Venga, cariño, lo hemos hablado muchas veces —insiste ella pacientemente—. Yo soy soldado, tengo que ir de vez en cuando a las misiones de paz. Lo sabes de sobra.

Prefiero callarme que a esas misiones se va de forma voluntaria pues entonces añadiríamos el insoportable elemento de la acritud a nuestra conversación, posibilidad que me resulta espantosa, y en su lugar me enjugo los ojos como buenamente puedo con el trapo de la cocina. Ella me besa en la mejilla, como se hace con una niña pequeña cuando por fin acepta la evidencia.

—Prométeme que tendrás mucho cuidado —exijo, todavía entre lágrimas.

—Claro que sí, te lo prometo: no correré ningún riesgo si puedo evitarlo —acepta ella con rapidez—, pero de verdad que no hay nada de lo que preocuparse. —Me da un beso y, una vez más, coge el trapo y lo deja perfectamente plegado sobre la mesa—. Fanny…

—¿Qué?

—He estado pensando, sobre la idea de los críos…

—¿Sí? —animo, con mi corazón galopando ante lo que creo adivinar.

—Bueno, en fin. A la vuelta deberíamos mirarlo —resume—. Quiero decir, en la unidad no me pondrán problemas si me quedo embarazada y, ya con una casa donde criarlo bien… Bueno, que podemos ir a esa clínica de Madrid donde fue esa amiga tuya y probarlo, ¿no crees? De paso, nos servirá de vacaciones.

La dicha es tan intensa que está a punto de ahogarme. Vuelvo a llorar, pero de absoluta felicidad y como carezco por completo de las palabras con que expresar este abrumador ánimo repentino opto por comérmela a besos, casi sin dejarla respirar.

—Sí, sí —grito entusiasmada.

Siempre quise un bebé, y fue un tema que pareció quedar estancado cuando hace unos meses me tuvieron que extraer del útero unos quistes finalmente benignos pero que también trajeron consigo el descorazonador consejo de evitar embarazos pues la calidad del órgano no garantizaba su viabilidad. Fue un serio golpe para mí, solo soportable porque Martina estaba conmigo, pero nunca quise incitarla a que fuese la que quedase en estado pues recordaba hasta la obsesión una de nuestras primeras conversaciones en la que ella había afirmado con una imprudente alegría su rechazo a "cargar con un tripón durante nueve meses" y su escasa paciencia con los niños. Nunca obligaría a ir contra sus principios a la persona a quien más quiero, por eso, cuando salíamos de la clínica tras mi intervención, me prometí a mí misma enterrar mi viejo anhelo, pero ahora, este lucero de mis días me lo va a conceder con sencillez, con la misma naturalidad con que me coloca la mantita cuando descanso en el sofá y comprueba si necesito algo. Por eso, podría seguir besándola durante siglos enteros.

—Te quiero —repito, entre mis besos. Ella me sonríe con dulzura, pero ese soplón del reloj de la cocina le recuerda su obligación.

—Huy, ahora sí que tengo que salir disparada —determina.

—Me visto y te acerco con el coche —ofrezco yo desesperada, intentando arañar unos minutos más.

—No, no te preocupes, cojo un taxi y ya está —explica y por primera vez en todo este tiempo maldigo la parada de taxis en la esquina de la calle.

La acompaño hasta la puerta y nos damos un beso de despedida que sí que me hace pensar directamente en la posibilidad de derretir todo lo que nos rodea. Nos separamos en medio de un vértigo compartido que ella intenta aliviar dándome una última caricia.

—Te llamaré enseguida, en cuanto pueda —promete—. Adiós, mi amor.

—Adiós, cuídate mucho —me despido ya de su gorra mientras ella baja con decisión las escaleras. Siento ya la pena y el vacío de su ausencia. Nada más.

2.

—Tranquila, mujer, es más peligrosa la carretera durante el fin de semana con toda esa chavalada borracha y medio drogada en esos coches tan potentes que cualquiera de esos países en el culo del mundo, ya lo verás. Por cierto, ¿comprobaste las cifras de los talleres *Racing*? —Jacinto intenta sonar amistoso, pero su única y verdadera intención es colarme trabajo que le corresponde a él en exclusiva.

—No, si yo estoy tranquila, de verdad, y no, no he comprobado esas dichosas cifras, tú bien que te apuraste a quedarte con las gestiones de esa empresa, ¿no? —salto con una ira innecesaria, pues conozco a la perfección las estrategias de mi compañero de despacho para que me puedan molestar lo más mínimo.

En realidad, lo que me ha encrespado es el montón de comparaciones absurdas de consuelo de amistades, familia y compañeros sobre la misión de Martina: "tranquila, muere más gente en el andamio", "no te preocupes, es más peligroso patrullar el barrio tal por la noche" ... Así, una y otra vez, como si lo de Afganistán se tratase simplemente de una excursión incómoda de varios miles de kilómetros y el verdadero peligro nos acorralase a cada paso en nuestra vida diaria, lo que debería llevar a preguntarnos cómo conseguimos seguir sanos y salvos y sin el menor rasguño tras esa arriesgada travesía desde nuestras respectivas casas a la gestoría donde trabajamos. A Jacinto le ha correspondido convertirse en el blanco de mi cólera por la incómoda casualidad de ser la gota que desborda el vaso y yo estar harta de esa enumeración bienintencionada de la que no soporto ni un ejemplo más.

—Bueno, mujer, es cierto, me encargo yo de esos talleres, pero como tú estabas repasando los genéricos del último mes… Qué carácter —se revuelve humillado.

La verdad es que he sido algo injusta con él. Al fin y al cabo, y pese a su execrable característica de ave de rapiña de los trabajos ajenos, no deja de ser un buen compañero que excusó mi ausencia de toda la mañana de ayer sin titubear, enhebrando diversas justificaciones creíbles que se han ajustado como un guante a mi situación.

—Pero no entran esas cifras —explico con más suavidad—, recuerda lo que dijo el jefe el mes pasado.

—Es verdad —acepta Jacinto de inmediato, como si estuviese mencionando la propia palabra de Dios.

Un investigador de todos esos asuntos de la mente podría disfrutar horrores en esta gestoría, donde el casi 99,99% de la faena la desempeñamos un grupillo de chupatintas de escasa o mediocre formación y gran capacidad de trabajo mientras que el jefe se dedica a aparecer de vez en cuando para estampar unas cuantas firmas, dar órdenes contradictorias y exigir nuevas labores extravagantes e inútiles de su invención que descalabran todas nuestras tareas previas (verbigracia, esas hojas de cálculo aquí llamadas *genéricos* con las que funcionamos desde hace 6 meses, en las que hay tantas puntualizaciones que hacen preguntarse por la idoneidad de su denominación). Pese a todo, sigue contando con la más rendida admiración y reverencia de los empleados más antiguos como es el caso de mi compañero de despacho. Materia digna del más sesudo estudio psicológico.

—Tengo que repasar un par de cosas y después, si quieres, te los mando a tu pantalla —ofrezco.

—No hace falta, gracias —responde a la carrera, espantado ante la sola idea de enfrentarse como obligación extra a todas esas filas y columnas de números, a los que yo regreso aburrida para comprobar esos dos o tres detalles nimios que seguramente me consumirán el resto de la jornada laboral, lo que los convierte en un ansiolítico cómodo y eficaz y por el que encima me van a pagar a fin de mes.

Hace 26 horas y 34 minutos que ella se fue, lo que significa en elementos cualitativos una tarde histérica en la que, tras mi innecesaria visita a la inmobiliaria del piso donde únicamente precisaban una documentación que les podría haber llevado en cualquier otro momento, me dediqué a ordenar expedientes en el archivo y a hacer fotocopias en estancias alejadas del resto de mis compañeros, ya que un solo comentario de ellos podría haber disparado mis lágrimas hasta el mismo anegamiento del local; unas últimas horas del día atendiendo las llamadas de amigas y familia, perfectas conocedoras de mi soledad angustiada y una noche donde la cama me pareció infinitamente fría y grande, en la que yo me revolví perdida hasta que sonó el despertador. No me quedó más remedio que encarar la mañana como otro día normal, ya que el archivo había quedado en perfecto estado operativo, como habría dicho Martina en su jerga militar, y había hecho fotocopias suficientes para aprovisionar no solo a nuestra oficina sino también a las restantes de la ciudad.

La ventaja de un trabajo aburrido y que requiere atención como el mío es que te permite anestesiar tu pena por unas horas mientras compruebas archivos y más archivos de Excel, pero cuando son ya las diecisiete horas, o cinco de la tarde, si miro el antiguo reloj de pared del hall, recuerdo hundida en mi pesadumbre que aún no tengo noticias de mi mujer y que de un momento a otro iniciaré la llantina si alguien hace el menor gesto sobre el particular.

Pese a todo, aguanto con estoicismo, e incluso llego a conversar de temas triviales con don Carlos, un cliente de los veteranos, que siempre tiene el detalle de pasar a saludar a todos los empleados y que debe de ser de los pocos en este mundo que aún no se ha enterado o querido enterarse que no todas las chicas pensamos en un Brad Pitt, sino que nos seduce más Angelina Jolie. Sospecho que esa insistencia suya en huir de las explicaciones sobre mi vida tiene más que ver con un empecinamiento patético en seguir creyendo en viejos cuentos infantiles que el más prosaico diagnóstico de chocheras y demencias seniles elaborado por algunos de mis compañeros más malintencionados, pero en un día como el presente agradezco sobremanera esa falta de perspectiva y comento aliviada con él el incordio de las diversas obras de humanización o las mejoras y empeoramientos atmosféricos previstos para los próximos días, así que, cuando por fin se despide educadamente, me quedo con la sensación propia de habérseme acabado las pastillas de menta con la garganta inflamada.

Evidentemente, yo tengo los recuerdos inflamados, todo lo hecho y dicho en la mañana del día de ayer gira en bucle en mi memoria de forma dolorosamente precisa, pero la única grajea que puede aliviar esa desazón es la simple voz de mi esposa, y me reconcome esa acumulación de minutos y después horas en que me falta. Sabía que no era un garbeo, pero, por mucha distancia que haya, ya debería tener noticias, algo que Pura, de Laboral, se encargó de recordarme sin el menor asomo de prudencia (ella no iba a desaprovechar la ocasión de torturar a una compañera como yo), por eso mis nervios están ahora con la tensión propia de las cuerdas de un violín, solo que no respondo de la cacofonía resultante si alguien vuelve siquiera a rozarlos con nuevas preguntas capciosas.

Me hundo un poco más en la hoja de cálculo, deseando que me traguen todos esos bits titilantes y esa desesperación egoísta me impide distinguir en los primeros toques que es mi móvil el que está sonando.

—¿No contestas? —pregunta extrañado mi compañero de despacho, y al comprobar en la pantalla esa larga sucesión que indica un número internacional me abalanzo sobre el aparato como si me fuese la vida en ello.

—¿Diga? —contesto sin aliento.

—Cariño, soy yo. Acabamos de llegar a la base. —Mi mujer me está informando de la llegada a su nuevo puesto y su voz, distorsionada por esa dificultosa conexión a larga distancia se convierte en mi bálsamo para todos los sinsabores que llevo tantas horas acumulando.

—Cuánto habéis tardado, ¿no? —protesto, y en el mismo instante me arrepiento de que mis primeras palabras para ella lleven ese tono recriminatorio.

—Estuvimos tirados un buen rato en el aeródromo de… —explica, pero las interferencias no me dejan escuchar el nombre del sitio—. ¿Cómo estás tú? ¿Has ido a la Inmobiliaria? —Pese a toda la ansiedad acumulada, sigue resultando enternecedora su obsesión por la propiedad de una vivienda, como si fuese el requisito imprescindible para la categoría de ciudadana. Es objetivamente un defecto que siempre he valorado por el lado positivo, aunque haya traído consigo ese viaje a sitios lejanos y peligrosos para precisamente disponer de una mejor base económica en nuestro esfuerzo por conseguirla.

—Tranquila, ya arreglé el asunto —explico—, ¿cómo estás tú?

—Bien, bien, un poco cansada. Aún no me he instalado de todo, pero creo que no habrá problemas por aquí. Dicen que esta es una zona muy tranquila, y la mayor parte del tiempo haremos misiones rutinarias de acompañamiento de transportes por sitios asegurados, así que no tienes nada de qué preocuparte.

—Por favor, amor mío, ten muchísimo cuidado —imploro, como si me hubiese contestado que estaba en primera línea de fuego—, sabes que te espero.

—De verdad, cariño, no te preocupes —repite convencida—, te lo prometo. Enseguida estaré de vuelta y haremos todo lo que tenemos pendiente, la casa y el hijo. —En otro momento, no me habría gustado nada que pusiese en el mismo grupo una simple vivienda y nuestra descendencia, pero hoy asiento emocionada a esa enumeración—.

Ahora tengo que dejarte, pero cuando pueda te llamaré con más calma, ¿de acuerdo?

—Está bien —acepto disimulando mis pocas ganas de cortar la comunicación—. Cuídate mucho, por favor.

—Te quiero, cariño. Hasta mañana —se despide, y yo me encuentro haciendo lo mismo al sonido de la desconexión.

Todo va bien, me digo a mí misma mientras unas cuantas lágrimas salen para arruinar mi maquillaje e incomodar un poco más a Jacinto, presente en toda nuestra conferencia y que ahora intenta aparentar indiferencia con la pobre simulación del manejo de la vieja calculadora.

—¿Era Martina? ¿Va todo bien? —pregunta y asiento con la cabeza a ambas cuestiones—. Venga, mujer, no te pongas así. Sécate esas lágrimas, anda —reclama lanzándome un paquete de pañuelos de papel que yo cojo al vuelo sin problemas pese a mi turbación.

Mucha de su incomodidad viene dictada por su viejo resquemor de divorciado resentido que con más de 50 años ocupa de nuevo la vieja habitación infantil en casa de sus padres y que parece haber abjurado de cuanto tenga que ver con el amor o la pareja, pero también sé sin duda que está sinceramente preocupado por mi bienestar.

Respiro profundamente, y me recompongo como puedo tras secarme los ojos, con cuidado de no arruinar aún más los restos de mi maquillaje. Mis sollozos han sido la necesaria válvula de escape a la tensión de estas últimas horas y ahora me siento más animada. Por qué no: Martina ha llegado perfectamente a su destino y asegura que este es tranquilo. Me resguardaré en esa afirmación para construir la rutina de los próximos 120 días. No tiene por qué ser tan difícil, pese a la cama infinitamente vacía y las noticias de la mañana sin comentar entre el aroma del café y la mantequilla de las tostadas.

Mi antídoto se elaborará a partir de un buen número de horas extras, cañitas con las amistades, más alguna que otra sesión de cine de comedia (por supuesto, ni mentar el bélico) y contadas salidas hasta el parque infantil con mi sobrina más pequeña como sabroso anticipo de los cuidados infantiles a realizar en mi propia casa. Incluso haré algo que me apetece tan poco como ir seleccionando muebles básicos para el piso, tal y como ella dejó encargado (menos, por supuesto, esa horterada del galán de noche en que está tan empeñada y que ya le quitaré de la cabeza con mis mejores armas de seducción). Lo conseguiré, y se sentirá muy orgullosa de mí.

—¿Alguien puede ocuparse de la entrada un rato? Constanza ha tenido que salir a unos recados y no hay nadie fuera —pide Puri, de Laboral, asomando su nariz ganchuda por nuestros dominios.

—¿Voy yo? —pregunta Jacinto en una insólita oferta para él, habitual renegado de la atención al público, y me pregunto si no debería soltar más veces la llorera, viendo tan buenos resultados como se pueden conseguir.

—No te preocupes, voy yo.

—¿Seguro? —insiste hipócritamente, pues por la forma en que ha vuelto a acomodarse en su silla demuestra que no tiene la menor intención de ponerse en pie y, mucho menos, de salir hasta el mostrador de la entrada.

—Sí, seguro. Voy yo. Ya me encuentro mejor —aseguro. Para demostrarlo, me levanto con un salto poco apropiado de mostrar en un entorno tan serio y llego a mi provisionalísimo puesto de trabajo con una determinación propia de quien quiere batir todas las marcas.

Aunque podría continuar con mi tarea desde el ordenador que hay allí, prefiero dedicarme a labores más propias de ese lugar así que, tras comprobar los asuntos pendientes por la mesa, me pongo a la intelectual tarea de ensobrar una circular que se va a enviar a algunos clientes. Debo decir que en pocos movimientos recupero la mecánica de esa actividad, algo a lo que me dedicaba no hace tanto, así que en unos minutos he conseguido apilar un buen montón de cartas preparadas. Tan centrada estoy que, por eso, cuando distingo las formas y colores de un uniforme militar en el reflejo del cristal de la superficie creo que mi corazón está a punto de salir volando a través de mi garganta hasta llegar a la boca.

Un chaval de unos 19 o 20 años, seguramente recién incorporado al ejército, espera a ser atendido.

—Buenas tardes ¿qué deseas? —pregunto, aún con un hilo de voz.

—Quiero vender mi moto a un compañero, ¿qué tengo que hacer?

Es una pregunta fácil, que me ayudará a serenarme de nuevo.

Mientras le voy apuntando en un papel la documentación necesaria para la transferencia y contesto de forma automática sus dudas, mi mente, impertinente, recuerda que ayer y hoy pasé por dos episodios como la contemplación de unos brazos y esa entrada inesperada de un uniforme que son idénticos al momento en que Martina y yo nos conocimos.

Adoro recordar ese capítulo de nuestras vidas y creo que, en las distintas reconstrucciones que he hecho del mismo a lo largo de todo este tiempo, no he tergiversado nada de lo sucedido. Mi amor suele protestar por esa manía mía de revisitarlo a la menor ocasión, sobre todo cuando nos ponemos tiernas, y califica el episodio como propio de cualquier comedieta mala y cursi, asombrándose todavía de esa maravillosa concatenación de acontecimientos tan poco verosímil y, sin embargo, real. Ya se sabe, antes de los treinta años seguimos considerando el pasado, aunque sea reciente, como un engorro que nos despista del aquí y ahora. Pero mis treinta y cinco bien cumplidos me hacen del grupo que ve esos movimientos pretéritos como un talismán al que encomendarse para llevar de mejor manera las vicisitudes del presente. Además, tengo la mejor excusa para rememorar ese día de hace más de dos años: ella está fuera, la echo de menos con locura y estoy con un trabajo monótono en que cualquier distracción será positiva.

Mientras doblo en tres pliegos perfectos cada papel repaso con delectación aquel día: había resultado ser el primero verdaderamente caluroso de la primavera y en el que yo, en un nuevo ejemplo de mi falta de previsión, me había vestido con el traje de lana de raya diplomática que, es verdad, me favorecía mucho, pero que, regresando a pie de visitar a uno de los clientes más distantes, se había convertido a lo más parecido a una sauna portátil.

Esos días tenía el coche de cuasi estreno en el taller con una avería poco grave pero finalmente igual de cara y, en un alarde de optimismo, había pensado que aquello podría ser un paseo vivificante, por lo que había rehusado coger un taxi, y, si por algo se caracterizaba el barrio por el que en aquellos momentos caminaba, era por su nula oferta de transporte público. A la media hora de marcha sofocante me sentía con el deseo brutal de darme de tortas a mí misma por una idea tan absurda.

En aquella temporada el color de mi ánimo estaba en el gris oscuro tirando a negro: no acababa de llegar el ascenso prometido del que ahora disfruto (eso sucedió solo un par de semanas más adelante) y mi ruptura con la manipuladora de la que ni me gusta recordar el nombre, aquella arpía deseosa de nuevas experiencias y de no dejar prisioneras, seguía aún demasiado enquistada en mi corazón, perdidos todos los sentimientos de afecto y solo sobreviviente el tan agotador del rencor. Por si fuera poco, había preferido no coger el maletín que me prestaba Puri, pero la de Fiscal, así que me tocaba caminar en continua lucha por el equilibrio de las distintas carpetillas que deseaban salir disparadas de mis sudorosas manos. En resumen, era de esos instantes en que una se mortifica a sí misma considerándose una simple lombriz frente a los poderosos depredadores que te rodean.

A día de hoy, lo considero lo más próximo a un milagro: allí estaba ella, en el recinto de las viviendas militares, caminando despreocupada, con su uniforme de diario, arremangada casi hasta los hombros y dejando al descubierto unos brazos que me parecieron los más bonitos que había visto en mi vida. Cierto es que esa parte concreta del cuerpo no suele ser objeto mayoritario de admiración, y que en un ranking quedaría en franca desventaja frente a áreas más eróticas como escote o caderas, pero yo quedé absolutamente hipnotizada ante ellos, tan bien torneados y en un punto justo de bronceado, fruto de su actividad al aire libre. La carne no daba un aspecto de blandura como en los míos (aunque ella se empeñe en jurarme una y otra vez que están bien) y, a la vez, no presentaban ese antiestético abultamiento de un abuso de los ejercicios con pesas. Parecían modelados por un artista de talento para luego poder ser admirados por pobres mortales como yo, y a eso mismo me dedicaba mientras continuaba andando, aunque a un paso más lento y girando la cabeza al borde mismo de la dislocadura.

No relacioné conmigo para nada el "cuidado" que llegué escuchar a mis espaldas, pero mi siguiente paso quedó rematado por un "nang" propio de la campana de una catedral y conmigo en el suelo con un hermoso chichón, producido por el hierro forjado de una de las farolas recién instaladas en medio de la acera.

—Ay, pobre chica, qué golpe se ha dado —exclamó llegando a mi lado el propietario de la voz que me había advertido sin ningún resultado, un anciano de aspecto impoluto y modales exquisitos, y uno o dos viandantes más se acercaron a ayudarme.

Me había hecho un daño espantoso, en la cabeza y, sobre todo, en mi orgullo, así que, pese a las ganas que tenía de esperar a que la tierra se abriese bajo mis pies y me tragase hasta la coronilla, me levanté con una agilidad que ni me sospechaba repitiendo un poco convincente "no ha sido nada".

—Toma tus cosas, ¿de verdad que te encuentras bien? —dijo una voz femenina a mi lado.

—No ha sido nada —me volví hacia ella para comprobar, anonadada, que era la mujer que disfrutaba de aquellos magníficos brazos causantes de mi despiste y, en consecuencia, de mi accidente.

Era espectacular, con un rostro y un cuerpo en maravillosa armonía con las extremidades, sonrisa deslumbrante y mirada intensa de unos ojos color avellana en los que deseaba hundirme, pero yo era una desgraciada acalorada, despeinada y con un espantoso chichón a un lado de mi frente que debía distinguirse desde cualquiera de los satélites que sobrevolasen nuestras cabezas.

—Gracias, muchas gracias —masculló mientras cogía con dificultad aquellas malditas carpetas y salía de allí en estampida, presa de un ataque de pánico.

Conseguí parar un taxi un par de calles más allá y escapar experimentando nuevas cotas de bochorno, así como las primeras protestas de dolor de esa zona tan al final de la espalda que un absurdo decoro me impedía nombrar.

Puri, la de Fiscal, siempre tan atenta, me curó un poco el golpe con los escasos medicamentos sin caducar del botiquín de la oficina. Le dije que me lo había hecho al chocar con una farola mientras iba comprobando un dato en uno de los expedientes, es decir, una verdad en parte, una mentira total. Aunque en esa época conocían perfectamente mi orientación sexual, consecuencia de ser cogida in fraganti besándome con la manipuladora de cuyo nombre sigo sin querer acordarme, y la misma había sido aceptada más o menos bien en una institución heteronormativa de manual, salvo las esperables e insufribles excepciones, prefería callarme el verdadero motivo de la lesión, pues no tenía ganas de nuevas miraditas con la nariz arrugada. Además, seguía estando mi frustración, rayana con la inmadurez infantil de la que no habían hecho gala ninguno de mis sobrinos mayores en su infancia, por la oportunidad perdida, aunque unos pocos átomos del sentido común que no se habían golpeado con la farola intentasen recordarme una y otra vez que dicha oportunidad no había existido en ningún momento.

Por si fuera poco, en esa temporada atendía también el mostrador a última hora, así que me tocaba aguantar a la posible clientela rezagada que llegase cuando solo faltasen veinte segundos para la una y media, en vez de esperar a las más razonables cuatro de la tarde, hora en que nuestras oficinas abren de nuevo sus puertas. No estaba de humor, así que agarré con un gruñido el sobre arrugado con los distintos albaranes de gasto que me trajo el chico del supermercado de la calle para la contabilidad y mandé venir a otra hora al que llegó preguntando por el jefe, pese a que allí había gente suficiente que le podría haber resuelto sin problemas sus posibles dudas.

Recogí todas mis cosas cuando el antiguo reloj de pared de la entrada descansaba su minutero en el seis, aunque la costumbre en la oficina fuese hacer un cuarto de hora más, tanto por la mañana como por la tarde, para así compensar el horario solo matinal de los meses de verano. Ese día pensaba comer cualquier cosa que hubiera por casa y acercarme por la farmacia a comprar una pomada o algo por el estilo para el chichón, por lo que me hacía falta el tiempo. Como las desgracias nunca vienen solas, al echarme la chaqueta por los hombros, arrastré con ella un montón de papeles del mostrador, que salieron volando en todas las direcciones.

—Mierda, mierda, mierda —repetí como un mantra mientras me agachaba para recogerlos.

De repente, y para colmar definitivamente mi paciencia, mientras seguía reptando en busca de los últimos documentos desperdigados, la puerta se abrió y desde aquella altura tan poco digna vi asomar bota y pantalón militar adyacente.

—Hemos cerrado. Vuelva a las cuatro —ordené con mi voz más desagradable.

—Vale, no quiero nada, solo saber qué tal estás —rebatió una voz que, pese a haberla escuchado con anterioridad unas simples décimas de segundo, reconocí en el acto.

La militar maravillosa me miraba con cara de susto, esperando una respuesta.

—Ah, eres tú —farfullé, deseando por segunda vez en el día ser engullida por la tierra, aunque caso de que se produjese en aquel lugar, iría a caer a la ferretería del bajo.

Me levanté en un brinco inconcebible solo unos segundos antes, dado mi estado general de magullamiento

—Perdona, creí que era un pesado que… ¿Cómo has llegado hasta aquí? —pregunté asombrada.

—Bueno, no es nada del otro mundo —reconoció ella con su sonrisa tímida, una variedad que ya no me suele mostrar y que es de verdad encantadora—. Todas las carpetas que te cayeron ponían el nombre de este sitio, y como tenía que pasar por aquí, pues decidí probar y subir a ver qué tal estabas. —Mentira que tiempo después reconocería, pues había cometido una minideserción aprovechando unas gestiones de su unidad para acercarse hasta mi oficina que después le había costado una terrible bronca de su sargento, y una amenaza de sanción, de la que se había librado por los pelos gracias a su excelente comportamiento habitual—. En fin, que me pareció todo un porrazo y, como te marchaste corriendo, no sabía si estarías bien.

—No fue nada, de verdad —aseguré intentando colocar disimuladamente un inexistente flequillo sobre el chichón, peinado que finalmente se terminaría imponiendo en estos dos últimos años porque ella me dijo que me favorecía mucho.

—Bueno, mejor que no haya sido nada —dijo ella—. Bueno, entonces...

Ambas quedamos calladas, mirándonos en silencio como dos pasmarotas, yo pensando en que tenía ante mí uno de los mayores milagros que podrían producirse en mi vida y que estaba sin hacer nada como una imbécil. Rechazada por inapropiada la opción deseada de verdad como era besarla con toda mi alma, revisé atolondrada otras más prudentes que se podían llevar a cabo.

—¿Cerveza? —pregunté a lo loco, con mis nervios eliminando la frase, más educada de "¿puedo invitarte a tomar algo, una cerveza o lo que te apetezca?", pues lo de plantear una comida me parecía ir demasiado lejos en un primer intento—. ¿Cerveza? —insistí en mi error.

—¿Perdona? —preguntó ella extrañada.

—Que si te apetece tomar algo conmigo en el bar de la calle. Yo ya he terminado y estoy libre —expliqué por fin, medio ahogada por los nervios.

—Ay, tengo que volver corriendo al cuartel, no puedo.

—Bueno, como quieras, no pasa nada —la excusé yo con lo que debía ser la mayor mentira que vayan a pronunciar mis labios en años, siglos o milenios.

—Pero, si quieres, podemos quedar a la tarde en esa nueva tetería del paseo, ¿tú a qué hora sales?

—A las siete y media.

—Pues quedamos allí a las ocho, ¿te parece? —determinó ella, esta vez con su sonrisa de la satisfacción, modelo igualmente encantador. Yo me limité a asentir con la cabeza como una idiota, pues la emoción me había dejado momentáneamente sin habla—. Qué bien, tengo muchas ganas de ir a ese sitio. Hasta la tarde entonces.

—Hasta luego —conseguí despedirme yo también—, ¿cómo te llamas? —pregunté sin transición.

—Ay, qué tonta, pues ni nos hemos presentado. Yo soy Martina, ¿y tú?

—Fanny.

—Pues quedamos a las ocho, Fanny.

Esa hora fue el principio de las siguientes miles en común. De esa manera tan propia de película romántica, seguramente de las cursis, ahí le doy la razón, pero a mí me da igual, por mucho que le pese a ella y que a mí me haga caer la baba, por eso me gusta tanto revisar una y otra vez a ese episodio, ¿y cómo no voy a repasarlo si marcó el inicio de mi mayor felicidad?

—Caramba, Fanny, qué sonriente estás —comenta Constanza, ya de vuelta de sus recados y a quien no he oído llegar, absorta precisamente en ese recuerdo que me ha iluminado la cara.

—¿Sí? —pregunto, con la sonrisa aún iluminándome el rostro.

—Ya lo creo, ¿ha llamado Martina ya?

—Sí, ya está instalada —explico—. Bueno, regreso a mi despacho, ¿de acuerdo?

3.

Merecería una medalla por lo bien que he llevado estos primeros cincuenta y cinco días, y me da igual que me puedan llamar la reina del drama: solo he llorado un par de veces más con sus llamadas, y la segunda, realmente, no puede considerarse llanto al cien por cien pues estaba un poco acatarrada y es bien sabido que los ojos están muy llorosos en esos quebrantos de la salud.

He ido con las amigas a dos películas, un concierto del que acabamos escapando a la tercera canción por su sonido nefasto y hemos cenado juntas, bien en plan tapas o en plan hamburguesilla, debido a las estrecheces económicas coyunturales de algunas de ellas, unas cuatro o cinco veces. También he realizado de manera ocasional las tareas de niñera voluntaria de mi sobrina más pequeña, la hija de mi hermana Camila, aunque evitaré esa labor en el futuro: casi a punto de cumplir tres años y la niña demuestra ya unas maneras de malcriada que me ponen demasiado nerviosa y recomiendan seguir desempeñando de forma muy esporádica el papel de tía genial como hice hasta ahora. Solo espero que nuestra descendencia no tenga ni por asomo ninguno de esos rasgos de carácter tan poco soportables, aunque estoy convencida de que esa posibilidad no se producirá, pues confío plenamente en los genes de Martina, de tal nivel de excelencia que anularán cualquier otra perturbación que los del anónimo donante puedan aportar.

Así mismo, he procurado concentrarme en el trabajo y realizar alguna que otra hora extra que, sin que llegue a notarse significativamente en la nómina, servirá para financiar las posibles salidas del próximo mes, y es que resulta dolorosamente paradójico que me esté dedicando a ir de farra (aunque la verdad es que una simple película más el café de después no puedan considerarse como tal), cuando mi pareja está en el otro extremo del mundo jugándose el tipo para conseguir más dinero y que, precisamente, yo salga incitada por ella, quien no deja de repetírmelo en sus llamadas, para poder olvidarme por unas horas que está muy, muy lejos y que la cama sigue resultando infinitamente grande y vacía.

Por último, y para tremenda satisfacción de ella, he empezado a ojear los catálogos de las tiendas de muebles a la busca y captura de ese mobiliario básico que quiere tener cuando esté de vuelta. Por ese procedimiento ya he encargado un buen canapé y colchón y la mesa para la cocina con cuatro prácticas sillas por un precio que todo el mundo asegura que es una verdadera ganga.

No lo tengo muy claro, pero me gusta pensar que ya tenemos un espacio realmente propio para ambas donde dormir y amarnos, dos de las cosas que más me gusta hacer con ella pues, si el sexo es la maravilla absoluta, no lo es menos el simple hecho de acostarme y despertar a su lado. Adoro cuando ella sigue dormida y yo puedo contemplarla un rato, mi Bella Durmiente guerrera, con su gesto de niña satisfecha mientras disfruta de ese descanso con dulzura. Me gusta casi tanto como cuando yo despierto de algún sueño agitado y la siento a mi lado, abrazándome suavemente para espantar a esos invisibles trasgos molestos y, con cuidado de no asustarme, deposita en mi nuca un pequeño beso que es la poción mágica para mi inquietud. Ese colchón será la balsa en la que navegaremos juntas sobre futuros mares de incertidumbre, y no imagino mejor viaje y, para su inauguración, yo lo ornaré con el juego de sábanas más bonito que pueda encontrar. A Martina le encantará la idea y aunque sí es cierto que después llegará una temporada en que quizás haya que apretarse un poco el cinturón, festejará en su justa medida ese gasto superfluo pero motivado por la importancia de nuestra nueva etapa en común.

Cincuenta y cinco, número capicúa, como se encargaría de señalar Emilio, mi hermano mayor, con su absurda manía de clasificar cuanta cantidad se menciona en su presencia y que acabó pegando al resto de la familia. Seguro que seguiría con su manía de estudiante de Ciencias Exactas señalándome lo que yo ya sufro por lo menudo: 1320 horas, 79200 segundos, esa enormidad sin tenerla a mi lado, aunque haga solo media hora, esto es, treinta minutos, o 1800 segundos, que ella me ha llamado y hemos conseguido mantener una conferencia de casi un cuarto de hora: catorce minutos treinta y dos segundos que reflejó la pantalla del teléfono y que han sido toda una inyección de vida para mí. Por tanto, estos últimos quince minutos veintiocho segundos han sido afrontados con un renovado optimismo que espero pueda prolongarse hasta nuestra siguiente conversación, ay, quizás realizable dentro de dos o tres días, lo que a mí me parece toda una eternidad. De nuevo, desarrollaré la estrategia del trabajo rutinario como alivio a esa evidencia, así que pondré una lavadora mientras rememoro nuestra charla.

Qué maravilla. Seguramente, en esta ocasión ha conseguido apartarse del resto de compañeros y pudimos hablar de asuntos más íntimos, y le he podido contar lo incómoda que resulta la cama sin ella por su fría enormidad, y ella también ha reconocido sentir vacío su estrecho catre porque yo no estoy a su lado. También le hablé sobre mi deseo casi hasta el dolor de volverla a sentir dentro de mí y ella me ha confesado lo que desea ser toda ella pista de aterrizaje de mis besos, lametones y dulces mordiscos. He creído deshacerme en agua en esta parte y a duras penas hemos aguantado las ganas de tener una decepcionante sesión de sexo telefónico pues la absoluta falta de intimidad que ella sufre solo la haría sufrir esa frustración rodeada de arenas ardientes y compañeros suspicaces, así que nos hemos visto obligadas a cambiar de tema al tan polivalente de nuestro piso. Le han molestado mucho las últimas informaciones de la inmobiliaria sobre el posible retraso en la entrega por esos incomprensibles problemas de las cubiertas, pero, en contrapartida, se ha puesto muy contenta con mi atinada adquisición de nuestro primer mobiliario.

En este caso, puedo entenderla. Hemos estado usando unos muebles ya disfrutados y deteriorados por una cantidad indeterminada de individuos que vivieron en este mismo espacio antes que nosotras, pues este edificio siempre tuvo un gran movimiento de inquilinos, así que el hecho de poder inaugurar en exclusiva unos muebles destinados a algo tan íntimo como nuestro sueño, sexo y comida resulta en sí toda una novedad gozosa. Como es habitual, en este tema ella volvió a mencionar una vez más la posibilidad de ir comprando el dichoso galán de noche como práctico complemento para esa cama, pero unas cuantas palabras dulces susurradas con mi voz más encantadora le han distraído por el momento de ese plan. Qué manía tiene con ese mueble. Me las voy a ver y desear para convencerle de que pega como una patada en el estilo de decoración que queremos para el piso.

Nos despedimos disfrutando, una vez más, de la recapitulación común de nuestros planes futuros y de nuevo he fruncido un poco el ceño al englobar ella en el mismo apartado al bebé y al piso una vez más. Un día tendré que hablar con ella seriamente sobre esa obsesión que ha determinado tantos de sus pasos, el más doloroso por el momento, esta ausencia de cuatro meses y ese otro tan poco tierno como el de decidir nuestra boda solo para facilitar su acceso a unas ayudas del ejército para la adquisición de viviendas.

Realmente, ninguna de las dos tenía la necesidad de firmar unos papeles para amar, como decía aquella canción que escuchaba mi hermano en su adolescencia. Teníamos ya un compromiso en firme desde el mismo momento en que ambas reconocimos sin más que queríamos compartir la vida, y ella no se ha caracterizado nunca por su ideal romántico, así que esa mañana en el juzgado, con trajes comprados unos días antes, un par de ramos de flores de la floristería del hipermercado y rodeadas por la familia y amistades más cercanas, realizamos la ceremonia con un entusiasmo limitado por nuestra incredulidad común en ese tipo de cosas pero, como ya he señalado, en formato matrimonio sumábamos un montón de puntos para conseguir la subvención. Con todo, fue un día feliz, pues la compañía de nuestros seres queridos en aquella simple validación burocrática de nuestra relación era ya para ambas un motivo de gran alegría. En mi caso concreto, hasta última hora tuve el angustioso temor de que no aparecería mi madre así que, cuando la distinguí sentada en una silla de la primera fila y mirándome con expresión plácida, sentí que todo estaba en su sitio y que el mundo nos sonreía.

Por fin he conseguido poner una lavadora de ropa de color. Llevaba dos días pendiente porque me había quedado sin el detergente para prendas delicadas y hasta hoy no me acordé de comprar un nuevo bote. Es precisamente cuando estoy echándolo en el cajetín que suena el timbre. Acabo esa tarea, selecciono el programa y pulso el botón de encendido antes de ir a la puerta. Sospecho que es algún pelmazo del Sector Ventas o Testigos de Jehová, ya que hoy no espero a nadie y mis conocidos telefonearían antes de acercarse, así que no tengo mucha prisa por abrir. Al atisbar por la mirilla, mis sospechas se confirman: en el rellano espera una chica apuntando algo sobre una carpeta, así que me imagino que es de encuestas o del censo. Entreabro y asomo la nariz, reticente.

—¿Sí?

—Hola, buenas tardes —saluda la chica—. Hola, qué hay —repite, más animada al abrir del todo—. Verás, estamos haciendo una encuesta, nada de ventas —puntualiza precavida—, encargada por la Asociación de Comerciantes sobre el Plan de Reformas Municipal.

—Ah, vale —acepto sin mayor problema—, y, ¿qué quieres, que te conteste unas preguntas?

—Sí, estaría bien. Necesito una mujer entre 25 y 34 años.

—Huy, entonces yo no te valgo. Me paso en un año —me excuso con un leve deje de coquetería.

—¿Tienes 35? ¿De verdad? —pregunta asombrada y yo asiento divertida—. Es asombroso, pareces muchísimo más joven. Tienes un aspecto estupendo, desde luego que sí.

Mis ya muy en desuso por innecesarios radares de la seducción detectan de inmediato tímidos amagos por su parte en ese sentido y no puedo dejar de sentir cierto orgullo.

—Te valdría mi mujer, pero no está —explico, y compruebo con cierta malicia cómo su sonrisa se congela unos milímetros ante esa información.

—Qué pena —reconoce ella, quizás con un doble sentido—. ¿Podría volver más tarde? Es que, no sé qué pasa, que en esta calle me está resultando dificilísimo encontrar a una mujer de esas edades y así ya podría terminar por hoy, ¿sabes?

—Lo siento, es imposible. Ella está de viaje y no regresa hasta dentro de bastantes días —resumo a grandísimos rasgos.

—Qué rabia. Pues que me termina quedando una de esta ruta. Hoy no es mi día —masculla fastidiada, y de nuevo creo notar un doble sentido en sus palabras.

Guarda con desgana el montón de papeles y el bolígrafo en la carpeta y yo no puedo dejar de recordar solidaria esa impotencia laboral de ver cómo te resulta imposible rematar con una determinada tarea, así que, teniendo en cuenta que me siento mucho más animada tras la última llamada de Martina, la ayudaré.

—Oye, si quieres, házmela a mí —ofrezco.

—¿A ti?

—Claro, no hace tanto que cumplí los 35 —en realidad, van casi tres meses, pero me parece una mentira piadosa sin importancia—, así que tampoco es una trampa tan gorda. Puedes pasármela a mí, siempre y cuando me garantices que no voy a tener a nadie dándome el coñazo en unos días para venderme cualquier producto inútil.

—No, te lo juro. Esto es un simple estudio de opinión encargado por la Asociación de Comerciantes, nada más —asegura con lo que parece total sinceridad.

Debe de ser una persona honrada con su trabajo, ya que noto cómo se debate entre aceptar sin más y por fin acabar por hoy, o hacer las cosas al pie de la letra y marcharse a buscar a alguien que tenga de verdad esta característica de la edad, y eso hace que me caiga bien.

—Pues tú dirás —animo.

—No sé, en uno o dos días te llamaría mi supervisora para comprobar que de verdad ha sido hecha, entonces tú tendrías que decir que tienes 34 años, si no, no solo me anularían la encuesta, si no todas las de esta tarde, ¿sabes? —acepta por fin, aunque sigue sin estar muy convencida.

—Tranquila, sé lo que tengo que hacer —afirmo, recordando una vez que había contestado Martina una sobre mayonesas a un chaval recién salido de la adolescencia que buscaba, lo que era peor, a una mujer… ¡De más de 65 años!

—Vale, entonces te la paso. Muchísimas gracias, de verdad. No sabes qué favor tan grande me haces —dice mientras de nuevo coge sus papeles y el bolígrafo.

Me lee el encabezado de presentación a toda prisa, pero con bastante claridad y después, las distintas preguntas con respuestas cerradas donde tengo que seleccionar entre cuatro o cinco opciones en cada una. Es un cuestionario muy mal redactado en el que para nada han debido pensar en las dificultades de quien los pasa. Las preguntas resultan largas y farragosas y se repiten demasiado, sin contar con que algunas llegan a resultar demasiado sesgadas e incluso indiscretas, pero fui yo quien se ofreció a contestarlo, así que no me queda otro remedio que llegar al final seleccionando las respuestas que me parecen menos malas, aunque eso acaba consumiéndome casi media hora de tiempo y bastante paciencia.

—¿Ya? —pregunto incrédula al verla devolver la encuesta a la carpeta.

—Sí. Lo siento, ha sido un coñazo, ¿verdad? —admite la chica, un poco avergonzada.

—No te preocupes, no ha sido nada.

—Bueno, pues, de nuevo, muchísimas gracias. Mañana o pasado te llamará mi supervisora…

—… Y yo le diré que tengo 34 años, no te preocupes. Será nuestro secreto.

—Muchísimas gracias, de verdad. Hasta otra —se despide con una sonrisa radiante y antes de que pueda decirle nada baja corriendo las escaleras.

Pese al aburrimiento innecesario, me siento bien. Creo que he hecho mi buena obra del día. Martina estaría orgullosa de mí. Yo antes me negaba en redondo a cualquier cosa de estas y fue ella quien me convenció de que debía echarle una mano a toda esta gente pues, si hacían esto, era porque no les había salido nada mejor. Por supuesto, en ella hablaba la antigua encuestadora, repartidora de propaganda y azafata de productos en tiendas y supermercados entre los diversos trabajos basura que se había obligado a desempeñar dada su falta de cualificación y que le habían hecho decidirse por la disciplina militar como solución accesible para una ocupación más constante en el tiempo con sus buenas dosis de ejercicio físico y no la exigible vocación castrense en un cometido de esas características.

El principal rasgo de carácter de mi amada esposa (cómo me gusta poder emplear una expresión tan anacrónica y tan precisa, en mi caso), aparte de su inmenso realismo ante la vida, que, por ejemplo, le hace olvidarse de mirar cualquier tipo de artículo de precio mínimamente superior a sus posibilidades, como precaución ante la posterior frustración, es su enorme, gigantesca y espléndida bondad, esa que le hace sufrir terriblemente por no poder adoptar cuanto chucho o gatazo vagabundo se cruza en la calle y que me obliga a esperar si somos interceptadas por encuestadoras, azafatas, demostradoras y toda esa caterva de parias laborales, a las que ella atiende con interés, aunque solo falten un par de minutos para el inicio de nuestra película, como ya nos ha sucedido en más de una ocasión en nuestras incursiones de los fines de semana en el Centro Comercial. Solo en atención a ella abro ahora la puerta a esta gente y la atiendo, como ha sido el caso de esa chica.

Creo que he quedado más animada. Me siento en el sofá a ver la televisión mientras espero a que la lavadora termine con una inquietud similar a la anterior a cualquiera de mis encuentros sexuales, por primera vez en todos estos días, pero se da el gran problema de que Martina no está. Debo conformarme entonces con su recuerdo mientras desabrocho el pantalón e introduzco la mano. Siempre me ha parecido esto una solución escasa, pero hoy necesito desconectar esa fuente de energía que me podría hacer saltar directamente hasta ese punto de Asia donde a estas horas ella ya estará durmiendo, y para eso debo buscar precisamente ese botón lubricado por el simple deseo de esa imagen que parece desdibujarse en mis sacudidas. No me imaginaba que iba a poder apañarme tan bien, por mucho que no haya nadie como una misma para saber a ciencia cierta las claves secretas del placer propio, pero en menos tiempo del que hubiese imaginado estoy sacudiéndome rítmicamente sobre el desgastado tapizado ante las eficaces caricias y frotamientos de mis dedos. Consigo desabrocharme la blusa y subirme el sostén a duras penas con la otra mano para no perder ese ritmo que ya está llegando a las convulsiones y no necesito más que comprobar la forma de los pezones con unos temblorosos pulgar e índice para acelerar ya definitivamente la explosión final que, como viene siendo habitual en estos dos últimos años, se resuelve repitiendo "Martina" entre mis jadeos.

Solo que en ese mismo instante recuerdo que ella no está y que no podré culminar el asunto con un dulce beso. Qué mal. Mi ánimo ha debido descender hasta el mismo sótano y ni siquiera la lasitud que siempre tengo tras una sesión de sexo, aunque sea en modo auto, logra aliviarme esa frustración. "Mierda", mascullo incorporándome de mala gana. Apago la televisión por fin y con el cuerpo todavía blando por la excitación apenas superada me voy a sacar la ropa de la lavadora, pero aún está centrifugando. De repente, el teléfono suena y debo cogerlo entre los últimos resuellos del esfuerzo.

—¿Sí?

—Hermanita, ¿qué te pasa? Parece que jadeases —dice por todo saludo Emilio, mi hermano mayor.

—Nada —respondo avergonzada, casi como si me hubiese sorprendido solo un minuto antes, en medio de mi sesión masturbadora—, ¿qué querías? —pregunto mientras intento recolocar las prendas sobre las partes pudendas que continuaba exhibiendo descuidada, amparada en mi soledad de persianas cerradas.

Sigue el habitual discurso de Emilio en el que se mezclan párrafos pseudofilosóficos sobre afectos familiares con otros propios del cotilleo más cateto y donde creo distinguir en todo ello un hilo conductor referido a nuestra madre y un regalo a entregar por los hijos con motivo de alguna olvidada celebración, pero en el que, en resumidas cuentas, nada queda claro. Lo habitual en sus llamadas, por otro lado. La verdad es que no sé para qué telefonea, imagino que me lo dirá antes de colgar, como suele hacer siempre, pero yo sí que voy a aprovechar esta conexión para solventar antes de tiempo un problema que se me iba a plantear en próximas fechas:

—¿Puedes guardarme unas cosas? —interrumpo su perorata sobre la situación anímica de nuestra progenitora.

—¿Qué cosas?

—Una mesa con las sillas, un canapé y su colchón —explico sin darle tiempo a intervenir—. Estaría todo desmontado en sus cajas. Lo he comprado para el piso nuevo y los de la tienda me lo tienen en depósito solo unos días.

—Qué prisas, si aún tardaréis unos meses en mudaros —comenta divertido mi hermano quien, desde su situación de empresario próspero no puede entender la necesidad de cazar la oferta cuando se presenta la ocasión, como fue el caso—. ¿Y dices que está todo en sus cajas?

—Sí. Ya lo montaríamos después Martina y yo. Ocupa menos de lo que parece.

—Vale, pues haz que los traigan hasta aquí —concede por fin—. Lo meteremos en el garaje, hay sitio de sobra —explica, de nuevo dejando en evidencia las descomunales dimensiones de su vivienda frente a las pírricas de nuestro futuro piso. Habituada a la medida rácana de unas cuantas decenas de metros cuadrados, me produce vértigo pensar que algo tan secundario como el espacio para los coches ofrece una superficie excedente para el almacenamiento donde cabrán sin problemas un buen número de bultos. En cualquier caso, Emilio sigue siendo un hombre preocupado de su familia y de nuevo podré contar con su ayuda.

—Muchas gracias, hermanito. No sabes el gran favor que nos haces.

—No es nada, mujer. Para eso estamos. Por cierto, ¿qué tal le va a la *Ramba* de la familia?

Ya lo ha vuelto a hacer. Con lo bien que íbamos. Por qué mi hermano tiene que usar como regla mnemotécnica de su pasado radical y de insumisión los latiguillos sobre la ocupación de mi mujer cuando, a día de hoy, es todo un potentado que se dedica a buscar los contratos basura más baratos para sus empleados con tal de ahorrar en sueldos, que ha enviado a sus dos hijos a los colegios más elitistas, cuna de nuevos explotadores, y que tiene la casa rodeada de Seguridad Privada para que nadie se acerque a llevarse ni una brizna de hierba de su propiedad. No es justo y resulta demasiado aburrido. Desde luego, una de las múltiples cosas por la que le estoy agradecida a Martina es que siempre ha sabido abstenerse de entrar al trapo de esos comentarios en las diversas reuniones familiares que a lo largo de estos dos años se ha visto obligada a soportar. Ha tenido una paciencia enorme, propia de cualquier santón hindú, por mucho que a veces su mueca de tensión me haya parecido indicar que estaba a punto de saltar. Hoy yo también sabré contenerme. Al fin y al cabo, se va a hacer cargo de la custodia de nuestro primer mobiliario de estreno.

—Bien, acabo de hablar con ella —contesto impostando mi voz más amistosa.

—¿Va todo bien por allí?

—Sí, están en una zona tranquila y no han tenido problemas.

—Ah, qué bien.

—Bueno, pues mañana hablo con la mueblería y ya te aviso, ¿vale? —me despido aprovechando que parece distraído y no quiero seguir escuchando ni nuevos comentarios antimilitaristas malintencionados ni, mucho menos, renovadas retahílas sobre mamá en las que sigo sin saber la causa de las mismas—. Muchas gracias, Emilio. Hasta mañana, un beso.

Cuelgo antes de que incluso él pueda despedirse también. El ínfimo remordimiento que podía sentir por no enterarme del motivo final de su llamada queda sacudido al mismo tiempo que las prendas que saco de la lavadora y tiendo en el patio de luces. La cocina de doña Rosa aparece iluminada y me pregunto con inquietud si habrá llegado a escuchar algo de mis prácticas libidinosas ante el televisor, aunque, teniendo en cuenta los sonidos que han debido de bajarle de nuestro dormitorio en los dos últimos años, mis posibles ruidos abochornantes parecen *peccata minuta.*

Me acuesto temprano, mentalizada de la importancia de dormir las necesarias horas de sueño, pero mis sentidos siguen midiendo el ancho de la cama en kilómetros y su temperatura en valores por debajo del cero. Tardo en quedarme dormida, como ha sido habitual en estos últimos cincuenta y cinco días.

4.

Setenta y ocho días. Número par, divisible también entre tres y seis, un buen número. Hemos pasado sobradamente el ecuador de la misión, lo que significa que estaríamos en una amplia cuenta atrás para su regreso. Qué bien. Además, hoy por fin me han llegado las fotos de la base que había prometido mandarme. En total, unas doce, hechas por ella y ese tal Quique que suele mencionar, con más buena voluntad que técnica. Paisajes pelados y polvorientos al atardecer, niños miserables con gesto de cansancio anciano y posados robados a mujeres bajo sus burkas que no se percataron del objetivo que las encañonaba. Hay también las correspondientes imágenes de grupo donde todos aparecen intentado mostrar las mejores sonrisas y las posturas más simpáticas o ridículas y un par de ella sola, una sentada en su catre mirando con ojos cansados a cámara y otra en la propia entrada de la base con su ropa de faena. En ambas ha quedado muy bien, pero ése no es ningún mérito ya que Martina es muy fotogénica. Creo que voy a imprimirlas y a ponerlas en sitios estratégicos como mi cartera y en la cabecera de la cama. Será una especie de truco antinostalgia.

No obstante, y para ser completamente sincera, me deja un poco preocupada su expresión en alguna de las fotos de grupo. Cierto es que aparece igual de sonriente que el resto y en las mismas actitudes despreocupadas y que sus comentarios son desenfadados en consonancia con las imágenes (reconozco que me he sonreído un par de veces antes los motes tan ocurrentes que suele poner ese compañero a los mandos), pero a mí no me engaña, la conozco bien, y esos ojos esconden una tensión que en nada se corresponde con el momento. Con esa inquietud me acuesto, pero estoy en una de esas fases de los biorritmos que me permiten observar las cosas de forma más optimista, así que me levanto en este septuagésimo noveno día de ausencia con la explicación de que de nuevo tuvo algún encontronazo con cualquiera de los sargentos chusqueros que a veces se ve obligada a soportar. Desayuno convenciéndome sobre la idoneidad de esa hipótesis y, por eso, llego a mi despacho con las suficientes energías positivas para afrontar un día más de esa amplia cuenta atrás que de tanta ilusión me llena.

Jacinto me saluda con un gruñido y, pese a la poca gana que tengo de escuchar nuevas desventuras de sus desencuentros con la ex, me dispongo a prestarle atención. No deja de ser un buen compañero que merece mi apoyo, aunque a veces hable y se comporte como un auténtico cretino.

—¿Te pasa algo? —pregunto, predispuesta para la avalancha de quejas y reconcomios que me espera.

Como siempre, no me equivoco en absoluto. Ya había sido una pista infalible el hecho de que hoy hubiese llegado antes que yo, circunstancia que solo se produce cuando ha pasado mala noche por algún disgusto de antes de acostarse y apenas consigue dormir, posibilidad a la que apuntan sus ojeras negruzcas.

—El imbécil de mi hijo mayor —responde sin guardar el menor respeto a su primogénito.

—¿Le ha pasado algo? —inquiero, simulando una preocupación que la verdad es que no tengo en absoluto. No puedo dejar de darle la razón, de todas formas: sus hijos son unos verdaderos idiotas manipuladores que han sabido sacar tajada de la guerra de años entre sus padres, sin preocuparse ni un solo momento del bienestar de ninguno de los dos.

—Que es gilipollas, eso es lo que pasa —insiste Jacinto en su tesis—. Pero que no esperen de mí ni un céntimo más. Estoy harto de trabajar como un cabrón para que esas sabandijas se me lleven todo.

—¿Me quieres contar lo que ha pasado?

No debería haber insistido, pero de alguna manera me siento obligada con este hombre, así que me veo forzada a escuchar una aburrida historia sobre una deuda que ha contraído el chaval, no entiendo muy bien por qué, y la imperiosa necesidad de liquidarla cuanto antes, asunto en el que lo han metido a él pese a que ya no tiene arte ni parte en el comportamiento de sus vástagos.

Despotrica un buen rato sobre la falta de cerebro de la familia a la que sigue obligado a mantener y, ya en el capítulo de arrepentimientos, vuelve a quejarse de forma un tanto injusta de lo absurdo que es dejar descendencia en un mundo tan cruel como el que nos ha tocado vivir.

—Tenga usted hijos para esto —remata—. Los mayores me van a arruinar con sus gilipolleces y el pequeño, encima, ha suspendido casi todas, y eso que este año vuelve a repetir. Ya me veo soltando más pasta para pagar otra academia en verano. Desde luego, no sabes la suerte que tenéis de libraros de los críos, si lo llego a saber yo en mi noche de bodas…

—Nosotras vamos a encargar uno —salto yo de repente.

No sé por qué me ha salido así. Solo se lo he dicho a la gente más allegada y la verdad es que no pensaba comentárselo a nadie más, y mucho menos a alguien con la perspectiva de las cosas de Jacinto, pero me ha salido así. Quizás porque creo que esto de las paternidades y maternidades es, pese a todos los sinsabores y dificultades, uno de los proyectos más apasionantes que se pueden emprender, sobre todo si tienes a tu lado a la persona que más quieres. Ahora, mi compañero me mira con cara de espanto, como si le hubiese contado la perversión más extrema que su mente calenturienta pudiese imaginar.

—¿Y cómo lo haréis? —pregunta aún desde su asombro.

—Cuando Martina regrese, iremos a una clínica de Madrid a que le hagan la inseminación artificial.

—Ah —exclama. A saber qué burrada había estado pensando—. Joder, qué cosas más raras hacen las tías como vosotras —concluye, sumergiéndose en sus papeles.

Me creo obligada a rebatirle un comentario tan demoledor, pero, finalmente, prefiero centrarme también en mi tarea y evitar así una de esas discusiones interminables que a veces hemos tenido sobre modelos de familia y de vivir la vida que acaban por no llevar a ninguna parte y, por otro lado, esta semana hay bastante trabajo y yo todavía tengo que visitar a un par de clientes durante la mañana.

Mi salida para esas visitas es bendecida por una temperatura agradable y cielos despejados, así como por una celeridad en la resolución de las gestiones pendientes que me concede un agradable margen de tiempo para regresar dando una vuelta y mirando escaparates por las tiendas del centro sin el riesgo de que en la oficina me echen en falta. Para qué negarlo, me encanta el no oficial deporte de parar y curiosear las cosas que ofrecen desde sus relucientes cristales todos esos establecimientos, al contrario que a Martina quien, con ese sentido común a veces tan desazonador, prefiere pasar de largo para así evitar las tentaciones. Creo que, si nuestros sueldos nos lo permitiesen, yo sería una consumista entusiasta que tendría la tarjeta de crédito en un permanente estado de desgaste, pero, afortunadamente, soy perfectamente consciente de nuestra situación y sé contenerme frente a falsas ofertas e hipnóticas promociones. Con todo, hay veces que los cantos de sirena son demasiado fuertes y caigo.

Ese juego de sábanas para cama de 1,35, 100% algodón egipcio y resultado de la imaginación de un diseñador afamado cuyas demás creaciones me costarían un mes de sueldo han sido rebajadas a un precio más que aceptable (aunque siga siendo bastante elevado) y son, definitivamente, lo que estaba buscando para la inauguración de nuestro nuevo lecho nupcial. Así pues, entro en el local con la sonrisa bobalicona de quien ha hallado el objeto de su búsqueda. La dependienta me recibe contenta y ponderando en su justa medida el producto que ya me embolsa con la debida rapidez, seguramente en prevención de arrepentimientos de última hora. Pago con la tarjeta de débito, tan poco acostumbrada a un esfuerzo tan importante que se hace necesario pasarla dos veces por el lector hasta que por fin conecta con la entidad bancaria.

—Haces una compra fabulosa. Esas sábanas son de lo mejor que tenemos en la tienda en este momento —dice la dependienta como despedida y yo no puedo dejar de experimentar la punta de orgullo de la compradora avezada.

Estoy deseando contárselo a Martina. Sé con seguridad que le va a encantar. Mejor aún, no le diré nada de momento. Será la sorpresa que le reservaré para la mudanza.

Regreso a la oficina con un adelanto de un cuarto de hora sobre el horario previsto y mi precioso paquete bien aferrado. En un rato tranquilo que tengamos aprovecharé para enseñárselas a Constanza y a Puri, de Fiscal. Ellas sabrán apreciar en su justa medida la calidad del producto. Por el momento, debo conformarme con dejarlo arrinconado en el armario donde guardamos las chaquetas y encerrarme de nuevo con Jacinto, quien, con el día que lleva, seguramente me castigará alguna vez más con diversas lamentaciones sobre la ralea de familia que le ha tocado en suerte.

—¿Qué le pasa a tu móvil? Te ha estado llamando un buen rato —dice él en cambio por todo saludo.

—¿Quién? —pregunto extrañada pues la posibilidad de que se trate de Martina es prácticamente imposible a estas horas.

—Tu madre —contesta Jacinto—. Dice que te ha llamado un par de veces pero que no le contestas, y ha acabado por dejarte el recado aquí.

Compruebo en la pantalla de mi aparato que, efectivamente, hay un par de llamadas perdidas con la identificación "MAMÁ", coincidentes en el tiempo con el intervalo en que estuve caminando cerca de una zona de obras muy ruidosa. Resulta bastante extraño pues, si por algo se caracteriza la autora de mis días, es por su extrema prudencia a la hora de telefonear, evitando siempre los horarios laborales. Hago la rellamada y no puedo evitar cierta inquietud ante un quiebro tan evidente en sus costumbres.

—¿Fanny? —contesta a los pocos timbrazos.

—Mamá, me has estado llamando, ¿pasa algo?

—No, mujer, qué va a pasar.

—Tú a estas horas nunca llamas, ¿qué pasa? —insisto incrédula.

—Es que esta tarde tengo que ir por ahí y así aprovechaba para pasar por tu casa y hacerte una visitita —contesta aparentando una indiferencia que un leve titubeo en la voz perfectamente captable por mi oído de hija desacredita.

Mi madre vive a sesenta kilómetros y, aunque hay buena carretera y unas aceptables líneas de autobuses, no es muy dada a moverse del pueblo, sobre todo desde que falleció papá, hace más de diez años, así que cualquier desplazamiento obedece siempre a alguna necesidad imperiosa.

—Bueno, es que voy a ir a un especialista que me ha recomendado don Óscar, pero no es nada grave, ¿eh? Son unos dolores de cabeza que no los doy quitado, pero de verdad que no tiene importancia, hija, no te vayas a preocupar, que tú eres muy histérica.

Evidentemente y pese a la recomendación, todas mis vísceras dan un vuelco y se recolocan como buenamente pueden. Mi madre solo acude a un especialista cuando se encuentra al borde de la muerte y don Óscar, su médico de toda la vida, es muy reticente a derivar a sus pacientes a otros facultativos pues se caracteriza por un portentoso ojo clínico para el diagnóstico que suele hacer innecesarios mayores esfuerzos terapéuticos, así que en consecuencia mi preocupación se activa en simultáneo a su explicación.

—¿A qué hora es? Pido la tarde libre y te acompaño —ofrezco aturdida.

—No hace falta, ya viene Camila conmigo.

—Pero si puedo ir yo…

—Ni hablar, nada de perder de trabajar. Camila tiene las tardes libres y puede dejar a la niña en la guardería unas horas más. Ella me acompañará.

—Pero…

—Después me acercaré a tu casa a eso de las ocho y cogeré el último autobús de regreso a las diez y cuarto, ¿de acuerdo? Venga, hasta luego.

Me cuelga sin más y mis nervios se refuerzan con la habitual dosis de enojo que sigue a muchas de mis charlas con mi madre.

Es increíble. Los tres hijos con la treintena, incluso la cuarentena, superada y con familias propias hechas, y sigue mangoneándonos a su antojo: por supuesto, a las ocho, en teoría, ha finalizado mi jornada laboral, pero ni se ha preocupado de preguntar si efectivamente a esa hora estaré en casa. Lo cierto es que hoy precisamente quería quedarme a hacer un par de horas extras pero estas deberán esperar mejor ocasión. También me jugaría el brazo a que es decisión exclusiva de mi madre la elección de su acompañante pues, si bien Camila tiene un envidiable horario intensivo de 8 a 3 (cuando no de 8 a 2) en ese Centro Geriátrico que por fin le ha tocado tras las oposiciones, entra también en el campo de lo posible que mi madre prefiera ir con ella por su condición de auxiliar de clínica y, con ello, con unos mayores conocimientos médicos, aunque no dejen de ser muy precarios caso de que el doctor realice una explicación muy técnica. Mi sobrina odia ir a la guardería por las tardes, lo sé con pleno conocimiento de causa por una vez que la fui a recoger a esas horas vespertinas y tuve que hacer el camino de regreso de la mano de una máquina diminuta de gritos y lloros, por lo que seguramente Camila habría declinado en mí esa responsabilidad sin mayores problemas para así poder ocuparse con tranquilidad de su hija. Por supuesto, en los esquemas de mi madre no entra de ninguna manera que esa responsabilidad del acompañamiento puede ser ejercida por mi hermano Emilio. No se le habrá pasado por la cabeza ni un solo momento. Ahí es nada, obligar a un señor cabeza de familia a gastar su valioso tiempo en una tarea para la que ya hay dos mujeres… Dios nos dé paciencia.

Antes de retomar mi trabajo, marco el número de mi hermana pequeña, pero, como es habitual, su móvil aparece apagado. Me decido entonces a llamar a nuestro hermano mayor a su trabajo, pero mi suerte con las llamadas no es muy buena y la chica que atiende el teléfono, seguramente una de las muchas becarias que suele coger para ahorrar, me contesta que acaba de entrar a una reunión. Mi ansiedad se incrementa unos grados, pero prefiero no pensar en ello, así que vuelvo a mi trabajo. A la pregunta de Jacinto sobre si va todo bien, yo prefiero contestar con un escueto "más o menos".

Los nervios me acompañan a la hora de la salida, haciéndome incluso olvidar mi preciada compra, y también se convierten en mi sombra durante la hora de comer, dictándome un aburrido menú de tortilla francesa con un poco de ensalada pues mi estómago está lo bastante cerrado como para intentar ingerir los filetes a medio empanar que había dejado preparados. La llamada de Camila a su salida del trabajo no colabora en mucho ya que mi hermana pequeña no se caracteriza por saber mentir y, aunque intenta convencerme de la poca importancia que tiene el hecho de que nuestra madre acuda a una consulta con un especialista, bien noto en su voz la incertidumbre.

Alivia mucho menos que el primogénito no dé señales de vida, como siempre, demostrando la verdadera importancia que parece concederme en nuestra vida adulta, la insulsa hermana mediana, lesbiana y chupatintas. Si Martina estuviera aquí, llevaría esto de otro modo. Ella sí que sabría tranquilizarme con un simple beso y un par de frases acertadas, pero hace 79 días que no está aquí, maldito número primo, así que debo afrontar esta preocupación yo sola, solo que está claro que para ello no tengo grandes estrategias por lo que opto por lo más práctico como es regresar a la oficina y hacer las horas extras previstas antes del horario oficial en vez de prepararme un café y tomarlo viendo las noticias de la televisión como acostumbro a hacer en estos días de diario.

Al contrario de lo que pudiera parecer, durante la tarde los nervios me dan una tregua, sobre todo porque hoy ha tocado revista del jefe y han tenido que dedicarse al enojo disimulado en sus distintas formas que me provocan esas visitas. Hace cuatro meses que había asomado su nariz de borracho de licores caros por los distintos departamentos, sin limitarse a sus cinco minutos de firmas en su despacho, con su invento de los malditos "genéricos" (*informes mensuales genéricos del departamento de Microempresas*, en su denominación oficial), así que no me da muy buena espina. Jacinto, en cambio, parece fascinado ante las novedades con que nos pueda salir ese hombre, como si fuera una estrella del rock a punto de ejecutar un solo poderoso.

—¿Cómo va por aquí? —saluda el mandamás, y a Jacinto solo le falta hacerle una reverencia.

—Muy bien, muy bien —farfulla levantándose con una agilidad que no se le ve ni por asomo el resto del tiempo.

—¿Y el sector femenino? ¿Qué me cuenta?

Esa soy yo, por supuesto. Lo honrado y también más preciso sería contestarle: "tirando, teniendo en cuenta el volumen de trabajo y los encargos estúpidos con que usted suele descolgarse", pero hay un piso y futuras facturas de la clínica de inseminación por pagar, así que me limito a contestarle "como siempre, bien".

También por supuesto, el resto de su entrevista se desarrolla casi en exclusiva con Jacinto pues, pese a que somos las empleadas femeninas quienes le estamos sacando adelante el negocio en su mayor parte, el jefe solo considera dignos de un intercambio de opiniones a los seres que se afeitan. En mi caso, la cosa se complica bastante con mi particular estado civil pues, de eso tengo información fidedigna, este cretino puso una inmensa cara de asco a la hora de firmar mis días de permiso por matrimonio al enterarse por Puri, de Laboral, de quién iba a ser mi cónyuge.

Por fin, tras más de un cuarto de hora cantando las alabanzas solo visibles por él de su sistema de informes mensuales, abandona nuestro despacho. Me siento tentada de tomarle el pelo a Jacinto por ese papanatismo mostrado, pero recuerdo que hoy su humor no es gran cosa y prefiero centrarme en la tarea. En esta ocasión tengo que agradecer al jefe que debido a su visita me haya olvidado por un momento de la preocupación por la misteriosa dolencia de mi madre. Mira por dónde, por un día no me va a dejar con peor sabor de boca.

Cumplo con las siguientes horas restantes de trabajo hasta las 19:33 y salgo de allí con mi preciosa adquisición bajo el brazo, que contemplo extasiada, ya de regreso en casa, admirando su delicado tacto y sus lustrosos colores blanco, granate y negro, en nada parecidos a los desvaídos que ya adornan la mayoría de nuestros juegos de sábanas. Decido que no se la mostraré a nadie más, pues es a Martina a quien le corresponde ese honor, y quedan dulcemente depositadas en el estante superior del armario en su espera.

Ordeno un poco la sala mientras aguardo por mi madre, pero dan las ocho en punto y las ocho y diez después y ella, siempre tan puntual, no aparece.

El teléfono suena a las 20:14. Es Emilio. Por fin se digna a devolver la llamada, pero me da que mejor hubiera sido que se olvidase de hacerlo: acaba reconociendo que mamá lleva una temporada pachucha y que ha intentado llevarla unas cuantas veces a la clínica de unos conocidos suyos pero que ella, cabezota a rabiar, siempre se ha negado, cosa que ya intentó contarme en nuestra última charla, hace unas dos semanas. El hecho de que por fin haya aceptado acudir a este especialista le indica que su estado ha empeorado. Se despide arrancándome la promesa de un pronto informe una vez haya estado con ella y yo me quedo con una nueva porción de nervios, intensificados al comprobar en mi reloj de pulsera que son las 8 y 25. Marco el número de Camila, pero su móvil me insulta con su "apagado o fuera de cobertura" que nada me soluciona, lo mismo que el de mi madre.

Por fin, suena el portero automático a las 20:32. Prefiero abrir el portal directamente y esperar al lado de la puerta. Enseguida llaman arriba, con un educado timbrazo de duración media. Es extraño, tanto mi hermana como mi madre suelen subir más despacio este tercero sin ascensor de escaleras empinadas.

.

.

.

.

Setenta y nueve. Número primo. Odio los números primos. Irán parejos a la ruina de mi vida.

Ciudad Nueva, 185B,
portal 1 - 4.ª a
C.P.: 96112

5.

Me he despertado a duras penas con ese tonillo chirriante del móvil que me dio por poner. Sigue pareciéndome pecado mortal levantarme temprano un domingo, pero mis planes lo exigen así, aunque sean tan estúpidos como acabar con la mudanza. Quizás debería ser un poco menos cuadriculada, después de todo.

Ducha, recogida de las pocas cosas que todavía quedaban, pequeña limpieza superficial de lo utilizado entre ayer y hoy y revisión de las distintas estancias en busca de posibles pertenencias olvidadas me llevan menos de una hora. Soy bastante rápida en las tareas sencillas, aunque la nostalgia me moleste en cada uno de los movimientos y quiera hacer saltar alguna lágrima que mi meticulosidad con lo pendiente me permite controlar. Aquí se quedan finalmente tres años de mi vida, pero debo esforzarme en olvidar esa verdad y centrarme en la más rutinaria de bajar en el menor número de viajes posibles las bolsas y cajas y después meterlas en el coche, también con la mayor economía de movimientos.

Cuando entro al portal a por la última maleta me encuentro con doña Rosa. Creí que haciendo las cosas a horas tempranas de un domingo evitaría la posibilidad de la cansina despedida de los vecinos, pero no recordaba que esta mujer es una adicta a las misas primeras, de las que regresa blandiendo su periódico conservador y una barra de pan. Redefine su gesto al verme al que considera más apropiado para mi situación peculiar en sus parámetros, pero debo reconocerle que en sus palabras se adivina cierto cariño.

—Fanny, bonita, tú por aquí —dice con voz suave mientras da dos besos al aire cercano a mis mejillas—. Hacía meses que no te veía.

—Sí, es que no estuve por mucho por el piso —contesto de mala gana.

—Yo… yo me pasé nada más enterarme a darte el pésame —se explica con dificultad—. Me avisó mi nieto al verlo en las noticias y subí enseguida, por si necesitabas algo, pero tú ya no debías de estar.

Mi ánimo vuelve a encogerse de tal manera que tengo que agarrarme al pasamano para evitar desplomarme, pero me impongo la necesaria serenidad en lo que seguramente será mi última conversación con esta mujer.

—Gracias —mascullo con dificultad—. La verdad es que desde ese día apenas anduve por aquí porque me fui con la familia y, después, entre el trabajo y las gestiones, pues… —explico, mientras las lágrimas vuelven a producirse abundantemente en mis ojos—. Y hoy ya lo dejo por fin, me voy al nuevo.

Supongo que las lágrimas son contagiosas, porque ahora la mirada de doña Rosa se adivina muy brillante tras esa montura de cristales gruesos.

—Es… Ha sido una verdadera tragedia, lo siento muchísimo, niña —dice con voz entrecortada.

—Gracias —repito, también con las palabras guillotinadas por la angustia.

—Tan joven y que pase algo así… —continúa doña Rosa, y solo una cuidada cortesía me impide salir huyendo a las palabras que sé que seguirán—. Marina… Martina era muy buena chica, siempre me ayudaba con las bolsas de la compra, y tan educada…No podía creer que fuera de los soldados muertos en ese ataque, ¿no decían que esa era una región muy tranquila?

No hay muro suficiente y mi pena, una vez más vuelve a desbordarse. Mi llanto surge suave pero indómito, ha mostrado todas las variantes posibles en estos últimos cinco meses, pero deja demostrado que mi desesperación seguirá ensayando todas las existentes. Doña Rosa queda un poco azorada ante mi reacción, como si no la hubiese sospechado, e intenta tranquilizarme con unos ridículos golpecitos en el hombro.

—Todo es una mierda —afirmo entre mi llanto y doña Rosa frena en sus golpecitos ante una expresión tan poco apropiada, pero enseguida los reanuda con más energía.

—Bueno, mujer, tienes que salir adelante, ¿eh? La vida sigue, ¿eh? —indica—. Ahora todo parece muy negro, pero terminarás superándolo, te lo aseguro. Cuando yo enviudé también pensé que se acababa todo, pero la vida sigue, créeme.

Aunque estoy harta de oír consejos similares en todos estos meses, valoro el de doña Rosa en su justa medida pues, por primera vez en todo este tiempo, tras todas sus muecas iniciales y sus comentarios a mala fe sobre mi pareja, por fin ha reconocido mi situación matrimonial y me ha permitido entrar en el grupo de las viudas al que ella pertenece por pleno derecho desde hace quince o veinte años. Es algo muy bonito por su parte, y se lo agradezco con un abrazo que no se esperaba y ante el que se pone rígida como un palo pero que acaba aceptando.

—Hasta siempre, doña Rosa —me despido. Prefiero no cometer la hipocresía de invitarla a mi nueva casa ni a encuentros futuros porque quiero que este sea un capítulo de mi vida definitivamente cerrado.

—Adiós, bonita. Ya sabes dónde estoy si necesitas algo —ofrece ella—. Pásate a hacerme alguna visita una tarde de estas.

Prefiero no decir una sola palabra que pueda dejar en evidencia la mentira futura y me despido con la mano desganadamente.

Las cosas y yo quedamos introducidas de cualquier manera en el coche, pues mi falta de cuidado por la pena revisitada no me permite distinguir entre las diferentes recomendaciones de cuidado entre objetos y personas. Arranco con precaución, como si temiese una bomba a punto de explotar con ese simple movimiento de la llave y me alejo despacio de la calle, una más de las muchas que hay en el trazado de esta ciudad y por la que, seguramente, apenas volveré a pasar, pues por aquí apenas hay puntos de interés para mi trabajo o mi ocio. No valdría la pena, salvo para engordar esta tristeza que ya parece instalada en mí de forma permanente.

El edificio es anodino, según el proyecto de cualquier arquitecto sin imaginación. En nada se parece a la preciosa maqueta que te recibía en el hall de la inmobiliaria y que Martina miraba embelesada cada vez que íbamos por allí, como si fuera un palacio de antiguas princesas del cuento. Quizás es que antes sí que lo era, pero, al faltar una, se deshizo el encantamiento. He parado el coche a la entrada de la calle para poderlo contemplar antes de acceder al garaje como flamante usuaria.

Mi piso, mío, en propiedad exclusiva porque soy viuda y los papeles señalan que es mi herencia. Toda esa documentación también recuerda que mi fallecida esposa me dejó de única beneficiaria de un par de seguros de vida de los que apenas tenía conocimiento, pues por un temor supersticioso no le permitía hablar de esos asuntos. Dichas precauciones por su parte han traído consigo que lo que hasta solo hace medio año me parecía la mayor preocupación del mundo, como era pagar las diferentes mensualidades de nuestra nueva vivienda en el plazo establecido, se haya quedado en nada, pues el dinero percibido pagará toda esa deuda y, probablemente, quedará un remanente de unos miles de euros. Es decir, soy toda una potentada con casa propia a estrenar.

El tiempo ha venido a demostrar la crueldad de la deriva humana: Martina Yeste Orantes, de 26 años de edad, cabo primero del Ejército de Tierra, poseía en vida un simple título de Educación Secundaria Obligatoria complementado con algún aburrido cursillo para parados de escasa utilidad, el permiso de conducción serie B con una antigüedad de tres años y una aburrida colección de trabajos temporales de la escala más básica como currículo vital, el de una persona que nada debía a nadie porque el mundo, por norma general, se había dedicado a ignorarla con indiferencia, toda vez que se había quedado un par de años antes sin familia de origen y yo era, realmente, la única persona que de verdad tenía a su lado, pues si algo caracterizó a mi mujer en su corta vida fue la soledad a la que se vio abocada desde que era una niña. A nivel de propiedades solo disfrutó en esos 26 años de una cuenta corriente con un saldo medio de 2042 euros con 54 céntimos, la mitad de una hipoteca que iba a llevarse la casi totalidad de entre los 12 y 15000 euros que contaba ingresar a su regreso de la misión de paz y el recuerdo de un utilitario de tercera mano (sí, tercera), masacrado en sus primeros tiempos de conductora y del que se había deshecho solo una semana antes de conocerme, situación con la que solía bromear como explicación a su emparejamiento conmigo y es que yo, por una de esas casualidades que no vienen al caso, dispongo de un buen coche (lo que alguna gente calificaría admirada como "cochazo") que en aquella época apenas contaba con un año de uso, lo que, según sus socarronas palabras, me había convertido en candidata apropiada por dicha circunstancia. Su listado de propiedades se completaba con una escueta colección de discos pirateados con cancioncillas y estrenos hollywoodenses de moda, un ordenador portátil de batería permanentemente averiada, un teléfono móvil malucho, un televisor de diecinueve pulgadas de marca pataconera que había acabado instalado en el dormitorio, un viejo modelo de Playstation con media docena de juegos que yo pensaba sustituirle en su próximo cumpleaños como regalo sorpresa y un anticuado mp3 bastante bueno que solía utilizar las mañanas que iba a correr por el parque, pues mi Martina era una deportista nata. Aparte de ropas y otros enseres de uso privado, ése era todo su patrimonio. Seguramente, cualquier tasador habría dado un respingo de aburrimiento ante su sola enumeración.

Por el contrario, muerta en acto de servicio tras la emboscada del vehículo militar donde viajaba de vuelta de una misión rutinaria de acompañamiento por una infecta calle afgana, su figura, al igual que la de sus compañeros en esa fatídica circunstancia, había adquirido las dimensiones de la de cualquier pionera en una inverosímil épica de batallas contra la injusticia y demás males y no la de la pobre currante que había optado por la carrera militar como forma segura de empleo estable para poder estar al aire libre y practicar ejercicio, tal y como ella, en uno de sus muchos ejemplos de honestidad brutal, solía reconocer. Medallas póstumas, discursos henchidos de grandes palabras por los políticos de turno y una nube de periodistas en torno al ataúd sobre el que yo lloraba con desconsuelo universal y que me convirtió incluso en foto de portada de algunos diarios de tirada nacional y seguramente me hubiera permitido tener cierta carrera profesional en los medios como viuda destrozada de los nuevos modelos de familia que tanto se dice respetar, pero al tercer o cuarto corresponsal que mi madre o yo echamos a cajas destempladas la cosa quedó en el olvido, para finalmente ser valorada como un objeto más del que destilar ese par de cheques que parecían quemarme las manos mientras los llevaba a ingresar.

En definitiva, parecía resultar que mi esposa valía y era más reconocida como muerta que como viva y esa idea, por mucho que la gente se empeñe en señalarme su absurdidad, es la que prevalece en las ocasiones que compruebo avergonzada los distintos extractos de nuestra y ahora mi exclusiva cuenta corriente. No entiendo este mundo.

Noto una punzada de debilidad y recuerdo que aún no he desayunado. Sin importarme el posible peligro de dejar un coche lleno de cosas aparcado de cualquier manera en una acera bordeada por línea amarilla, me meto en un bar probablemente recién inaugurado en el bajo del edificio adyacente al mío, un establecimiento que, para no desentonar con el resto del conjunto, también es anodino e impersonal y donde el camarero demuestra lo que para mí es una insoportable falta de profesionalidad cuando, a mi pregunta sobre lo que puede ponerme con el café, se limita a señalar de mala gana unos pobres paquetes de bollería industrial, dejándome demostrado ya de buenas a primeras que no es un sitio con el que se pueda contar. Opto por pedirle que me haga un bocadillo pequeño de York y queso que pone frente a mí cuando casi he terminado el café y que, en un nivel más de incompetencia, se revela intragable, con un pan duro como una piedra y un fiambre ya clasificable en la categoría de residuo sólido urbano. Sin duda, a este antro solo acudiré en contadísimas ocasiones.

Mientras intento roer esa porquería como buenamente puedo, me dedico a hojear un periódico que había medio deshecho sobre la barra, otro detalle para mí insoportable, que me gusta enfrentarme a la prensa escrita en unas debidas condiciones de limpieza y cuidado. Miro sin ver sus fotos y noticias, pasando a bastante velocidad las distintas páginas, pero mis ojos acaban deteniéndose en una nueva noticia sobre las acciones que están emprendiendo los familiares de los otros fallecidos en el atentado donde murió Martina. Como siempre, se me corta la respiración y mis ojos vuelven a llenarse de lágrimas. Arrojo lejos de mí ese maldito cotilla de un asunto del que no quiero saber nada en absoluto, pues cada palabra reabre mi herida, y el camarero se acerca con cara de pocos amigos.

—¿Algo más? —pregunta, aunque en realidad quiere decir, estoy segura, "¿qué tripa se le ha roto a esta insoportable?".

—Nada, gracias, ¿cuánto le debo? —mascullo avergonzada, y él me dice una cantidad más propia de un desayuno de postín de hotel de lujo. Por supuesto, pago amontonando hasta la última moneda pequeña que completa esa cantidad para que al menos me sirva de liberador de espacio en la cartera y no dejo propina.

Este sitio va a inaugurar mi nueva lista negra de hostelería. Martina y yo teníamos una, encabezada por el chiringuito de una playa gaditana donde habíamos estado en nuestras vacaciones de verano, también ejemplo claro de timo legal, y que componían alrededor de cinco o seis establecimientos más, todos justamente incluidos y sobre los que habíamos jurado no volver a poner el pie, pero ahora ella no está, como tan indiscretamente se han encargado de recordarme ese montón de hojas que ya esperan desmadejadas a otro cliente, y deberé elaborar nuevas listas de filias y fobias hosteleras individuales, un trabajo arduo que reforzará con un nuevo ladrillo el tétrico pozo de mi depresión.

El mando a distancia de la puerta del garaje consigue abrirla al cuarto o quinto intento, pero prefiero convencerme a mí misma que es mi falta de práctica y no un defecto del aparato lo que ha provocado ese pequeño retraso. Bajo con extremo cuidado la empinadísima rampa que conduce a la planta donde estacionaré el coche pues parece que de un momento a otro acabaremos precipitándonos al vacío por la falta de apoyo de las ruedas. Ya al visitar las obras había percibido este defecto, pero Martina, eterna optimista, le había restado importancia afirmando con una confianza que ahora se revela ingenua que era un tema que resolverían al rematar el edificio.

Llego a la plaza correspondiente a mi piso con no pocas dificultades para comprobar, espantada, que exige una serie de maniobras que ni el tamaño del vehículo ni mi pericia al volante hace recomendable. Como era de esperar, y pese a todas mis precauciones, acabo rozando un poco la puerta del conductor con la columna que se entromete a mi izquierda. Si esto ha sucedido así, no quiero ni pensar lo que puede pasar cualquier otro día que venga con menos cuidado.

Consigo amontonar los bultos a la puerta del ascensor en poco tiempo e introducirlos en el mismo con una pareja economía de movimientos. La subida resulta bastante rápida y suave, pese a la sobrecarga y enseguida se detiene en lo que el carácter digital señala como "4". Como voy desnivelada por las múltiples bolsas y maletas que llevo enganchadas por todas partes, salgo en tromba y casi arrollo a un hombre que esperaba en el rellano.

—Joder —masculla él.

—Perdone, lo siento —me disculpo yo rápidamente, pero al comprobar su rictus antipático me abstengo de seguirle preguntando si le he hecho daño y me limito a sacar mis cosas.

Él me mira con disgusto ante el inesperado retraso que sufre su viaje de descenso, pero no hace el menor amago de ayudarme. Es un chico de unos 30 años que me suena de la Delegación de Hacienda, quizás como ordenanza o administrativo, y calculo que vive en el B o el F, únicos pisos que intuyo habitados por la especial limpieza de sus puertas y los respectivos felpudos a sus pies.

Por fin, consigo dejar libre el habitáculo, que él ocupa de inmediato sin siquiera despedirse, lo que me provoca una oleada de amargura. En mi ya antiguo edificio éramos radiografiadas desde las mirillas incluso al bajar la basura, y los comentarios malintencionados sobre nuestra relación habían sido de todo género, amplificados con motivo de nuestra boda, lo sé a ciencia cierta pues trabajo en un sitio donde vienen a dar todo tipo de chismes, pero en todo momento fuimos debidamente saludadas con el "buenos días" o "buenas tardes" de rigor. Llevo fatal eso de que la gente no se despida de mí, quizás porque desde pequeñita me enseñaron que era una falta de cortesía insufrible.

Prefiero abandonar ese tema y meter todo de una vez en el piso. Así pues, abro su puerta tras pelear un poco con la llave y me descubre lo que hace medio año se me antojaba como un palacio y que ahora contemplo, sin embargo, con un ojo evaluador muy poco apropiado para este momento inaugural.

Aunque, tal y como nos habían prometido en la inmobiliaria, es un piso muy luminoso y aparece inundado en abundancia por los rayos del sol, da un aspecto desolado pese a no haber sido usado aún por nadie.

Intento convencerme que esto es debido a que todas las cajas y bolsas están amontonadas a la entrada y que todavía faltan los muebles, pero no me sirve de consuelo: la distribución me parece poco práctica, con este pasillo que no admitirá ningún apaño con muebles auxiliares y que es flanqueado por la sala y la cocina. Asomo la nariz en la primera y descubro un débil olor a humedad y una temperatura ligeramente inferior. Maldigo entonces los puntos cardinales pues me percato que esta estancia queda bastante orientada hacia el norte, lo que la hace candidata a ser muy fría en los meses de invierno y en sombra permanente. Ni Martina ni yo nos dimos cuenta de este detalle en su momento, cegadas ambas por lo que nos parecía una verdadera ganga, pero es un claro punto en contra. "Qué más da", me digo derrotada, "al fin y al cabo, solo voy a usar el dormitorio y la cocina". Me asomo también a esta. Me reconforta ver que tiene el equipamiento prometido y que la mesa y las sillas que compré ya están perfectamente montadas, cortesía esta última de mi hermano quien, en un claro abuso de autoridad, mandó al chaval que hace las funciones de recadero en su negocio con el monovolumen y la caja de herramientas para que trajese y armase los muebles que llevaban meses en el garaje de su casa.

En el cuarto de baño y los dormitorios contabilizo otro detalle en contra más: la puerta que separa el pasillo de la entrada de esta parte de la vivienda está atascada contra el suelo, y resulta muy difícil abrirla y cerrarla, pero de nuevo mi pesimismo resta importancia a esa contrariedad con la verdad irrebatible de que no pienso invitar a nadie, así que importa poco lo bien o mal que pueda cerrarse, ya que no necesitaré preservar la intimidad de estas habitaciones.

En lo que va a ser mi dormitorio está montado el canapé con su colchón, todavía envuelto en su plástico transparente y, a su lado, espera en su caja lo que en un arrebato decidí comprar tras verlo en un escaparate. Prefiero asomarme a la ventana antes de desembalarlo y el paisaje que desde ella se me ofrece es el de los demás edificios correspondientes a este bloque, con el mismo aspecto insustancial.

Don Carlos me había comentado que esto siempre había sido un descampado al que de niño traía a pastar a un pequeño rebaño de cabras propiedad de su familia y que ahora, en su vejez, estaba asombrado con que un sitio de tan escasas posibilidades hubiese acabando convirtiéndose en lo que se clasifica como primeras calles de una ambiciosa prolongación de la ciudad. Mi explicación es mucho más sencilla, y más demoledora: de paisaje rural anodino a paisaje urbano anodino. Hay sitios condenados a no disfrutar de un asomo de belleza en ninguna etapa de su historia.

El cuarto resulta cálido, ventaja de estar orientado al este, tal y como pregonaba el encargado de la inmobiliaria en su exaltación de las virtudes de este sitio, pero mis sensaciones siguen siendo gélidas. Me siento sobre el colchón, sin todavía quitarle el plástico, y rompo los cartones que envuelven el objeto que hay al lado casi con saña, dejando por fin al descubierto el mueble que esconden: un galán de noche de diseño más moderno que los habituales. Seguro que a Martina le habría encantado. Me quedo mirándolo hasta que ya no puedo más y rompo a llorar sobre el colchón. El plástico lo libra de quedar empapado antes de su estreno.

6.

Mi móvil privado suena precisamente cuando estoy en el otro extremo de la oficina y se da de esas crueles circunstancias en que te lo has dejado en el mismo fondo del bolso, así que debo llegar en un alocado sprint y buscarlo en perjuicio de los demás objetos que lo acompañan, haciendo algunos el amago de abandonar su refugio de cuero de imitación. Consigo encontrarlo y contestarlo antes de que la interlocutora se rinda. La pantalla ha dejado demostrado que se trata de Lidia, una buena amiga, pero de la que últimamente escapo un poco.

—¿Sí, Lidia? —gruño mientras recupero el aliento.

—Fanny, bonita, ¿cómo estás hoy? —preguntan al otro lado de la línea y me doy cuenta que en los últimos meses todo el mundo comienza sus conversaciones conmigo exigiéndome un diagnóstico actualizado de mi estado de ánimo—. Como ayer ibas a estrenar el nuevo piso, pues…

Por supuesto, viene a confirmarse una vez más el famoso refrán que solía repetir mi padre sobre el empedrado del infierno con las buenas intenciones, ya que, si en estos momentos había conseguido una cómoda amnesia sobre lo de ayer, mi amiga del alma ha venido a atizarme con el recuerdo en medio de la frente.

—Bien, estoy bien, aunque un poco cansada —miento sin mayores problemas—, ¿qué quieres? Ahora estoy bastante ocupada.

—Es que el miércoles vamos al cine las de siempre, ya sabes, a ver esa comedia que anuncian en la tele. —Como es habitual, Lidia haciendo gala de su paupérrima precisión. Hace demasiados meses que no piso una sala por lo que no recuerdo cuáles eran las habituales a este tipo de eventos y nunca me fijo en los anuncios, así que no tengo la más remota idea del largometraje en cuestión—. ¿Te apetece?

—Estoy muy liada, pero te digo pasado mañana, ¿vale? A ver si me puedo escapar.

—Muy bien —canturrea mi amiga con su habitual tonillo de niña pequeña que en estos momentos tanto me crispa—. Espero a que me llames, entonces. Un besazo, guapa.

—Un beso, adiós —mascullo yo.

Mis 35 años de vida me han permitido comprobar una estrategia infalible, que aplico y perfecciono desde mi niñez: si quieres que te dejen en paz, pero antes te obligan a algo que no te gusta, hazlo, pero a tu manera y de la forma más disimulada posible. Esto se veía claramente en los estudios: siempre los odié, y aun hoy me pregunto cómo pude sacarme este título de mierda dado mi enorme desinterés. Sin embargo, y tras comprobar las continuas peloteras en la época escolar de Emilio, de aquella, un perfecto gandul que hasta habría desistido de aprender a leer y a escribir por simple falta de ganas, deduje un par de cosas, ambas igual de importantes: a) los líos se evitaban estudiando lo exigido y b) estudiar no significaba necesariamente quemarse los ojos en busca de la excelencia. Esto es, mis padres daban por bueno que los hijos tuviésemos la formación básica para enfrentarnos al mundo sin mayores problemas, así que yo me limité a preparar lo justito los distintos exámenes a lo largo de los cursos académicos, lo suficiente para poder aprobar y para que nadie viniese a esperar más de mí. El plan fue un completo éxito: en la familia fui considerada modelo de chica responsable y a mí me permitió tener el campo libre para todo lo que se me antojó.

Ahora, el truco es el mismo: no tengo la menor gana de ir con nadie ni de participar en nada. Si por mí fuera, me encerraría en una cámara acorazada a dejar pasar los días para que nadie me molestara, pero la gente se ha puesto como objetivo vital animarme en estos momentos tan tristes, así que me veo acosada por mis diferentes amistades y allegados en general con multitud de invitaciones para tener ocupado al 100% mi tiempo libre y yo creo que el de veinte personas más. Por supuesto, la técnica es la misma: acepto, no todo, pero sí las ofertas más evidentes, esas cuya negativa colocaría a todos en situación de alerta, lo que sería aún peor. Posteriormente, me acerco al lugar, estoy un rato y marcho con cualquier excusa, argumentada de forma perfectamente creíble (por ejemplo, es muy práctico eso de ofrecerte a comprar las cosas que faltan en una reunión y tardar lo máximo posible). También suelo hacerme la despistada, como va a ser en el caso de esta película. La gente queda admirada de lo bien que estoy superando mi duelo y yo consigo ganar tiempo en lo que se me antoja como una eternidad de la desesperación.

Jacinto me mira con suspicacia, pero no dice nada. Desde que ha pasado todo mide muchísimo sus palabras conmigo, como si temiera poderme molestar con cualquier fruslería, anonadado ante el drama de nuevo cuño al que ha estado asistiendo como espectador involuntario. Sé que fue de los primeros de la oficina en organizar la colecta para la corona de flores, y también que llamó varias veces los primeros días, cuando regresé a casa de mi madre y no cogía a nadie el teléfono, pero está claro que esto le supera, a lo que se añade que debe de estar en una de sus continuas crisis familiares de divorciado desencantado, pero que por respeto a mi luto se abstiene de comentarme sus últimos disgustos, tal y como hubiera hecho meses atrás. Todo esto trae consigo que pasemos la mayor parte de la jornada laboral en un profundo silencio, roto únicamente para el imprescindible intercambio de información sobre nuestras respectivas tareas y donde el obsesivo tema de charla breve es el tiempo atmosférico. Tendría que hablar con mi compañero, pero sigo demasiado hundida para ese esfuerzo de empatía.

De repente, suena el teléfono y, como habitualmente viene sucediendo en estos últimos meses, es contestado por Jacinto pues se me hace un mundo atender ese maldito aparato. Masculla un "sí, va" y cuelga.

—Era Constanza, dice que vayas a la entrada —explica. Me pica demasiado la curiosidad para demandarle más explicaciones, así que voy hasta el hall como me ha indicado. Allí espera una chica joven de no más de 23 o 24 años.

—¿Qué pasa? —pregunto a mi compañera, quien tras el mostrador se limita a señalarme con su índice de uña pintada a la joven.

—Hola, ¿Fanny? —saluda esta tímidamente.

—Sí ¿quién...?

—Otros compañeros llevan tiempo intentando contactar contigo, pero a mí se me ocurrió venir hasta aquí. Somos de las familias y amigos de los del BMR.

—Joder —exclamo, retrocediendo como si hubiese visto al mismísimo Satanás—, joder —repito, a falta de una mejor reacción.

—Te necesitamos —prosigue ella, eludiendo mis aspavientos—, tenemos que estar unidos para saber lo que de verdad pasó, ¿no quieres averiguarlo?

La ira me sube en una oleada tan intensa que temo caer al suelo pues me afecta incluso físicamente. Creo que sería capaz de cruzarle la cara de dos bofetadas a esta subnormal, pero consigo finalmente un exiguo autocontrol, aunque a muy duras penas.

—¿Qué hay que saber, eh? ¿Qué hay que saber? ¿Que murieron en una emboscada porque estaban en un sitio a miles de kilómetros de su casa donde les odiaban con todas sus fuerzas? ¿Eso es lo que hay que saber? ¿Que los hicieron picadillo a bombazos y tiros sin darles la menor oportunidad de defenderse, queréis averiguar eso?

—No te pongas así, por favor —suplica la chica con lágrimas en los ojos—. Hay cosas que no nos han explicado y que tenemos derecho a saber, por eso debemos estar todos unidos —insiste.

—Lárgate de una puta vez —ordeno con una voz asombrosamente serena, pues noto cómo todo mi cuerpo tiembla violentamente—. Ni sé cómo se te ha podido ocurrir venir a incordiarme al trabajo.

—Pero, por favor…

—Venga, largo, o haré que te echen a patadas —porfío inútilmente, pues ya se está encaminando a la puerta, pero es quizás mi grosería innecesaria la que le hace parar e intentarlo una vez más.

—Fanny, por favor, compréndeme —vuelve a suplicar—, yo estaba casada con Eloy, el que iba sentado al lado de Martina. Acabábamos de tener un hijo que ayer cumplió seis meses, y quiero poder explicarle todo algún día, ¿es que no lo comprendes? Mi hijo se ha quedado huérfano, hemos perdido a Eloy sin saber por qué.

—Y yo he perdido a Martina y a nuestro hijo el mismo día —salto yo con verdadero odio sin poderme contener—. Déjame en paz de una puta vez y márchate ya.

La chica abandona el local a bastante velocidad, pero yo sigo tan alterada que me parece que su huida se desarrolla a cámara lenta. Noto entonces que Constanza me está mirando espantada desde el mostrador.

—Perdóname. Creía que era una amiga tuya —farfulla al encararme con ella—. Como dijo: "¿está Fanny?" con tal seguridad, he pensado que os conocíais.

—Joder, ¿y desde cuándo recibo a nadie aquí, eh? —bramo injustamente, pues está claro que mi compañera no tiene la culpa de nada, pero me siento demasiado enfadada como para dejar pasar el incidente—. A ver, en el tiempo que llevas en este trabajo, ¿cuántas veces has visto a alguna conocida mía visitándome, si ni siquiera Martina se pasaba por aquí? —Rememoro con escasa exactitud, pues bastantes veces, primero como novia y después como esposa, vino a esperarme a la salida los días con horario de verano, cuando no subía y se dedicaba a husmear por mi mesa, pero mi enervamiento no está para esas puntualizaciones.

—De… de verdad que lo siento mucho, Fanny —farfulla la pobre, puede que a punto del llanto—. Te aseguro que no volverá a pasar, ya me he quedado con su cara. Si vuelve otro día, la echaré sin más, te lo prometo.

—Échala sin más, ¿de acuerdo? A ella o a cualquiera que pueda venirme con algo del blindado, hazme el favor —ordeno, ya con una calma salpicada de gránulos de arrepentimiento. Constanza es una persona muy atenta con todo el mundo y ni por asomo se merece cualquier imprecación desde mi abatimiento. Ella asiente con la cabeza. Lo siguiente sería presentarle unas disculpas en condiciones por mi comportamiento anterior, pero las fuerzas no me dan para más, así que regreso a mi despacho.

—¿Qué ha pasado? —pregunta Jacinto—. Se debían de oír tus gritos hasta en la calle.

—Nada, no ha pasado nada —concluyo—. Me marcho al bar de esos peruanos antes de que sea la hora del aperitivo.

En realidad, voy a llegar a ese sitio a la hora del café de media mañana, así que tampoco puede considerarse una opción muy adecuada, pero necesito alejarme por un par de horas de aquí. Al abatimiento del recuerdo arrancado por esa visita inesperada se unirá en segundos la sensación pegajosa de la vergüenza por mi ataque de nervios con Constanza y no quiero soportarla rodeada de toda esta gente. Algo de esto debe de entender Jacinto porque no me pone ningún impedimento, pese a estar con el repaso de unos balances en los que tarde o temprano iba a solicitar mi ayuda. Salgo, pues, con el azoramiento de los comportamientos inapropiados y a causa del mismo me echo a andar a un paso lindante con la carrera desbocada, sin plantearme siquiera coger el coche.

Tengo que pasar cerca de las viviendas militares, pero un quiebro inconsciente en el último segundo consigue desviarme por diversas calles paralelas que me evitan ese demonio de la rememoración, tan peligroso en unos momentos como estos. Por desgracia, esa medida preventiva anímica supone caminar por unas vías en bastante peor estado y con un nivel de seguridad más comprometido lo que me lleva ya, directamente, a avanzar en una carrera poco disimulada hasta que por fin llego a mi destino.

Entro en el establecimiento resoplando como un caballo tras el Derby y el dueño me mira con asombro.

—Señora Fanny, ¿se encuentra bien? —me pregunta con su hablar pausado.

—Sí, estoy bien —contesto con dificultad—, pero le agradecería un vaso de agua.

—Sí, siéntese en la mesa del fondo, ahorita se lo llevo —ofrece con esa amabilidad tan propia de él.

Observo que, aunque el local no está lleno, tiene bastante clientela entre la barra y las mesas, por lo que, seguramente, estoy interrumpiendo su trabajo, pero es demasiado educado como para no ponerse conmigo de inmediato a revisar los papeles.

Acabamos al cabo de hora y media, lo que ha supuesto un considerable incordio en la dinámica del negocio pero que, a mí, por el contrario, me permite avanzar en mis tareas pendientes y, sobre todo, retomar la tranquilidad en la medida de lo posible. Mis clientes tienen encima la delicadeza de despedirse agradeciéndome el esfuerzo e invitándome a futuras visitas. Son cosas que consuelan, la verdad.

Regreso ya sin esquivar la visión de las viviendas militares, pues el temor a un atraco es más grande que mi angustia. Hace dos años y medio, este mismo paseo me supuso un período de felicidad inimaginable, su repetición es una triste caricatura de esa soledad en la que siempre he estado instalada.

De repente, una joven uniformada se asoma a la puerta principal y me parece ver a la Martina de dos años y pico atrás. Mi corazón parece querer detenerse ante una coincidencia tan dolorosa y noto cómo empiezo a boquear en busca de aire mientras cierro con fuerza los ojos como si quisiese exprimir los globos oculares con los párpados. Con todo, mi curiosidad puede más, pero, al mirar por segunda vez, la militar ya no está. Quizás ha entrado de nuevo en el local o puede que, simplemente, mis sentidos me estén jugando malas pasadas. Escapo de allí sin disimular mi trote y solo cuando por fin pierdo de vista el complejo se normaliza mi respiración.

El resto de la jornada laboral se desarrolla sin nuevos sobresaltos. He invitado a Constanza y al resto de la oficina a los churros de una churrería cercana precisamente a las viviendas militares, traídos en dos paquetes grasientos y a los que todo el mundo ha hecho una fiesta exagerada. No cabe duda de que a la gente le encantan las invitaciones, aunque sea a una masa aceitosa como esta, y quien más lo ha festejado ha sido Constanza, glotona reconocida con la suerte del metabolismo envidiable de la juventud, pese a que yo empiezo a notarle las prendas más apretadas de lo habitual. Sus continuas visitas a los paquetes me hacen contabilizar unos cinco o seis churros ingeridos, empapados en el asqueroso café de la máquina de la entrada, pero que ella disfruta como el mejor manjar.

—Qué buena idea has tenido, Fanny. No hay nada mejor que un café con churros a media mañana —me asegura sonriente, quizás con el incidente de la visita completamente olvidado.

En general, esa misma gratitud en mayor o menor medida es experimentada por el resto de compañeros, quienes seguramente me contemplan de nuevo como la colega afable y generosa que se está rehaciendo de la tragedia. Nada más lejos de la realidad, aunque no seré yo quien les saque de su error. Por el contrario, mantengo la apariencia sonriendo bobamente a los comentarios sobre kilos de más e incrementos de colesterol y fingiendo picar con las bromas tontas de algunos. Espero que toda esta impostura sirva en la medida de lo posible para lavar mi imagen, probablemente, un poco cuestionada tras mi reacción de furia.

Almuerzo el menú del día de un restaurante cercano como preludio de la sucesión vespertina de horas aburridas. En estos últimos meses apenas he vuelto a cocinar, pese a que yo era de las contrarias a las comidas diarias fuera, en prevención de todas las grasas y refritos tan habituales en esas formas dietéticas. Aunque nunca fue mi especialidad, había conseguido dominar una serie de platos sencillos que me permitían apañarme sin problemas y, cuando Martina se vino a vivir conmigo, ese aspecto doméstico quedó perfectamente solventado pues era una gran cocinera, capaz de improvisar el mejor manjar con las cuatro cosas que hubiese encontrado por la cocina. Recordaré siempre, con una sensación entre el arrobamiento y la más pura gula, la cena que se apresuró a prepararme con lo que había por mi nevera la tarde en que por primera vez hicimos el amor. Nunca podré olvidar el momento en que llegó al dormitorio portando la bandeja con las viandas, trayéndomela hasta la propia cama en la que yo todavía dormitaba el agotamiento delicioso del placer. Fue quizás la mejor refección de mi vida, entre bocados y besos igual de sabrosos. Es de esos recuerdos que ahora atesoro como lo mejor de mi vida, y creo que ninguna comida me volverá a saber igual.

Al regreso del trabajo, estaciono de nuevo el coche en una arriesgada línea amarilla cercana a un cruce de calles y aprovecho para comprar lo que entiendo como elementos de una cena básica en la cara y mal abastecida tienda del barrio antes de regresar a casa, con la cual me voy a enfrentar realmente por primera vez, pues el día anterior me limité a poner tras mucho esfuerzo una lavadora con la ropa que no me había dado tiempo a lavar en mi antiguo piso y a tenderla; a colocar en los armarios la ropa más delicada y el viejo televisor de Martina frente a la cama, malamente apoyado en una vieja mesita de mi propiedad y después me limité a hacer zapping por los distintos programas aburridos de una tarde de domingo, tumbada sobre el colchón, por fin desembarazado de su plástico protector. Ni yo misma me explico esa indolencia, pero una desgana colosal me mantuvo acomodada sin mover un dedo pese a todas las tareas pendientes, ni siquiera para prepararme algo de comer. Solo al notar la debilidad por las muchas horas pasadas desde el pseudodesayuno me animé a pedir una pizza como única actividad reseñable hasta que por fin me eché a dormir, sin cambiar de ropa y ni tan siquiera poner unas simples sábanas a la cama.

Así pues, mi segunda entrada como residente en el garaje del número 185 B, portal 1, de esta Ciudad Nueva se hace desde el remordimiento por el trabajo no realizado que me obligará a ir arreglando las cosas en los ratos libres del trabajo.

No pienso preocuparme de momento por el mobiliario que falta, es más, no sé si algún día llegaré a tener ganas de comprar sofás, sillas, televisor con las suficientes pulgadas y demás objetos que convierten una serie de habitaciones en vivienda, ya que esta siempre tendrá la carencia básica para convertirse en un hogar. Me conformaré entonces con ir desembalando y colocando el resto de mis pertenencias y usaré las cajas más resistentes como improvisadas mesillas.

Una mujer entra en el ascensor en el portal, mientras comprueba lo que parece ser el contenido de su buzón.

—Mierda, otra vez sin correo —protesta ante lo que debe ser una nueva negligencia del cartero. Interrumpe su retahíla al verme—, ¿tú eres la nueva del 4º A? —pregunta sin transición. Asiento aturdida con la cabeza—. Ya me dijo Luis que te vio entrar. Pues no te queda nada —concluye convencida ante mi absoluta desorientación.

—¿Cómo?

—Ay, chica, que no sabes al sitio al que has venido a dar —informa con los brazos en jarras—. Menudo timo es todo esto, ya estoy yo deseando soltar unas cuantas verdades cuando por fin constituyamos la Comunidad.

—No te entiendo —cometo la torpeza de decir y ella de inmediato me detalla el listado de carencias, averías y demás fallos que presenta el edificio y, por extensión, la calle y que ya ha debido experimentar en sus diversas variantes en las casi tres semanas que llevan en el piso, aunque yo desconecto a la primera frase y solo me quedo con el zumbido de su voz.

—Que menudo timo nos ha metido la inmobiliaria —insiste como coda final—. Desde luego, estoy deseando que se constituya la Comunidad de Propietarios.

—Ya, claro —asiento, deseando escapar de una vez de esa medusa con las raíces mal teñidas.

—Aunque, mira, ya que estos días han llegado nuevos, como tú, creo que deberíamos reunirnos para ver qué se puede ir haciendo, porque lo que está claro es que tenemos que movernos enseguida para que esos sinvergüenzas no se salgan con la suya.

—No, claro.

—Entonces, ¿cuento contigo para la reunión?

—Sí, cómo no —acepto sin pensar lo que se me puede venir encima, pues lo único que deseo es perderla de vista—. Bueno, ahora tengo que marchar. Encantada, ¿eh? —me despido tontamente, pues ella ni una sola vez se ha interesado por mis circunstancias ni ha tenido el simple detalle de dar su nombre.

—Ah, oye —me detiene antes de que por fin logre escapar—, tú duermes en el dormitorio grande, ¿verdad?

—Sí, ¿por qué?

—Y tienes una tele allí, ¿verdad? —continúa con su interrogatorio. Yo ahora asiento con desconfianza—. Es que, a ver si haces el favor de ponerla un poco más bajita, porque al otro lado está mi niña. Aún es un bebé y no sabes cuánto le cuesta prender el sueño.

—Ya, perdón —farfullo entre indignada y abochornada. Es cierto que a ese viejo aparato de vez en cuando se le sube el sonido por su cuenta, pero no es menos cierto que inmediatamente lo devuelvo a un volumen aceptable, así que cualquier queja sobre el mismo en ese sentido viene dictada más por un espíritu entrometido que por un verdadero incordio.

—Lo que yo te decía —señala mi vecina satisfecha—. Han hecho unas paredes de papel, te enteras de todo lo que pasa al otro lado. Ya me dirás qué intimidad se puede tener en un sitio así.

—Sí, hasta mañana, gracias —digo al tuntún metiéndome en mi casa.

Definitivamente, no he ganado nada con el cambio en lo referente a vecindario. Me queda la esperanza de que los que están por llegar mejoren un poco el nivel pues la muestra presente no puede ser más decepcionante.

Otro detalle que también queda bastante claro es que esta inauguración va a estar llena de contratiempos: el patio de luces es tan húmedo que ha impedido que la colada se haya secado lo más mínimo, con lo que mis esperanzas de usar al día siguiente una camiseta que aún chorrea en la cuerda se desvanecen. Pero lo peor llega cuando, al ir a coger un juego de sábanas de una de las bolsas aún tiradas por el suelo, hago un movimiento casual inverosímil en su precisión y vierto en todo su contenido la práctica totalidad de la lata de refresco que llevaba en la mano.

—Joder —blasfemo, sobre todo enfadada con mi torpeza pues a quién se le ocurre hacer una tarea doméstica como esta empuñando una lata de refresco oscuro y pegajoso.

Las sábanas y toallas que todavía permanecían en su transporte han quedado empapadas y de un color sospechosamente pardo. No va a quedar otro remedio que ponerlas a lavar cuanto antes, y rogar porque el detergente sea lo suficientemente eficaz para arreglar el desaguisado.

El problema que se me presenta es peliagudo: no tengo más ropa de cama y dos noches durmiendo a pelo en el colchón son demasiadas incluso para mi fase actual de total indolencia. La solución posible me espanta, pero, por otra parte, intento convencerme a mí misma de que debo hacer lo más razonable en todo momento.

Mi fuerza de voluntad acaba imponiéndose, así que saco del armario el juego de sábanas de diseño que Martina y yo íbamos a estrenar, ahora destinadas a convertirse en el relicario de mis ilusiones frustradas y las coloco bien estiradas sobre el nuevo colchón. Sus blanco, granate y negro relucen bonitos y dan por fin esa sensación de estreno que no había conseguido tener hasta el momento. "Son unas simples sábanas, tienes que usarlas", me repito a mí misma una y otra vez mientras acabo de remeter las mantas y la colcha, pero el autoengaño nunca se me ha dado especialmente bien y la noche transcurre en varias horas de insomnio hasta que por fin ingiero el remedio químico a esa nueva contrariedad.

7.

Seis días de lo que esperaba fuese mi rutina liberadora, pero el plan no está saliendo como habría deseado. Las palabras de la arpía del B se han revelado ciertas y la demostración de los diversos defectos y carencias de este edificio ha goteado a lo largo de este intervalo como el castigo de la tortura china.

Así, los diversos elementos de la cocina han revelado su montaje deficiente y ahora las puertas de la encimera están más tiempo entreabiertas que en su recomendable posición de cierre ya que yo no tengo paciencia ni ganas de estar todo el tiempo dándoles el potente empujón que necesitan para quedar enganchadas; y qué decir de las ventanas, verdaderas invitaciones a la entrada de aires gélidos y demás corrientes. La humedad del patio (permanente incluso en días soleados) y el atrancamiento de la puerta del pasillo a los dormitorios (completamente agarrotada ya debido al calor de esta semana) habían sido experimentadas en la propia inauguración, así que esa sería queja vieja. Por supuesto, el apartado de fontanería presenta su correspondiente porción de negligencias, con esas tuberías musicales, sobre todo a últimas horas del día, y no quiero ni pensar qué va a suceder cuando llegue el tiempo lluvioso, pues tengo el presentimiento de que las paredes no están impermeabilizadas y acabarán absorbiendo el agua como una vulgar esponja, aunque esto último quizás se deba más a la paranoia que me ha entrado con todo lo relativo a esta casa.

Estoy harta de esta vivienda, esa es la verdad, pero cuando Pili, una de esas amigas que se ven de tarde en tarde y pertenecientes al grupo de la sinceridad total, me hizo la sugerencia inocente de dejarla y volver a vivir en alquiler, arrendando a su vez este piso por un precio razonable, yo la miré como si acabase de decir una monstruosidad. Extrañada mi interlocutora ante mi reacción, contesté con unas palabras lapidarias que sonaron a condena: AHORA MÁS QUE NUNCA NO PUEDO DEJARLO, plenas de contenido pese a su vacuidad de frase hecha: no voy a dejar este sitio que pensaba habitar con Martina porque sería perderla definitivamente. Por supuesto, esta parte de la explicación no puedo argumentarla así que, en su lugar, preferí ofrecerme para ir a la barra a por los cafés.

Por tanto, ahora debo pensar cómo voy a gastar este primer fin de semana completo aquí. Sé que puedo conseguirlo, para ello he rechazado las diversas invitaciones de mi madre, hermanos y algunas amistades a sus respectivas casas, como si quisieran protegerme de algo. No nos engañemos, más pronto o más tarde esto tendría que suceder pues, como dije, no pienso moverme de aquí, aunque ahora, en esta mañana de sábado, aún acostada pese a que son casi las once y tengo un montón de cosas pendientes por hacer, mis ánimos estén tan tumbados como mi propio cuerpo. Después de todo, es fin de semana y no tengo la prisa de los días laborales, pienso yo.

Asomo la mano de entre las mantas y busco a tientas el mando a distancia sobre la caja de cartón que cumple la función de mesilla. Consigo encender la tele tras varios ensayos pues ni intento incorporarme un poco para poder apuntar mejor a la pantalla, tal es mi falta de ganas.

Están emitiendo una aburrida entrevista a quien parece un experto en historia de algo, pero su soniquete monótono parece arrullarme, así que la dejo en ese canal. Quizás me aguante en este cómodo duermevela una hora más, pero el aparato no parece comprender mi intención y vuelve a demostrar su desajuste subiendo el volumen a un nivel molesto para el descanso. Es insoportable, pero mi pereza limita mis movimientos y me convenzo a mí misma con que, después de todo, no está tan alta como para impedirme seguir acostada, así que me aguanto sin moverme unos cuantos minutos.

Los golpes resuenan con fuerza en secuencias rápidas. No puedo creerlo; la arpía debe de estar dando con algún objeto contra la pared. Me está llamando la atención nada menos que a las once menos cinco de la mañana sobre el uso razonable de un electrodoméstico en mi propia casa. No sé si existe la figura delictiva del acoso doméstico, pero esto tiene que parecerse peligrosamente.

Debería enrocarme y continuar con el aparato tal cual, pero, no sé por qué, cojo el mando a distancia y a tientas intento bajar el volumen. Mi imprecisión en dicha tarea es total y, en vez de pulsar el botón del sonido, le doy al de la selección de canales.

De repente, la pantalla me ofrece la imagen de la foto oficial de Martina de uniforme, esa que se había hecho dos años antes y cuya copia yo solía llevar en mi cartera al principio de nuestra relación. Parece observar con seriedad grave mi pereza y la angustia me impulsa a incorporarme en un salto y a quedar rígida como un palo.

La imagen cambia a la de las fotografías de sus demás compañeros del vehículo blindado mientras la voz en off de la locutora narra cansinamente las actuaciones del colectivo de familiares y amigos de los fallecidos. Un primer plano de la chica que vino a mi trabajo aparece seguidamente con un micrófono frente a ella. Según parece, se llama Irene Galdón y es la portavoz de la asociación legalmente constituida. Su discurso es seguro y no rehúye ninguna cuestión del entrevistador. Parece haber ganado en firmeza, pero también en un cansancio impensable en una chica de su edad. Su gesto es el propio de quien lleva muchos años sometida a un gran esfuerzo y no puedo evitar preguntarme cuántas horas está invirtiendo en esta lucha inútil.

—¿Qué exigen entonces al Ministerio de Defensa? —pregunta el locutor fuera de plano.

—La verdad —contesta la viuda de Eloy simplemente, como si no la tuviera desde hace meses delante de sus narices—. Desde que esos terroristas atacaron brutalmente al vehículo… llamémosle "blindado" —Vaya, no imaginaba que alguien así fuese capaz de la ironía, qué agradable sorpresa—, mostrando un ensañamiento desconocido, pues tenga en cuenta que cuando la compañera que viajaba al lado de mi marido consiguió salir del coche malherida, sin ser ya ninguna amenaza, esos asesinos la cosieron a balazos, en un ejemplo de sadismo no visto antes. Pues, como le digo, pese a algo tan poco habitual y sobre lo que exigimos una mayor información, todos en ese Ministerio nos han dado la callada por respuesta, como si nos estuviesen ocultando algo.

Apago por fin el televisor, sin saber cómo soy capaz de atinar con el botón correspondiente, tras la importante cortina de lágrimas de mis ojos. No había necesidad ninguna de hablar de Martina, salvo intentar que una de esas casualidades infames me hiciese estar atendiendo la emisión y me provocase las ganas de actuar. Seguramente, es lo que ha pretendido esa desgraciada, pues parece no bastarle con su propio dolor.

Blindado con chapas de papel, asaltantes que no querían sobrevivientes y un Ministerio que se limitó a decirnos lo que pasó a golpe de informe oficial esquemático. Efectivamente, mi compañera en la viudedad no olvida ninguno de los elementos básicos que han definido nuestra nueva situación. Cuando aquella maldita tarde del septuagésimo noveno día de la marcha de Martina aparecieron en mi puerta aquellos dos oficiales en vez de mi madre y mi hermana, yo comprendí antes de que abriesen la boca que todo había terminado y que cualquier cosa que pudiésemos hacer o decir a partir de ese momento no valdría para nada, salvo para añadir más dolor a esa pérdida brutal, por eso me he propuesto no saber ni hacer nada a ese respecto.

Esa Irene pone como ejemplo la muerte de Martina. Sí, ella consiguió salir con el brazo derecho, su precioso brazo derecho, destrozado, casi arrancado de cuajo por la metralla de las cargas explosivas lanzadas contra su vehículo, eso lo sé, como también sé que el amor de mi vida pensaba vender cara su derrota y, pese a estar sufriendo una gravísima hemorragia de su arteria humeral que en segundos la habría conducido a un shock hipovolémico, ella aún tuvo el coraje de coger su arma reglamentaria y empuñarla con la otra mano mientras salía sobre los restos de sus infortunados compañeros. Según parece, llegó a disparar unos cuantos tiros, sin ninguna precisión pues probablemente ya estaba desvaneciéndose debido a la gravedad de sus heridas, cuando los terroristas la acribillaron innecesariamente a corta distancia. Hasta quince impactos de bala llegaron a contar, quince proyectiles que acabaron de destrozar su maravilloso cuerpo a pesar del chaleco antibalas, dejándolo convertido en un guiñapo sangrante en medio del polvo del camino. Enumerar los horrores registrados en ese maldito informe, como su media cara arrancada por el impacto de una de las balas, o sus vísceras sobresaliendo entre la ropa no puedo hacerlo, pues equivale a recuperar las pesadillas del primer mes. Por eso no quiero saber de asociaciones ni de futuras reparaciones que, finalmente, solo se resumirán, en el mejor de los casos, en un nuevo cheque que a mí me parecerá que me quema las manos mientras lo llevo al banco a ingresar o a donar a unas monjitas de caridad o lo que sea que decidiese hacer con él.

No, esa Irene Galdón está muy equivocada, no todos queremos saber, más bien, algunas intentaremos olvidar a golpe de los buenos recuerdos atesorados.

Mi entrenamiento mental en ese sentido es admirable y tras secarme los ojos con la manga del pijama consigo rememorar nuestro primer beso. Martina y yo nos lo dimos en nuestra quinta salida en el desalentador plazo de un mes, lo que algunas de mis amistades consideraron un retraso propio de unas reprimidas cursis y otras, por el contrario, señalaron como demasiado apresurado, atendiendo a mi desastroso currículo sentimental previo. Por mi parte, me había bastado el par de horas transcurridas en la tetería para decidir sin género de dudas que era ella o nadie más en el mundo, una determinación impensable solo unos cuantos días antes en mi convalecencia rencorosa de la manipuladora que buscaba nuevas experiencias y no dejaba prisioneras y de la que estaba en pleno ejercicio de olvidar su nombre. Fue esa vieja lesión sentimental la que me provocó el frenazo último en las anteriores citas y que se manifestó en una lánguida despedida de dos besos en las mejillas, propios de niña tímida y acomplejada, pero, en esa quinta cita, por fin pude probar aquellos labios.

En muchas películas y libros, ese primer beso de la pareja se da en un escenario bonito, bucólico incluso, donde todos y cada uno de los elementos invitan a ese intercambio. Por el contrario, Martina y yo nos besamos por primera vez en el estrecho vestuario de un sitio tan cutre como los almacenes mayoristas de ropa del Polígono (pero con venta al detalle), establecimiento feo y triste donde los haya, caracterizado por sus razonables precios en ropa de abrigo. Martina se estaba probando algo tan poco sugerente como una zamarra que decía necesitar y me había pedido ayuda en la elección antes de regresar al cuartel. Ese día apenas habíamos tenido tiempo de compartir un café ya que estaba con los preparativos de unas maniobras.

La oferta de aquel sitio oscilaba entre el puro horror y la vulgaridad sin más, pero a ella eso parecía no importarle ya que solo quería esa prenda para las escasas veces en que se fuera de excursión al monte, una de sus aficiones de single que, me temo, yo limité bastante por mi inamovible rechazo a los sitios donde pueda haber bichos.

Así pues, tras encasquetarse aquella cazadora estrecha y de un feo color marrón y yo acercarme para intentar colocarle las solapas pasó, sin más. Tan solo el breve y maravilloso prólogo de su sonrisa y sus manos acercando suavemente mi cara a la suya.

Creí estallar de la felicidad y todas y cada una de mis reticencias quedaron enterradas bajo el montón de chaquetones que yo sujetaba y que dejé caer al suelo para poder abrazarla en condiciones. Solo paramos al notar el taconeo de la encargada al acercarse, quizás extrañada de los ruidillos que le llegaban.

Se había hecho tarde, así que la tuve que acercar en mi coche a su destacamento y en esa despedida no hubo un nuevo beso pues los demás soldados que por allí había parecieron coartarla de una manera que en ese momento me pareció bastante frustrante. Volvimos a los melifluos dos besos en las mejillas, solo que un poco más cercanos a las comisuras de los labios.

Un solo beso y yo ya tenía síndrome de abstinencia de él de una manera casi dolorosa. Era algo que no me había pasado nunca, por eso busqué la solución que aún pensaba retrasar como mínimo en una o dos semanas (recuérdese mi lamentable estado de resquemor sentimental). En un trozo de papel apunté mi dirección y se lo metí en la mano.

—Te espero mañana a la misma hora que hoy —dije como despedida.

Al día siguiente vino por primera vez a mi casa. No fueron necesarios los habituales protocolos de visita guiada por las distintas habitaciones, ofrecimientos de refecciones y similares pues antes de tres minutos estábamos haciendo el amor en mi cama, simplemente antecedidos por el rosario de besos que habían quedado pendientes en el coche.

Un escalofrío hiela también mi sonrisa provocada por el recuerdo y me doy cuenta de que llevo un buen rato incorporada con el único atavío del pijama y sin bata o cualquier otra protección ante el frío. Esa molesta corriente que tan groseramente ha interrumpido el flujo de mis pensamientos me demuestra además la necesidad de tener siempre a mano alguna prenda de abrigo, pues, cuando por fin me pongo el albornoz, los dientes ya me castañetean.

Ante mí acaba presentándose la vacuidad de otro fin de semana en que no tengo ganas de hacer nada, salvo, quizás, volverme a acostar, pero la cama deshecha y arrugada no parece invitar al sueño. Si tuviera un sofá, me limitaría a sentarme en él y dejar pasar la mañana hasta que decidiese comer algo, pero se da la circunstancia de que no me he hecho con más muebles y ni siquiera tengo nada comestible en la cocina, salvo unas pocas galletas reblandecidas y los ingredientes justos para prepararme un café soluble con leche, extremo que se adivina erróneo cuando compruebo que he guardado un brick vacío en la nevera, así que debo conformarme con diluir el preparado en agua hirviendo.

Ya con la taza humeante en una mano y una galleta a medio roer en otra, decido que una rápida visita al hipermercado de las afueras servirá para proveerme de los necesarios alimentos y quizás de algún mueble más que cubra alguna de mis necesidades básicas como sentarme aburrida o quizás tumbarme derrotada. Por supuesto, en lo referente a la comida, el plan pasa por hacer acopio de cuanto plato precocinado quepa en la nevera. Estoy harta de comer fuera, pero sigo sin ganas de cocinar.

Una rápida ducha, unos *jeans* y una camiseta vieja y ya estoy con la equipación necesaria para la tarea. El hipermercado suele estar bastante lleno los sábados, pero, realmente, no tengo prisa. No me importará guardar cola en la charcutería o en las cajas pues esa será mi porción aceptable de humanidad para el fin de semana. Tengo además la garantía de que por allí no me voy a encontrar con conocidos pues mis amistades son poco dadas a este tipo de establecimientos, demasiado grandes e impersonales para sus más elitistas gustos.

El repiqueteo del videoportero resuena tan estridente que no puedo evitar un respingo. Me ha dado un susto de muerte y menos mal que estaba colocando las cosas en el bolso sobre la cama, pues he soltado todo de golpe.

Maldigo a quien espera abajo, pues seguramente me retrasará unos minutos. Descarto que sea cualquiera de mis amigas, aunque siempre hay la posibilidad de que alguna de las más pesadas haya decidido acercarse hasta aquí para abrumarme con insoportables planes de tiempo libre. Por otro lado, también está la opción de que mamá o mis hermanos quieran cumplir cualquier desconocida obligación familiar y arrastrarme a sabe Dios qué comida hayan improvisado y, por supuesto, queda lo que imagino más probable, como cualquier pedigüeño, vendedor a domicilio o misionero de sectas en busca de nuevos conversos.

—¿Quién es? —pregunto con voz firme.

La pantalla solo me devuelve la niebla grisácea de la falta de sintonización en donde parece adivinarse una silueta, aunque la imagen es demasiado mala. Peor suerte tengo en el apartado de sonido, porque nada más que suena un tono monocorde bajo el que quizás haya alguna frase identificadora de la persona que espera abajo.

—¿Quién es? —insisto, pues no pienso abrir la puerta a ningún desconocido, pero de repente se apaga todo.

"Genial, una nueva avería más", mascullo agitando tontamente el auricular como si así pudiese arreglarlo, "pues, seas quien seas, no te pienso abrir", determino con mucha lógica. Al fin y al cabo, si se trata de familia o amistades ya estarían llamando a mi móvil y si finalmente eran vendedores, mendigos o Testigos de Jehová no pensaba abrirles en ningún caso.

Acabo de meter las cosas en el bolso y bajo por el coche que espera mostrando acusador la abolladura debida a mi torpeza aún con la exigua luz amarillenta de la bombilla cercana, lo que le da un aspecto propio de un juguete de gran tamaño. Abro la puerta con el mando a distancia cuando aún estoy bastante alejada porque, por algún desconocido motivo, este sitio me pone bastante nerviosa y estoy deseando introducirme lo antes posible en la relativa seguridad del habitáculo de fabricación alemana.

Salgo a una velocidad poco recomendable para mis escasas habilidades de conducción en ese garaje, pero la fuerza de la costumbre ha conseguido imprimirme una serie de maniobras lógicas en mi inconsciente, lo que me permite alcanzar la calle sin nuevos roces en la carrocería.

Al pasar delante de mi propio portal no puedo evitar echar un vistazo hacia el telefonillo y alrededores. No hay nadie, salvo una pandilla de chavales aburridos en el simulacro de parque de enfrente. Quizás unos minutos antes se hayan dedicado a paliar su aburrimiento con el absurdo juego de timbrar por las casas y escapar, pero parecen demasiado apalancados para haber estado haciendo eso.

Contra lo que cabía esperar, la acción en el hipermercado se desarrolla con mayores facilidades de las previstas: apenas tengo que dar un par de vueltas entre los demás vehículos estacionados para aparcar y, pese a mi despiste, consigo recordar en su mayor parte todo lo que necesito pese a no haber hecho la necesaria nota de la que siempre suelo ir armada a estos sitios. Mi ánimo sombrío llega a darme un tiempo muerto que incluso me permite acercarme hasta la sección de muebles para echar una ojeada desganada a los sofás.

Justo cuando estoy comprobando las medidas del que cumple más aceptablemente las exigencias de menor fealdad y mejor precio viene el móvil a interrumpirme, ya que, por desgracia, me estoy moviendo por uno de los pasillos más tranquilos del local, lo que me ha permitido oírlo sin problema, y tengo demasiado grabadas las normas de cortesía en mi ánimo para fingir simplemente que no me doy cuenta. A este paso, compraré los muebles a lo largo de varias décadas. Al comprobar que quien llama es mi habitualmente insufrible hermano mayor no puedo evitar una mueca de disgusto antes de contestar.

—¿Hola? —saludo impostando un optimismo embustero.

—Fanny, vente a comer a las dos y media —ordena sin más—. No hace falta que traigas nada ni que vayas a por mamá, ya se encarga de ir a buscarla Cristian. —Ya ha puesto en danza a mi pobre sobrino una vez más, aprovechándose de su sempiterna docilidad—. Estaremos todos. Y yo he conseguido un marisco buenísimo. Tienes que venir —repite—. Deja lo que estés haciendo y plántate aquí a las dos y media, ¿vale?

—Pero hoy quería arreglar unas cosas del piso —protesto débilmente, pues bien sé que cuando mi hermano se pone con ese tono tan perentorio, nada se le resiste.

—Venga ya, no irás a hacernos un feo. Estará toda la familia, así que no se te ocurrirá faltar, ¿verdad?

—Pero tengo un montón de cosas por hacer.

—Pues las haces por la tarde y después tienes todo el domingo, ya ves tú qué problema, pero a las dos y media te quiero aquí.

—Bueno… —Me rindo por fin—. Pero al acabar de comer me marcho, ¿vale? Tengo un montón de cosas por hacer —determino. Más que nada, porque odio ver cómo él siempre se sale con la suya y quiero, por lo menos, ganar un miserable punto sobre sus planes.

—Lo que tú quieras —acepta sin problemas—. Te esperamos a las dos y media, y no traigas nada, de verdad. Tenemos de todo.

Por supuesto que tenéis de todo, estoy a punto de gritar a la desconexión. Eres el triunfador de la familia y no te falta de nada material, tienes de todo, duplicado, triplicado y quizás hasta cuadriplicado, y en este cajón englobo no solo las docenas de aparatos de alta tecnología que abarrotan tu maravillosa vivienda de centenares de metros cuadrados, o los varios coches y motocicletas de diversas gradaciones de lujo y potencia que se amontonan en ese garaje más grande que la planta de mi piso. En ese continente meto también la red de relaciones que has ido tejiendo y que en nada tiene que ver con tus exigencias de joven idealista y líder estudiantil, por mucho que hoy quieras hacer gala de una generosidad que a cualquiera con dos dedos de frente se le antojará una simple broma pesada.

Sí, tienes de todo, Emilio, querido hermano, a costa de haber perdido por el camino otras cosas de las que antaño tanto presumías, por eso, aunque me repitas hasta hipnotizarme que no quieres que lleve nada, yo, una vez más, te entregaré un regalo como ordenan las normas de etiqueta en las invitaciones a casas de extraños, pues en eso te has convertido para mí en los últimos tiempos y ya no te reconozco. Por eso gasto un montón de minutos en la sección de vinos, eligiendo uno de los caros y cuya botella ofrece la mejor apariencia, aunque yo no tenga ni idea sobre estos asuntos, pero a lo que me entrego con la determinación de quien quiere salirse con la suya. Acabo decidiéndome por un Somontano señalado como de buena añada, pero esa elección tan premiosa provoca que coja a la carrera el resto de las cosas que recordé que también necesitaba ya que, si quiero dejarlas en casa y arreglarme un poco, voy bastante justa de tiempo.

Empotro de cualquier forma los diferentes paquetes de congelados y refrigerados en las diversas baldas del frigorífico y busco por el descuidado armario una ropa un poco más presentable que la que llevo puesta pero que no deje de tener el necesario aspecto casual adecuado para una reunión familiar. Me decanto por otros vaqueros de marca de moda y un jersey bastante elegante de tonos tostados pero que presenta el incordiante defecto de un cuello excesivamente estrecho.

Precisamente, estoy luchando con él mientras lo intento pasar por mi cabeza cuando suena el vídeo portero por segunda vez en esta mañana. Corro a contestar aún a medio vestir y tambaleándome de un lado a otro por mi falta momentánea de visión. Consigo situarme frente al aparato al mismo tiempo que acabo de colocar esa prenda de lanilla en sus superficies correspondientes.

—¿Quién es? —vuelvo a preguntar con determinación y una vez más escucho el soniquete monocorde de un artilugio eléctrico mal ajustado. También de nuevo la pantalla me ofrece la niebla de la desintonización en la que parece adivinarse malamente una silueta—. ¿Sí, quién eres? —insisto y, claudicando, presiono la tecla de apertura del portal.

Esperaré a ver quién sube y comprobaré su identidad por la mirilla. Siempre será más cómodo que estarse desgañitando ante un artilugio de funcionamiento pésimo. Pasan dos, tres, cinco, siete minutos y nadie llama a mi puerta y ni siquiera se oye el mecanismo del ascensor o pasos en el rellano. Seguramente, los chavales que vegetaban antes en el parque han decidido efectuar una segunda ronda de su juego "moleste al vecino por el telefonillo".

Cuando voy a subir al coche que, en prevención de nuevas y dificultosas maniobras en el garaje, he dejado aparcado frente al edificio, compruebo que algunos chicos están ahora cerca de mi portal, riéndose de algo sin ganas.

—Ya está bien, ¿no? No tiene ninguna gracia —les protesto dignamente antes de meterme en el auto y salir de allí disparada, pues, para mi vergüenza, soy de esa clase de personas que echan su pullita y después escapan. Sin embargo, me ha dado la impresión que esos chavales me miraban extrañados, como si no supieran de lo que les estaba hablando.

Finalmente, llego a casa de mi hermano con solo cinco minutos de retraso sobre la hora marcada, lo que en cualquier otro sitio se interpretaría como puntualidad, pero que, para Emilio, un obseso de la precisión, empezaba a acercarse al descuido más grosero.

—Ya creí que no venías —dice por eso como forma de saludo.

Viste de forma ridículamente juvenil, con esa sudadera de los Sex Pistols, y ese lema de *Anarchy in the UK* que recorre su ya redondeada panza resulta especialmente bochornoso para su actual situación de potentado.

—¿Qué te crees? Tu casa queda en el culo del mundo —rebato yo—. Toma, vinito para la comida —explico mientras casi le lanzo la cara botella.

—Es tinto y hoy va a ser un menú marinero. Mejor el albariño, ¿no?

—Que te den, me lo bebo yo entonces.

—Pues tú misma.

No parece muy buena manera de empezar una reunión familiar, pero es el estilo habitual de ambos, en ese extraño ritual recíproco de cariño y rechazo a partes iguales que mantenemos desde el principio de nuestra vida adulta y que la rutina ya no nos permite cambiar.

—Hija, qué bien que has llegado —saluda mi madre tímidamente, como cada vez que se dirige a mí en los últimos meses.

Sus ojillos tras esas nuevas gafas parecen unos alfilerillos y de nuevo yo vuelvo a experimentar en lo más profundo de mi ser, por debajo de todas esas capas de cariño, veneración, respeto y simple compromiso filial, la idea espantosa de lo mal resuelto que está nuestro destino.

Mamá me mira con temor porque ella, también por debajo de todas esas capas de cariño, preocupación y demás afectos, sabe que el azar hizo su jugada más cruel al septuagésimo noveno día de la marcha de Marina, matando a esta por un lado y, por otro, convirtiendo todas las sospechas funestas sobre su salud en una ridícula falsa alarma causada por una errónea graduación de su vista.

Finalmente, aquella maldita tarde, el especialista había determinado que el conjunto de jaquecas y demás molestias de mi madre eran debidas simplemente a un problema de dioptrías excedentes mal contabilizadas y todo se había solventado con la oportuna visita a una óptica para encargar un nuevo par de gafas, visita que, junto con el comprensible despiste de ella y de mi hermana al dejar sus respectivos móviles desconectados al salir de la consulta, acababan explicando el inesperado retraso por el que tan preocupada había estado ese día.

La vida volvió a demostrar su categoría de broma pesada solucionando lo de mi madre con eso y, por el contrario, arrebatándome a Martina cuando menos me lo esperaba. Estábamos en nuestra particular cuenta atrás, con planes de vida y descendencia y por eso ahí aparece esa horrenda ocurrencia: a mi mujer no le correspondía, tenía toda la vida por delante. Mi madre no, ya ha cumplido 70 años, edad no hace tanto considerada límite en la vida de las personas. La cuenta parece a veces tan clara que siento deseos incontrolables de golpearme como castigo ante esa lógica tan brutal y obsesiva.

—Cómo estás, mamá —saludo yo dándole un estrecho abrazo teóricamente cariñoso, pero que, en realidad, es el disimulo de mi remordimiento por todos estos pensamientos de los últimos meses.

—Bien, bien —susurra ella, como si le diera vergüenza manifestar ante mí su satisfactorio estado actual, con su vitalidad más propia de una mujer joven—. Bueno, las varices, con este tiempo, ya sabes… —corrige, buscando inconscientemente una conmiseración innecesaria.

Tenía razón Emilio, está todo el mundo: Ángeles, su insufrible mujer, y sus dos hijos, el encantador Cristian y la pija Verónica; Camila con el cretino de Juan, su marido, y la niña de ambos, Olivia, cada día más monstruito y consentida, mamá y yo. Ahora toca entrar al salón o al cenador donde esté dispuesta la mesa a todo lujo y comer los manjares que mi hermano mayor tenga a bien ofrecernos.

—Vamos todos al comedor, ¿de acuerdo? —ofrece él tras comprobar algo en la cocina.

Afortunadamente, hoy no ha tenido el capricho de una reunión en su cuidadísimo jardín, ya que el día parece amenazar lluvia, así que tocará sufrir el lujo de esa habitación que debe duplicar el tamaño de mi piso. Allí ya están las ocho sillas y el espacio para la trona en torno a una mesa puesta de una manera más propia de una cena de gala de cualquier embajada, cosa que tiene muchísima ironía conociendo como conozco al responsable de ello, antaño un defensor acérrimo de la espontaneidad y las fiestas populares (es un recuerdo demasiado bueno para no restregárselo después con algún sarcasmo, tengo que estar atenta cuando se me presente la ocasión). Me doy cuenta entonces que la falta de esa novena silla de las cinco o seis ocasiones anteriores permite un mayor espacio entre comensal y comensal, pero eso, paradójicamente, me hace sentirme tan constreñida que casi no me atrevo a extender mucho los brazos, como si estuviera en un sitio abarrotado de gente.

—¿Te encuentras bien, Fanny? —me pregunta Cristian y yo consigo fingir mi aspecto más relajado.

—Divinamente. Anda, sé bueno y pásame ese Somontano, que yo me ocuparé de él —pido.

Todos me lanzan una mirada de reproche, quizás recordando toda la medicación que sigo tomando, aunque también sepan lo mucho que el psiquiatra me rebajó las dosis en la última consulta, pero ese gesto risueño que consigo seguir manteniendo les hace ceder, así que mi sobrino llena rápidamente mi copa con el vino aragonés.

—¿De verdad no prefieres albariño? —insiste Emilio—. Ahora tomaremos el marisco y después hay rodaballo (por cierto, salvaje). Va mucho mejor un blanco que un tinto con esta comida.

—Prefiero el Somontano, no te preocupes —me empeño. Iba a beberlo en un par de tragos, pero prefiero simular moderación y solo me mojo los labios con él.

La familia parece quedar tranquilizada por mi comedimiento y dejan de estar pendientes de mí, centrando ahora su atención en las gamberradas que está haciendo la hija de Camila pero que todos interpretan como un comportamiento adorable.

No sé cómo voy a aguantar esta reunión. Nunca las he soportado pues, aunque quiero mucho a toda mi familia de origen, los aguanto malamente en grupo como es el caso. Cuando veníamos Martina y yo resultaba más fácil, sobre todo porque a quien primero era mi novia y después mi mujer le encantaba esa idea de una familia completa reuniéndose y disfrutaba realmente de toda esa compañía, cosa que a mí me evitaba precisamente la posible preocupación porque ella se pudiera sentir desplazada. Por el contrario, Martina adoraba estar congregada con toda esta caterva y, pese a las habituales salidas de tono extemporáneas de mi hermano sobre los por él llamados "cuerpos represivos del Estado", las estupideces en serie de mi cuñado y las pijerías de mi cuñada o, finalmente, los suspiros resignados de mi madre al vernos a las dos realizando cualquier acción propia de una pareja como darnos un breve beso o cogernos por el hombro, algo que, por otra parte, toleraba sin ningún problema a los otros dos matrimonios, le encantaba saberse inmersa en la dinámica de una familia, quizás como compensación de la que ella no tuvo, hija única de hijos únicos, huérfana antes de la adolescencia y cuidada por unos abuelos fallecidos un poco antes de su incorporación al ejército.

También le encantaban estas reuniones, todo hay que decirlo, por la comida, y en un día como hoy seguramente habría disfrutado muchísimo, pues el marisco variado que abarrota la mesa es de verdad sabroso y lo mismo se puede decir de ese rodaballo preparado según la misteriosa receta de cualquier restaurante de postín. Todos nos afanamos en consumir hasta el último gramo de esos manjares como si fuera la última vez que tuviésemos oportunidad de tomar algo así, y apenas hablamos, quizás para no perder bocado, salvo para exponer ocasionalmente alguna alabanza sobre los alimentos.

El albariño también es festejado por su sabor afrutado y su bonito color dorado. Por supuesto, ninguno se ha dignado a probar mi Somontano pues Emilio ha conseguido imponer una absurda etiqueta gastronómica en la familia que les hace concebir como inapropiado este tinto con unos platos así, por lo que prácticamente me he ventilado yo la botella como desagravio, fingiendo no percatarme de las ocasionales miradas de desaprobación de mi hermana y mi madre.

Emilio y mi cuñado, por su parte, se han enzarzado en una de esas discusiones bizantinas sobre fútbol tan apreciadas por los hombres y, como siempre, de cada tres comentarios que hace el marido de Camila dos son auténticas gilipolleces que espantarían al interlocutor más sosegado, pero, curiosamente, a Juan nadie le tuerce el gesto.

Una pobre chica de servicio uniformada trae los postres. Calculo que peruana o boliviana, no sé en estos momentos cuáles tienen las tarifas más económicas. Como era de esperar, el postre es tan regio como la comida y en las bandejas se ofrecen diferentes tipos de tartas y pasteles que la pobre chica está a punto de tirar pues se ve claramente que no tiene ninguna experiencia en servir mesas.

—Déjalas ahí y acerca el carrito de las bebidas. Ya nos serviremos nosotros mismos —ordena la mujer de mi hermano con una evidente ira contenida—. Y prepara enseguida el café —concluye ofendida.

Y qué quería, no se puede tener todo: o esclava que te lleve toda la casa por cuatro duros o profesional experta en la restauración. Lo que más me fastidia es que Emilio seguramente justifica esta contratación con la versión ONG, esto es, es una pobre chica de fuera, que tiene que ganarse la vida aquí, así que él la acoge en su casa prácticamente como a una más de la familia, etcétera, etcétera.

Lo peor de todo es que siempre parece decirlo convencido por completo.

Prefiero espantar esa ironía tan sangrante con un buen lingotazo de algo, así que aprovecho que esa Sulma, o Zulema o como se llame haya dejado a mi lado el carrito para coger una botella de bourbon y servirme un chupito que, en esta ocasión, no recibe ninguna mirada desaprobadora de nadie. La vieja y buena estrategia: no quieren que siga bebiendo, y me van a permitir esa cantidad ridícula. Lo que espero que no adivinen es que pienso repetir una o dos veces.

Apenas pruebo el dulce: estoy bastante empachada y no soy muy golosa, eso quedaba para Martina, quien seguramente habría contemplado entusiasmada toda esta oferta de hojaldres y masas quebradas cubiertas de tantos y tantos tipos de cremas y chocolates. Los demás dan buena cuenta del postre, pero, a lo que parece una señal, sobrinos y cuñados escapan de la mesa con diferentes excusas y quedamos a ella solo mi madre, mis hermanos y yo.

Por cómo me miran esos seis ojos, un par de ellos bien parapetado tras cristales progresivos, deduzco que de alguna manera la van a tomar conmigo. Consigo servirme ese segundo chupito y tomármelo de un trago, lo que se me revela de inmediato como un gran error, ya que se demuestra que siempre es esa última gota que no ibas a beber la causante de todos los mareos, dolores de cabeza y demás síntomas funestos de la intoxicación etílica de carácter leve. Por fortuna, consigo aparentar la necesaria templanza para aguantar sus respectivas peroratas con mi mejor cara.

—Fanny, ¿cómo va todo? —pregunta Emilio asumiendo ese rol de cabeza de familia del que en otros tiempos se habría burlado con crueldad.

—Estupendamente. Estaba todo riquísimo. Debo de haber engordado tres kilos de golpe —contesto yo simulando a propósito mi despiste.

—Me refiero a cómo te va con lo del piso y todo eso —corrige mi hermano ya con un insufrible (e inapropiado) tono paternal.

—Va poco a poco.

—Fanny, nos tienes preocupados. No nos has llamado en todos estos días, ni has querido que te ayudásemos en la mudanza —enumera Camila.

—Bueno, estáis ocupados, no quería molestaros.

—¿Has comprado ya los muebles? —apunta mi madre, siempre con ese admirable espíritu práctico de las tradicionales responsables de la intendencia doméstica.

—En eso estaba cuando me habéis llamado para esta comida. No se puede estar en dos sitios a la vez, ¿no crees? —rebato con una gran sonrisa y noto con satisfacción cómo todos se relajan un poco.

Desde luego, soy la mejor en torear a las personas cercanas. Me temo que es lo que saqué en limpio de la manipuladora deseosa de nuevas experiencias y de no dejar prisioneras, por lo que no creo que pueda ponerse como motivo de orgullo.

—¿Ah, sí? ¿Y qué ibas a comprar? —pregunta curiosa mi hermana.

—Estaba mirando un sofá.

—¿Un sofá? No hace falta —dice Emilio—. Precisamente he cambiado los de mi despacho porque tengo nueva decoración. —Lo nunca visto, el que llegó a pasar semanas en casas de okupas, preocupado de realizar periódicamente carísimos cambios de decoración en su entorno inmediato—. Si quieres, puedo hacer que te los lleven. Apenas están usados y son de cuero, ¿qué te parece?

Pienso que, llegadas a este punto, Martina se habría negado educadamente y dado las gracias con la mayor cortesía y humildad del mundo. Ella quería entrar en una casa de estreno con sus distintos muebles y electrodomésticos también de estreno y elegidos exclusivamente por nosotras. Era su ilusión, yo diría incluso que su obsesión, pero ahora se da la circunstancia de que solo estoy yo, no tengo ninguna ilusión y, por otra parte, se trata de seguir aplicando mi vieja estrategia de hacer lo que me dicen, pero a mi manera, hasta que por fin pueda escapar.

—¿De verdad? ¿Me das unos sofás de cuero? —pregunto como si fuera la niña a la que le hablan del gran regalo de los Reyes Magos que espera al lado de su zapato. Emilio me sonríe con suficiencia.

—Y de cuero del mejor, no creas. Uno es de dos plazas y otro de tres. Incluso, si quieres, puedo darte también la mesita de café que iba en medio. Todo para ti.

Ahí va la que merecería el próximo Óscar de la Academia a la mejor interpretación femenina: me levanto entusiasmada y doy un exagerado beso y abrazo a mi hermano como cuando era pequeña y esa distancia entre ambos de los diez años se notaba tanto. Creo que esto deja definitivamente zanjado el asunto de su conciliábulo y, si pensaban continuar con su interrogatorio sobre mi estado de ánimo, lo van a posponer para otra ocasión. Por ello, mi comentario de pasada de que tengo que marchar enseguida es simplemente interpretado como las elementales prisas de quien aún tiene muchas cosas por hacer.

8.

Me despiertan los gemidos y, al distinguir lo que parece la silueta de una persona trajeada, pego un respingo de terror. Solo cuando un rayo de sol se cuela por las rendijas de la persiana y me permite distinguir las chaquetas y blusas de la semana amontonadas en el galán de noche me percato de mi verdadera ubicación espacial y temporal. Me tumbé de cualquier forma sobre la cama aún sin hacer y sin preocuparme siquiera de ponerme el pijama. Tengo una verdadera resaca, aunque no parece coherente con lo bebido en la comida del día anterior, y esos hipidos que vienen del otro dormitorio son levemente conocidos como para lograr asustarme.

Me incorporo a una velocidad muy poco apropiada para mi flojera. Cientos de clavos de dolor parecen perforar toda mi cabeza y mi estómago se revuelve y protesta por lo que parece una inundación destructiva de ácido. Esa confirmación del garrafón no cuadra pues, si por algo se caracterizan las invitaciones de mi hermano, son por los productos de calidad suprema que en ellas se usan. Una nueva retahíla de gemidos lastimeros viene por fin a completar el puzle de mis últimas horas vespertinas.

Hacía años que no bebía de una forma tan absurda. Las cosas como son, en épocas más despreocupadas, de trasnochar y disfrutar intensamente, no tenía problema ninguno en enlazar copa con copa. Ahora, la sola idea de beber o comer algo en los próximos días o quizás semanas se me antoja imposible de realizar. Milagrosamente, no tengo náuseas. Llego a trompicones a la fuente de esas quejas y contemplo el espectáculo: el cachorrillo de raza indeterminada y aspecto desmadejado lloriquea acoquinado en la esquina de la habitación vacía y me mira con terror. Se ha dedicado a cagar y a mear por los sitios donde precisamente no había periódicos extendidos y ha derramado el plato de leche. No solo eso, sino que se ha dedicado a pisar todo y extender la porquería por doquier.

—Mecagüen… —bramo, pero ante la mirada de terror que el chucho me lanza me freno en mi genio por desatar. Este es el ejemplo claro de lo que una consigue con un comportamiento estúpido, así que el pobre animal no tiene por qué pagar mi falta de sentido común—. Tranquilo, bonito, que no pasa nada. Ahora vamos a desayunar —lo tranquilizo, sintiéndome más idiota si cabe por esa explicación a viva voz.

Curiosamente, el perrillo se relaja un poco y parece querer acercarse meneando su cola con timidez, aunque no se atreve a ponerse a mi altura y recula cada vez que intento aproximarme un poco. Esto va a ser dificilísimo, no hay duda.

Ejemplo de comportamiento cretino: cójase a una tía joven (referido el sustantivo a la hermana de uno de los progenitores, en este caso, el padre) con un sobrino de 20 años de carácter dócil. Por esa docilidad, tan impropia de su edad, ha aceptado conducir el coche de ella hasta su casa, pues esa allegada no ha sabido controlar la bebida y, sin estar borracha, se vería en serios problemas si tuviese que pilotar de regreso, tanto por la serie de curvas del trayecto como por los posibles controles de la Guardia Civil que en esa carretera suelen apostarse los fines de semana.

Por supuesto, el cretinismo no tiene límites, así que la tía, una vez en zona urbana, convence al pobre chico para tomar la última antes de que él se vaya con su grupo de amigos, como corresponde a la rutina social de ese período de la vida. Hay que señalar en este punto que el chaval, pese a todo, adora a esa tía e incluso se alegra de la invitación, ya que le permite parlotear sobre sus novedades académicas y proyectos próximos con una de las personas adultas que le presta una atención más sincera, así que los dos se meten en uno de esos locales a medio camino entre cafetería pija y pub tempranero. Él, prudente, se limita a pedir un café, pero ella, en pleno desarrollo de su faceta cretina, pide un gin tonic alegando que a esas horas es lo que mejor quita la sed.

Repite esa misma consumición en otro pub de reminiscencias latinas donde se ven obligados a hablar a gritos debido al alto volumen de las canciones de salsa que escupen con saña los altavoces. Ahí el sobrino ya se ha decidido por un cubata de whisky, con lo que su tía bebe con más tranquilidad al saberse acompañada en esa ingesta compulsiva de alcohol.

Por fin, tras casi tres horas de lo que iba a ser una parada rapidita se despiden en el parque frente al edificio de la calle llamada tan genéricamente "Ciudad Nueva", pues la tía ha tenido el buen gusto de excusar al sobrino de meter el coche en el incómodo garaje, alegando que ya lo hará ella al día siguiente, y ha insistido en pagarle un taxi hasta donde haya tenido a bien quedar con su pandilla, pero el chaval da verdaderas muestras de su joven caballerosidad y, tras asegurarse una vez más que esa desquiciada de hermana mediana de su padre queda más o menos bien, se despide con un par de cariñosos besos y sale disparado por sus atléticas piernas en busca de una compañía más acorde a sus años y aficiones.

Como se puede imaginar, el desarrollo de su cretinismo no ha quedado en un punto muerto. Por el contrario, la tía decide sacudirse un poco su amodorramiento etílico dándose un pequeño garbeo por ese simulacro de parque donde un grupo de chavales miran con atención algo que uno de ellos ha traído en una caja de la fruta. Aunque no le importa lo más mínimo, decide asomarse también a ese cofre de tablillas donde, en su fondo, sobre sucios papeles de periódico, observa a su vez un perrillo aterrorizado.

—Si le gusta se lo vendo. Es el último de su camada. Es de raza Pomerania —ofrece el chaval que sujeta la caja, un gamberrete de no más de catorce años que sin embargo ya maneja la expresión de la más rancia pillería.

La tía, pese al evidente entorpecimiento del alcohol, no puede evitar una risotada irónica pues está meridianamente claro que el can es una mezcla imposible de docenas de razas y tiene el mismo pedigrí de una lombriz.

—¿Y cuánto pides por él? —pregunta entre risas, pues las brumas etílicas también le permitieron vislumbrar el recuerdo de cualquiera de las conversaciones con Martina en que esta insistía en su deseo de hacerse con un perro una vez estuviesen instaladas en el piso, deseo al que ella, pese a las reticencias, había acabado accediendo con un polivalente "ya veremos".

El chaval comienza hablando de cien euros pero ella, pese a su abotargamiento, es buena negociadora y acaba sacándolo por un cuarenta por ciento menos, cantidad aproximada que en esos momentos lleva en su cartera y que el chaval le coge rápidamente, lo que también le permite pensar con incomodo que quizás habría podido apuntar una oferta aún más exigua, pero ya está hecho, y el irregular vendedor le tiende caja y perro y se larga a una velocidad que le hace pensar sin ningún género de dudas que ha sido víctima de un timo.

Así pues, como se quería demostrar, la estupidez se demuestra plenamente consumada al día siguiente en, ay, mi desgraciada persona, cuando ya los efectos de todas las bebidas del día anterior se han concentrado en una monumental resaca y se deducen todos y cada uno de los inconvenientes de esa compra espontánea: nada se sabe del animal, así que ahora las preguntas capciosas sobre él se acumulan: ¿será robado? ¿Tendrá alguna enfermedad contagiosa? Sin olvidar la más importante, referidas al día a día: ¿QUIÉN COÑO VA A CUIDAR DE ÉL?

Ahora se revela en toda su extensión la sensatez de aquella frase machaconamente repetida por mi madre ante nuestros ruegos infantiles por una mascota: "¿os creéis que un bicho se cuida solo?". Efectivamente, entre punzada y punzada del dolor de cabeza consigo enumerar las nuevas obligaciones que ese bulto tembloroso va a exigir a partir de ahora: veterinario, comida, paseítos diarios para caquitas y meaditas, cuando no la limpieza de las mismas por toda la superficie del piso en las ocasiones, como hoy, que el pobre no consiga aguantarse. A todo esto se añade un inconveniente importante como es que yo nunca he cuidado de ningún animalito en toda mi vida, ni siquiera de una simple tortuga, así que no tengo la menor idea de lo que se tiene que hacer. Esa función iba a quedar de la exclusiva responsabilidad de Martina, acostumbrada desde su niñez a cuidar de todo tipo de chuchos que había en la casa de sus abuelos.

Tengo la ocurrencia absurda de bajar corriendo al parque a buscar al que me lo vendió y devolvérselo, aunque sea sin recuperar mi dinero, pero está claro que este tipo de reintegros no se hacen y mucho menos a la hora que es, pues acabo de darme cuenta para mi oprobio que estoy levantada nada menos que a las ocho y media de la mañana de un domingo.

Un hedor a mierda sube del suelo y la nausea que había conseguido esquivar aparece violentamente. Ni sé por ello como soy capaz de preparar un cubo con agua y mucha lejía y aplicarlo profusamente por todo el suelo tras recoger toda esa porquería amparada en metros y metros de papel y plásticos que me eviten el contacto.

—Venga, bonito, sé bueno —animo al pobre animal, que mira con terror los movimientos de la fregona y ni la aproximación de un nuevo plato lleno de leche parece darle confianza.

Va a ser estupendo: me he hecho con una mascota que me tiene miedo y que no se me quiere acercar. Por fin, y quizás dominado por el apetito, da unos pasitos indecisos hacia mí y, sobre todo, hacia la leche, que empieza a lamer con avidez

—Buen perro —digo yo acariciándolo, lo que parece a punto de provocarle un síncope del susto, pero el hambre puede más y opta por seguir tragando todo el líquido que queda en el plato.

Como no podía ser menos, el cachorro completa ese proceso alimenticio orinando precisamente en el rincón recién fregado y, acomodándose en la manta vieja que le coloqué en una esquina, se pone a dormir. Vuelvo a fregar esa superficie y, a falta de más hojas de periódico, coloco extendido por toda la habitación un rollo de papel de cocina que espero pueda hacer de forma provisional las necesarias funciones absorbentes.

Son las nueve y cinco de la mañana del domingo, esto es, más de media hora perdida en ese chucho y un importante incremento de mi dolor de cabeza. Estoy pagando mi estupidez con generosidad, pero, por lo menos, pienso recuperar lo máximo posible las necesarias horas de descanso que un fin de semana de bien me debe, así que regreso a la cama y, tras estirar por encima las sábanas y mantas, me acuesto de nuevo, aunque en esta ocasión tengo la precaución de quitarme la ropa en aras de una mayor comodidad.

Es agradable, la casa está en un completo silencio y el perro parece que no continuará de momento con su concierto de gimoteos, así que antes de un par de minutos me escurro satisfactoriamente por el tobogán del sopor. Deseo recuperar el recuerdo de alguna de esas mañanas perezosas de domingo junto a Martina, aunque después el despertar me traiga el escozor insoportable de la ausencia definitiva, y en los vapores del sueño llego a distinguirnos en una de esos momentos mágicos exclusivos de las dos, con un exterior de día plomizo y lluvioso y un viejo piso de paraíso cálido, pero el primer trastazo me hace recordar que es simplemente una imagen antigua.

Los roces de la madera, por su parte, me hacen pensar en el poco apropiado comportamiento del cachorro. Solo cuando escucho claramente un segundo golpeteo con acompañamiento de más furiosos rasgueos sobre las tablillas del somier me doy perfecta cuenta que el origen de esos sonidos está justo debajo de mí.

El susto me impulsa con la fuerza de un muelle industrial y me hace incorporar en un único salto. La inquietud, por supuesto, ni me permite sentir el frío del suelo. Lo único que me preocupa es que en el compartimento de mi canapé parece haber algo. "Joder, una rata", tartamudeo aterrorizada, aunque los ruidos nada tienen que ver con los pasitos de baile de cualquier roedor y en lo más profundo de mi cabeza estoy intentando afianzar sobre todas las cosas esa teoría. Busco un arma que me permita encararla y lo único que se me ocurre es el zapato con un poco de tacón que suelo llevar con los trajes de chaqueta oscuros y que por mi desorganización de los últimos meses he dejado tirado cerca de la cama. Lo blando con una mano agarrotada y con la otra levanto con una fuerza insospechada el colchón y el somier.

El hueco que dejo al descubierto solo muestra la vieja manta de lana y un juego de sábanas bastante gastado que allí tengo guardadas, pero, por precaución, las agarro con la punta de los dedos y las sacudo compulsivamente para que dejen en evidencia que lo único que esconden es un poco de polvo. Ningún ser vivo entre sus pliegues, desde luego, ninguno del tamaño necesario para hacer el estruendo que acabo de oír, pues estoy segura que no han sido imaginaciones mías. Sonó porque fue golpeado, aunque yo no vea nada. Quizás, mi sueño me jugó una mala pasada. Eso es lo que quiero creer, pero de la primera a la última de mis células nerviosas rebaten el argumento.

De repente, el cachorro vuelve a gimotear, aunque en esta ocasión en sus aullidos hay un claro componente de terror, lo sé con seguridad, aunque sea la primera vez en mis 35 años largos de vida que atiendo los sonidos de un animal de mi propiedad. Entro en la habitación donde está y él se abalanza sobre mí tras unos respingos de duda, como si entre dos temores prefiriese el que considera menos malo.

—Venga, bonito, ¿qué te pasa? —pregunto mientras lo acaricio en mis brazos y él como respuesta se me orina encima—. Joder, qué asco —bramo yo, pero me aplaco al ver su carita de susto.

De mi dormitorio llega entonces una nueva tanda de golpes desaprobatorios. Seguramente, mi vecina quiere controlar el volumen de mi televisor y mis palabrotas con la misma premura, solo que hoy no tengo la paciencia o el adormecimiento del día anterior. Por el contrario, la oleada de ira contenida con el chucho va a descargarse precisamente en el tabique que nos separa. Regreso al trote a mi cuarto y golpeo con tanta fuerza la pared que me lastimo la mano, pero no me importa si con eso consigo marcar mi territorio.

—Ya está bien, joder, déjame en paz. Ya es de día —grito atropelladamente y, no sé por qué, intuyo que mi mensaje ha sido correctamente entendido pues el silencio total subsiguiente me provoca además la sensación de que por el momento se ha terminado, aunque no sepa exactamente qué.

Con la calma, viene también mi timidez habitual y temo por anticipado futuros encuentros con estos vecinos. Por lo poquísimo visto de ellos, dan la impresión de ser de esa gente que te las guarda, así pasen cien años, y yo no tengo fuerzas ni ganas para una guerra psicológica de rellanos de esa envergadura.

Quiero lavarme en condiciones, pero el perro parece aterrorizarse con el simple gesto de dejarlo en el suelo.

Ante las continuadas retahílas de sollozos, opto por llevarlo conmigo al cuarto de baño y ponerlo sobre la tapa del inodoro mientras me ducho. Eso parece tranquilizarlo un poco, pero empiezo a comprender que me he hecho con una mascota que no me va a ofrecer mucha compañía o diversión y que, por el contrario, supondrá continuos desvelos y preocupaciones, "casi como un hijo", concluyo, pero la frase me parece tan poco afortunada que me enjuago la boca con el chorro de agua, como si así pudiera lavar una ocurrencia de tan mal gusto. He dejado la mampara semiabierta y puedo distinguir cómo el animalito me contempla a mí y a la escasa distancia que lo separa del suelo alternativamente con un mismo grado de espanto. Remato enseguida y rápidamente me seco y me envuelvo en la toalla. Como no me apetece sufrir nuevas irrigaciones fecales, lo envuelvo también en una toalla raída y así salimos ambos de allí.

Suena el teléfono mientras me pongo la camiseta. En un mismo tirón consigo colocarla en su sitio correspondiente y agarrar el móvil.

—¿Sí? —grito sin comprobar el número en la pantalla.

—Fanny, bonita, ¿cómo estás? —resuena la voz un poco chillona de mi hermana Camila.

—Bueno, tirando —contesto en un insospechado ejercicio de seriedad.

—¿Quieres venir a comer con nosotros? —pregunta y de nuevo distingo en su invitación esa reacción envidiosa a cada acción de mi hermano—. Una cosa sencillita, de andar por casa, claro, nosotros no somos como Emilio y Ángeles.

—¿A comer? ¿Hoy? —me cercioro mientras mi estómago lanza silenciosas y enérgicas protestas en forma de náusea.

—Claro, así ves la ropita que le he comprado a Olivia —insiste ella—. Estaremos los cuatro solos y yo puedo hacer una de mis tortillas de patatas y Juan preparará esa ensalada de la otra vez que a ti te había gustado tanto.

En realidad, lo que pareció querencia por aquel encharcamiento de aceite y vinagre de Módena era más bien un apetito inmenso frente a las graves carencias del menú del día en casa de mi hermana: nada menos que hígado encebollado, un plato del que soy incapaz de comer un solo bocado, combinado con un ayuno forzado por unas pruebas médicas que me habían hecho el mismo día, pero prefiero no desmentir ese aspecto pues la callada animadversión entre mi cuñado y yo es mutua y prefiero no engordarla por su parte con un comentario como ese.

—No, gracias, paso. Ayer comí mucho y hoy creo que haré un poco de régimen. Además, quería ordenar un poco la casa, ya sabes.

—Pero, mujer, anímate —suplica mi hermana pues en su particular competición familiar entiende como tanto importante mi invitación efectiva. Por eso, yo cometo un gravísimo error al pronunciar la consabida frase de cortesía que de inmediato se convierte en mi condena:

—Pasaos vosotros por aquí, mejor —digo como solía hacer siempre que quería desanimarla, solo que tengo el imperdonable olvido de que en esta ocasión mi hermana no va a inhibirse por los famosos vecinos del bajo con los que el imbécil de su marido había estado a punto de llegar a las manos una vez y que le había quitado las ganas de repetir las visitas.

—¿De verdad? —pregunta animada, y antes de que pueda corregir mi ofrecimiento—: Pues vamos entonces a tomar el café, ¿te parece? Había hecho un flan para el postre, así que lo llevo y nos lo comemos.

—Bueno… —suspiro yo, completamente desarmada de argumentos en contra. Por otra parte, y buscando el lado positivo del asunto, mi hermana prepara como nadie los flanes: creo que podría enriquecerse si patentase su receta secreta del flan de café—. ¿De qué es el flan?

—De manzana —contesta, y mi decepción es enorme. No soporto la fruta en el dulce—. Bueno, pues vamos entonces al acabar de comer, ¿te parece?

No me queda más remedio que concretar la hora y repetirle mis señas. Por esas ironías de la vida, precisamente ahora tendré que arreglar la casa de arriba abajo, aunque no era en absoluto mi plan principal: este pasaba por la más absoluta postración y, como esfuerzo supremo, un pequeño paseo por el parquecito de la calle, pues mi hermana pertenece a la Secreta Inquisición del Orden Doméstico y es bien capaz de flagelarme en mi propia casa ante la simple contemplación del polvo acumulado. Lo cierto es que no hace tantos meses yo habría sido probable simpatizante de su causa, pero también hace unos meses Martina estaba a mi lado.

Me tomo la necesaria dosis de cafeína y emprendo las diversas tareas domésticas que no hace tanto hubiera realizado con rapidez y energía, pero que en estos momentos llevo a cabo con la parsimonia de una anciana artrítica. Hoy por hoy me da igual el aspecto que pueda presentar la casa, y termino resolviendo por el expeditivo método de embutir a presión los diversos objetos que hay por el medio en los armarios empotrados.

Con todo, he empleado casi toda la mañana en este pseudoarreglo, y el resto de ella lo paso efectuando una tarea que me provoca tal desazón que a punto estoy de derrumbarme en un llanto infinito: las tazas y platillos del juego de café que nos había dado el banco al firmar la hipoteca relucen en una blancura de estreno que casi me lastima la vista. Creo que, de ser por mí, no lo habría abierto nunca, pero, una vez más, se ha impuesto la vena práctica y tengo claro que a alguien como mi hermana pequeña no puedo servirle el café en viejos vasos de *Nocilla*. Saco todo el juego de la caja y lo limpio un poco con un paño humedecido con la reverencia propia de un sacerdote con el copón. Al acabar, me tomo el ansiolítico de emergencia recomendado en una situación como esta, aunque no dejo de experimentar una leve satisfacción: tengo los necesarios café, leche y azúcar y la casa, pese a su insoportable vacío, presenta un aspecto aceptable.

Decido premiarme con un almuerzo rápido, pero no estoy para cocinar, entre otras cosas, porque me obligaría a manchar una serie de platos y sartenes, así que debo conformarme con un sándwich que como de pie sobre la encimera. No es una refección muy adecuada, como se encargaría de señalarme mi madre si estuviese aquí, pero no me apetece ninguna otra cosa. Tampoco en vida de Martina solíamos almorzar cosas más fuertes los domingos. Nos pasábamos muchas de sus mañanas en la cama leyendo el periódico (bueno, más bien, yo leyendo mientras ella jugaba a la videoconsola), viendo la televisión y, entre medias, haciendo el amor con esa tranquilidad que da saberse propietarias exclusivas del resto del día, así que a la hora de comer solíamos conformarnos con cualquier cosa rápida.

Ahí está, un buen recuerdo, de cosas sencillas. Ahora también estoy rodeada de cosas sencillas, pero falta lo fundamental, es demasiado evidente una y otra vez, y esa evidencia hace que de nuevo vuelvan a caerme las lágrimas, en esta ocasión, inmediatamente disueltas en el agua jabonosa con que estoy fregando el escaso menaje empleado. Seco manos y cara con el trapo de la cocina y, cuando suena el móvil, lo arrojo a mis espaldas de cualquier manera para contestar, un gesto que seguramente habría sido afeado por Martina en su sempiterna manía de colocar en rectángulos perfectos todo tipo de tejidos.

—¿Sí?

—Fanny, cariño. Estamos abajo, llevamos un rato llamando en tu casa, pero este chisme parece estropeado.

—Vale, te abro la puerta —aseguro mientras cuelgo. Presiono un buen rato el botón de apertura y al cabo de un minuto vuelve a sonar el móvil.

—Oye, que esto no se abre. Tendrás que bajar —dispone mi hermana.

Hago lo que me indica con un mosqueo de propietaria desconocido hasta la fecha. Este es un piso nuevo y ha quedado en descarnada evidencia uno de sus defectos. El videoportero ha debido de averiarse entre esta noche y esta mañana. Es probablemente una baratija tecnológica que no ha resistido las dos pasadas de los gamberros de ayer. En menudo momento más oportuno, precisamente en la visita de la tiquismiquis de Camila. Con total seguridad, hará algún comentario capcioso sobre el particular, o también una comparación con el piso donde ella vive.

—Holaaa —saludo con una falsa, aunque bastante creíble alegría al llegar al portal y abrirles la puerta. Tanto mi hermana como mi cuñado me devuelven el saludo con otra falsa, pero menos creíble alegría, probablemente porque a estas horas había alguna retransmisión deportiva tipo "acontecimiento del siglo" y mi cuñado preferiría estar contemplándola en vez de visitando el nuevo piso de la insufrible hermana de su mujer, preferencia que habrá causado la consabida discusión conyugal a medio gas. La única sincera de ese trío parece mi sobrina, que va lloriqueando en el regazo de su padre, a saber por qué capricho coyuntural no satisfecho. Le hago las dos o tres carantoñas de rigor que acrediten mi condición de tía modelo, pero ella me retira la cara indignada. Se ve que no está para nuevas actrices invitadas en su representación del disgusto universal.

—Ya verás qué sorpresa te tengo, cariño —aseguro con muy poca prudencia, pues en un día como hoy no parece muy apropiado mostrar al público mi mascota. Sin embargo, mis palabras han conseguido llamar la atención de la cría, quien ha cesado de inmediato en sus mohines y ahora me atiende con atención.

—Qué barbaridad, recién estrenado y problemas en el portero automático —dice mi hermana por todo saludo—. Desde luego, cada día se hacen las cosas peor. En el nuestro, en cambio, hay que ver lo bien que funciona todo, y eso que ya tiene más de cincuenta años, pero, claro, era de los mejores edificios de la ciudad, y el que tuvo, retuvo.

A ver dónde está mi premio de la tómbola porque lo he ganado con claridad. Casi he adivinado palabra por palabra el *speech* de Camila sobre su casa, ese puñetero piso restaurado de tres habitaciones, salón, cocina y dos baños en ese puñetero edificio señorial (aunque venido a menos) cercano a la Alameda y que ellos compraron y restauraron con el dinero que dejó al memo de mi cuñado un tío de América en su testamento (parece mentira que un topicazo como este se pueda seguir cumpliendo en pleno siglo XXI). Me gustaría por ello que fuese más moderada en sus afirmaciones, pero está claro que no se pueden pedir peras al olmo, ni modestia a mi hermana.

—Bueno, pasad —invito tras abrir la puerta—. Estáis en vuestra casa. —La pareja enmudece ante el deprimente vacío, sin saber qué decir. Por eso la nueva tanda de sollozos del cachorrillo resuena con cristalina claridad.

—*¿Qué's ezo?* —pregunta emocionada mi sobrina, quizás intuyendo por dónde van los tiros.

Yo la llevo de la mano hasta la puerta de la habitación e impostando un poco de suspense, la abro despacio, dejando al descubierto la temblorosa sorpresa.

—¡Un *pedito!* —exclama encantada corriendo hacia él mientras el pobre animal retrocede angustiado hasta chocar con la pared.

No tiene salvación y en un par de segundos es abrazado por esa niña histérica que lo observaba desde la puerta, aunque parece estar menos asustado en sus brazos que en los míos, tal vez porque el tamaño de Olivia no es tan amenazante para sus aún mínimas dimensiones.

—Cariño, no lo cojas así, que le puedes hacer daño —ordena Camila inquieta y con un punto de enojo en su voz, pero la niña no le hace el menor caso y lo acuna en sus brazos como si fuera otra muñeca más de su extensa colección de niña mimada, algo que al chucho no parece molestar mucho—. Además, llevas el vestido nuevo y lo vas a ensuciar todo —concluye la madre en la verdadera expresión de sus prioridades. Por supuesto, la cría sigue sin hacer caso.

—¿Cómo se llama? —pregunta en cambio, y yo me doy cuenta que aún no me he planteado qué nombre le pondré. Intento pensar en alguno que le gustase a Martina, pero no recuerdo ninguno en especial.

—Aún no tiene nombre. Estaba esperando por ti para que le eligieras uno bien bonito —contesto sin embargo, lo que me hace ampliar mi puntuación de tía modelo con esta sobrina.

—¿Yo? —pregunta encantada ante tan inesperado honor.

—Sí, tú. A ver, ¿cómo quieres que se llame el perrito?

—Fusfi —grita sin dudar y yo me doy cuenta que según qué cosas no deben ser nunca ofrecidas a un ser que está todavía aprendiendo a hablar.

—¿Fusfi?

—Fusfi, Fusfi —insiste ilusionada.

—Pero, cariño, no puedes llamarle *Fusfi* —viene en mi ayuda su padre.

—¿Por qué no? —protesta, ya en la línea de salida de sus pucheros.

—Porque "Fusfi" no es un nombre de perro, cariño —explica la madre—. ¿No sería mejor "Toby" o "Pluto"… uno más bonito?

—No, yo quiero que se llame "Fusfi" —se enroca la pequeña en su elección, con las primeras lágrimas rodando por sus mejillas.

—Está bien, si quieres que se llame así, "Fusfi" se llamará —acabo por conceder. Al fin y al cabo, es culpa mía por dejarla elegir, así que ahora deberemos apandar con ese nombre ridículo el pobre animal y yo.

Olivia se pone tan contenta que por unos segundos se olvida de su nuevo amiguito y viene corriendo a abrazarme, algo que a mí me causa una inesperada alegría. Después de todo, no ha estado tan mal mi ofrecimiento.

—Vaya por Dios, pobre chucho —masculla abochornado mi cuñado—. De verdad, no es necesario que lo llames así. Hoy síguele el juego y después busca un nombre más adecuado. Seguro que se le olvida en cuanto salga por la puerta.

—No importa, se llamará "Fusfi", como ella quiere —afirmo. De lo que aún no se entera Juan, por mucho que se las dé de padre moderno y entregado, es que los críos no olvidan este tipo de cosas y yo no quiero dejar de ser la tía ideal por un descuido en un asunto tan evidente—. Bueno, ¿pasamos a tomar el café? —invito—. Tendrá que ser en la cocina. Después os enseño el resto del piso.

—De acuerdo, así podré dejar este dichoso plato —dice Camila y por primera vez desde que llegaron me doy cuenta de que ha estado cargando con él y no me he ofrecido a ayudarla.

Entramos en esa estancia y, aún sin mirar, detecto la creciente extrañeza de los dos. Está claro que han perdido la costumbre de las resoluciones minimalistas en la decoración. La mía lo es en grado extremo.

—Muy bien, marchando tres cafés entonces —ofrezco alegremente encaminándome a la encimera donde tengo la cafetera—. Juan, tú lo tomabas solo y tú Camila, cortado con leche fría….

—Fanny, ¿te pasa algo? —pregunta alarmada mi hermana. He enmudecido como si un rayo me hubiese fulminado de repente.

—No, nada —contesto con dificultad—. Mira, en el platero están los platos y en el primer cajón los cubiertos. Vete sirviendo tú el flan mientras yo pongo el café.

Mi hermana me obedece, aún con la mosca tras la oreja. Yo, mientras, intento recuperar las aceptables pulsaciones de un corazón, en estos momentos descontrolado, con unas discretas inspiraciones de espaldas a ellos. Me siento tan débil que, si no estuviese agarrada con manos crispadas al mueble, en estos momentos estaría desvanecida en el suelo. El trapo doblado se recorta en la superficie inspirándome más terror que cualquier cosa que pueda sucederme en la vida, pero sé que debo seguir disimulando.

9.

He pasado toda la noche sin dormir, la mitad de ella obsesionada con el trapo doblado y la otra mitad convenciéndome a mí misma de que fui yo quien realmente lo colocó de una forma inconsciente, aunque tenga clarísimo el recuerdo inmediato de secarme con él y soltarlo de cualquier manera. Lo peor de todo fue disimular los temblores durante la hora y pico eterna que mi hermana y su familia estuvieron en la casa.

Pobre Camila, intuyó que algo no iba bien, pero no le di la menor opción de echarme una mano, y es que no pienso dar más información de la protocolariamente necesaria al imbécil de mi cuñado. Máxime tratándose de un suceso tan inexplicable como este. Ya me parece estar escuchándolo: "pero Fanny, ¿cómo se va a doblar solo un trapo de cocina?" y, seguramente, entre dientes concluirá con aquello de "es bien rarita", porque ése es el adjetivo con que me lleva definiendo estos últimos cinco años, desde que me conoce: "rarita", un eufemismo ridículo que escamotea su rechazo hacia mi forma de ser y, sobre todo, mi comportamiento de estos dos últimos años. No, de ninguna manera. Preferí dejarlos marchar y enfrentarme en solitario al misterio.

Como todo buen enigma, ha estado esquivando las diferentes explicaciones propuestas con diversos grados de lógica y todos mis experimentos no han tenido ningún resultado a reseñar, ese maldito trozo de tela quedaba tal y como había caído, por mucho que yo saliese de la habitación, me girase o probase cuanta tontería se me iba ocurriendo y en eso todavía consumí un buen rato antes de acostarme agotada, solamente tranquilizada (en su superficie) por la idea de que no había nadie en la casa. Por supuesto, nada de cenar, ídem desayunar, únicamente un café bien cargado que me permitiese conducir hasta la oficina con los ojos abiertos. Aún así, sigo siendo de las primeras en llegar y estoy un buen rato sola en el despacho hasta que aparece Jacinto, trajeado y repeinado como si fuese el padrino de una boda, algo que, pese a mi estado de turbación, me llama la atención poderosamente.

—Buenos días —saluda alegremente—. Anda, menuda cara traes hoy —comenta.

—No dormí bien —corto en prevención de insoportables preguntas que hoy sería incapaz de contestar—. Y tú, muy arreglado vienes hoy, ¿no? —comento a mi vez, provocándole un leve rubor.

—Quita, mujer. Solo me ha dado por ponerme este traje, no va a estar siempre en el armario, ¿verdad? —farfulla azorado.

—¿Visitarás hoy a clientes? —pregunto, intuyendo por dónde van los tiros.

—Bueno… —masculla—, si acabamos pronto con lo de Hacienda, quería acercarme hasta las tiendas del centro comercial, ya sabes…

Claro que ya sé, estoy a punto de contestarle: el kiosco, el puesto de chucherías y, oh, sorpresa, la pequeña mercería donde está esa divorciada vallisoletana clienta de nuestra gestoría desde hace tres o cuatro meses. He podido comprobar que el aspecto de mi compañero es especialmente reluciente cuando se acerca a este último establecimiento, pero, en vez de hacer la apostilla maliciosa que en cualquier otro día formularía, prefiero centrarme de una vez en el trabajo y, en un acto de solidaridad de antigua enamorada, me responsabilizo de la mayor parte de la tarea común, lo que le permite salir con su feliz sonrisa ilusionada casi una hora antes de lo planeado en sus cálculos más optimistas. Como siempre digo, soy una sentimental.

—Estaré de vuelta en un par de horas —afirma en su despedida—. Es solo arreglar…

Prefiere no seguir construyendo esa pequeña mentira y sale disparado. Si mis cálculos no me fallan, atenderá de cualquier manera el resto de las visitas y dejará la mercería para el final, en la que se demorará todo el tiempo posible. Creo que no volveré a verlo hasta primera hora de la tarde. Es más, me da que hoy es el gran día y que invitará a comer a esa divorciada de Valladolid en la pizzería del centro comercial que, como es bien sabido, lleva de serie todas esas mesitas pequeñitas, con sus manteles de cuadros y velas sobre botellas, tan románticas de serie, pero me parece bien. Es un buen compañero y le deseo lo mejor.

Puri da unos educados golpes en la puerta antes de entrar. Por supuesto, me estoy refiriendo a la Puri de Fiscal. La de Laboral entraría en tromba con la primera exigencia extravagante del jefe de la que ella es perfecta correa de transmisión.

—Holaaa —saluda alegremente—, ¿tienes ya eso?

—Sí, ahora mismo te lo paso a tu pantalla —contesto con una sonrisa que no tiene nada de fingida.

Es mi compañera favorita de toda la oficina. Desde el primer momento me ayudó y apoyó en todo lo que aquí he hecho, alabando mis aciertos y disimulando discretamente mis errores de los primeros tiempos y cuando precisamente la de Laboral le fue con el último chisme sobre mis besuqueos con la manipuladora de la que ni me gusta recordar el nombre, aquella arpía deseosa de nuevas experiencias y de no dejar prisioneras, sé que simplemente se limitó a un leve arqueo de cejas y a decir que yo era una adulta soltera y sin compromiso, por lo que podía hacer lo que me viniera en gana. Todo un detalle teniendo en cuenta su filosofía personal tan diferente a la mía, pues si por algo se caracteriza esta compañera es por una profunda religiosidad, de varias misas por semana y entusiastas excursiones para recibir al Papa, incluso una vez fue a vitorearlo a la propia

Plaza de San Pedro. Afortunadamente, ese catolicismo tan ortodoxo va parejo a una más profunda bondad natural que le lleva a preocuparse sinceramente y sin condiciones por el bienestar de todos cuantos le rodean.

—¿Qué tal de fin de semana, niña? —pregunta cariñosamente.

—Psé —resumo sin ganas—. El sábado tuve una comida en casa de mi hermano.

—¿Con la familia?

—Sí, mis hermanos con sus hijos y mi madre. Estuvo bien —afirmo sin mucha convicción.

—No parece que te haya gustado mucho —avanza ella—. No tienes muy buena cara, ¿te encuentras bien?

Es increíble lo de esta mujer. Yo estoy segura que tiene un sexto sentido con los demás. A estas horas de la mañana me he cruzado perfectamente con seis o siete personas, entre compañeros de la oficina y conocidos, y, aparte del comentario rápido de Jacinto, nadie había notado nada. Estoy tentada de contarle el episodio del trapo, pero no sé hasta qué punto lo daría como suceso inexplicable o como simple producto de mi estrés. Al fin y al cabo, ella me acompañó en alguna ocasión al psiquiatra en los meses pasados y debe de recordar todos los síntomas y signos que el facultativo me explicó en la consulta.

—Qué va, estoy bien. Solo que no he dormido gran cosa —contesto por fin—. Es que me he comprado un perrito y ha llorado un poco por la noche.

—Anda, ¿un perrito?

—Sí, tenía ganas de hacerme con uno —explico, y el discreto gesto de incredulidad de Puri me hace comprender una vez más lo inapropiado de mi comportamiento—. Además, los animales hacen mucha compañía, sobre todo, los perros —me justifico.

—Eso es verdad —conviene Puri—. Nosotros tenemos un pastor alemán, ya lo viste alguna vez, Toby. ¿Pues te quieres creer que algunas tardes que estoy sola en casa le hago entrar al salón y ya parece que estoy más a gusto?

—¿Verdad?

—De todas formas, en los primeros tiempos tienes que andarte con mil ojos con él, ¿ya te vino desparasitado y vacunado?

La pregunta me coge tan de sorpresa que tardo unos segundos en recordar el significado de ambos participios para darme cuenta finalmente que no tengo la más remota idea.

—Todavía tengo que llevarlo al veterinario —mascullo—, quizás me coja la primera hora de la tarde para hacerlo —decido de repente—. Ya recuperaré mañana ese tiempo.

—Haces bien. No se puede tener un perro descuidado en una casa, sobre todo en un piso —concluye Puri—, y, ¿cómo se llama?

—Fusfi —contesto avergonzada, pero la mirada de mi compañera es más de extrañeza que de burla—. Es que le eligió el nombre mi sobrina y, los niños…

—Ya, claro, los críos… Ah, y también tienes que tener mucho cuidado con su alimentación ¿qué le estás dando de comer? —recuerda de pronto.

—Pues, de momento, solo le he dado leche —contesto en un susurro, como si hubiera sido pillada en una falta muy grave.

—Seguramente, ya necesitará algo más sólido. Tienes que acordarte de preguntárselo al veterinario.

Puri me ha añadido sin querer nuevos agobios a los que ya traía de casa. No voy a ser capaz de cuidar de ese bicho. No tengo ni idea de lo que hay que hacer con él, ni qué tipo de alimentos toma, y seguramente el veterinario me echará la bronca por no haber hecho ya a saber qué. Me tomaré el resto de la mañana libre y arreglaré eso de una vez. La sola idea de que ese animalito pueda contagiarme algo me enerva y, por otro lado, no hay tareas urgentes y

Jacinto puede llamarme a mi móvil (que no me llamará, pues dos son compañía y tres son multitud, aunque sea telefónica), así que la gestoría-asesoría de empresas bien se puede permitir mi ausencia hasta la tarde.

Tras buscar en las Páginas Amarillas la dirección de clínicas veterinarias cercanas a mi casa y hacerle a la Puri desagradable la firme promesa de recuperar este tiempo de ausencia con una serie de horas extras en los próximos días, trato que, sorpresa, ella acepta sin mayor problema y aún esbozando una sincera sonrisa de asentimiento, salgo disparada.

La única ventaja que ofrece una calle aún con los equipamientos todavía pendientes como la mía es que, por norma general, no tienes mayores dificultades en aparcar, aunque, en mi caso, acabo pisando la línea amarilla pues mi sitio habitual frente al parque está ocupado por una furgoneta de una empresa de instalaciones.

—Hola —oigo a mis espaldas. Mi vecina de rellano se acerca con dos bolsas repletas del supermercado de la calle. Sonríe relajadamente.

—Hola, buenos días —saludo yo con prevención, pues no estoy convencida de que esta sea de las que perdonen los agravios fácilmente.

—¿Te has hecho con un perro? —pregunta.

—Sí —contesto, aún blindada en mi prevención—. Precisamente hoy lo llevo al veterinario.

—Haces bien. El pobrecito debe de tener algo malo porque lleva toda la mañana aullando.

—Vaya…

—Menos mal que levanto a la niña temprano porque si no, iba a estar alteradísima con tanto lloro, con lo que a ella le gustan los animales….

—Lo siento —mascullo avergonzada.

Ha conseguido dejarme en evidencia de nuevo, pero lo que me extraña es que no haya hecho mención ni una sola vez del incidente de los golpes en la pared. No me cuadra.

Avanzamos juntas hasta el portal. Ella sigue parloteando sobre la querencia de su hija por las mascotas y el consiguiente plan de la pareja de adquirir un perro de raza del tamaño adecuado para la niña, aunque temo que, con la preponderancia que piensan otorgar al pedigrí, son capaces de comprar un perro de presa con ese rasgo de excelencia, por mucho que pueda arrancar la cabeza a la pequeña. Yo me limito a asentir educadamente, todavía a la espera de sus protestas por mi comportamiento del día anterior.

Al llegar al portal, nos topamos con un operario destripando con cuidado el videoteléfono y un leve escalofrío me recorre.

—Hombre, por fin —dice mi vecina al técnico como saludo y protesta simultánea. Él la mira con enojo, quizás harto de ser asaltado de esa manera.

—Señora, yo he venido cuando me han llamado —masculla.

—No me fastidie —continúa mi vecina—. Lo que no me parece de recibo es que la gente se esté instalando en un edificio de estreno y no funcione el videoportero, ¿o a usted le parece normal?

—Señora, yo no tengo la culpa —se defiende el técnico—. El chapuzas de la instalación hizo una buena, por eso ahora me han llamado a mí. El muy torpe había dejado sin conexión todo el sistema.

—¿O sea, que no podía funcionar? —se asegura mi vecina—. Desde luego, nos han timado pero bien. Ya ves, un videoportero inútil, y lo que han tardado en hacer algo, porque lo que a mí me fastidia es que camino de la casa de turismo rural este fin de semana y mi pobre marido aún llama que llama al desgraciado del administrador... Oye, ¿te pasa algo? Te has puesto blanca como el papel —me pregunta asombrada ante lo que debe de ser un evidente empeoramiento súbito de mi aspecto.

—¿Este videoportero nunca ha funcionado? —pregunto con dificultad.

—Ni una sola vez. Llevamos con ese problema desde el primer día, creo que ya te lo había dicho —puntualiza ofendida—. Había que llamar por el móvil para que bajasen a abrirte

—¿Y este fin de semana no estuvisteis en casa? —continúo abruptamente.

La vecina me mira como si me hubiera vuelto loca, pero me contesta, supongo que sobre todo porque le debe de gustar presumir.

—Estuvimos en una casa de turismo rural estupenda, y con un precio buenísimo, además. Fíjate, entrando el viernes y saliendo el domingo....

—¿A qué hora volvisteis ayer?

—Pues, no sé. Sobre las siete y media de la tarde. Había que bañar y acostar a la peque...

—¿No quedó nadie en tu casa? —ahora ya estoy interrogándola sin ningún disimulo. Ella se revuelve inquieta, pero mantiene su sonrisa boba.

—¿Y quién iba a quedar? Las moscas, nada más —afirma impostando despreocupación, aunque la he puesto claramente nerviosa.

No espero a comprobar el alcance de su inquietud incipiente pues salgo corriendo a toda la potencia que pueden desarrollar mis poco atléticas piernas y en esas zancadas inverosímiles llego a mi coche.

Por primera vez en todo el tiempo que llevo con este vehículo, exprimo al máximo todas sus marchas y velocidades. El terror bloquea mi pie sobre el acelerador y a punto estoy en un par de ocasiones de salirme de la carretera. Corro hacia la versión actualizada del lugar donde solía refugiarme de mis miedos infantiles pues un instinto atávico me ha dirigido hacia allí desde el primer segundo sin considerar otros posibles resguardos.

Llamo al portalón y me abren sin preguntar, quizás porque estaban esperando a alguien. Mis nervios están tan irritados que ayudo a los timbrazos que doy ya en la puerta de la casa con fuertes golpes sobre la madera. No es de extrañar por ello que esa Sulma o Zulema me mire con ojos desorbitados.

—¿Señorita…? —mascula asombrada.

—¿Está Emilio? Tengo que hablar con él —exijo mientras entro en tromba.

—Voy a avisar a la señora —ofrece la pobre mujer y sale corriendo.

Mi cuñada llega a los pocos segundos.

—Fanny, cariño, ¿pasa algo? —pregunta extrañada y con un punto de incordio. Por toda respuesta, yo me echo a llorar en sus brazos—. Va, va —susurra, como si yo fuese una niña pequeña en medio de una rabieta—, pero, ¿qué tienes?

—Llama a mi hermano, dile que venga —pido entre mis sollozos.

Ella me acomoda en una silla de la entrada y se va a otra habitación, no sé si para cumplir con mi solicitud o simplemente para no aguantar mi ataque de nervios. Pasan una ristra de largos minutos donde yo continuo con mi llantina, mi cuñada con sus preguntas sin respuesta y la pobre muchacha invitándome a tomar una infusión que enfría en su taza despreciada. Por fin, las tres oímos un frenazo frente a la puerta y aparece la persona demandada.

—Fanny, ¿qué ha pasado? —pregunta y yo, como habría hecho hace 25 años, me lanzo a sus brazos protectores frente al pánico de ese piso de la Ciudad Nueva.

—Es mi casa —farfullo.

—¿Tu casa? ¿Qué le pasa a tu casa? —pregunta sin resuello por la fuerza de mi abrazo.

Realmente no sé lo que contestar ya que no hay nada cierto, salvo mi miedo profundo, y sospecho que mi salud mental va a ser definitivamente puesta en entredicho. Aún así, explico lo mejor posible lo del paño doblado, los golpes del canapé y los de la pared desde una habitación vacía y las llamadas en un videoportero averiado. Como suponía, mi cuñada me mira con expresión de espanto y la pobre chica ha preferido salir disparada de la habitación y evitar así vergüenzas ajenas. La mirada de Emilio, sin embargo, es de dolor. Siempre fui su favorita, quizás porque me tuvo como mascota cuatro años enteros antes de que naciese Camila y esta ya llegó en una época en que su compromiso familiar estaba haciendo aguas por su primera etapa de ácrata salvaje.

—Es muy raro todo —recapitula por fin tras unos interminables segundos de reflexión—, pero puede que no sea nada grave.

Un nuevo raudal de lágrimas empapa su cara camisa y él entonces prefiere conducirme a uno de los mullidos tresillos del salón, donde nos sentamos juntos.

—El telefonillo sonó y no funciona —gimoteo yo retomando mi tercer ejemplo—. Nunca ha funcionado.

—Bueno, no creo que sea así exactamente —rebate Emilio dulcificando su voz todo lo posible—. Más bien lo debieron de dejar conectado de cualquier manera y unas veces haría conexión y la mayoría no, y te tocó a ti precisamente que sonase en tu piso.

—¿Y qué me dices de los golpes en la pared, eh? —protesto yo entre hipido e hipido—. O los del canapé, esos me despertaron.

—A ver, Fanny, cariño —continúa mi hermano con su tono dulce, aunque con un leve deje de impaciencia—. ¿No dices siempre que tu edificio ha resultado ser una completa chapuza? Seguro que lo que tú crees golpes son defectos de la construcción, cañerías o cosas así. En cuanto al canapé… bueno, tú misma has dicho que estabas durmiendo, a saber qué escuchaste en realidad.

—¿Y el trapo? Porque te garantizo que yo no lo había doblado, de eso sí que estoy segura.

—Hermanita, tú siempre estás manipulando todo lo que cae en tus manos, mira —dice señalando el pañuelo de papel que aferro: efectivamente, durante la conversación y en los intervalos en los que no me estuve secando con él me dediqué a hacerle una especie de cuernos y cuanta forma extraña más fui capaz de conseguir.

Quedo unos segundos en blanco hasta que por fin arranco a llorar de nuevo, solo que esta vez es un llanto de pena y no de miedo. Emilio se acerca un poco más y me abraza con todo el cariño de adolescente torpe que antaño solía darme.

—Venga, cielo, ya pasó —me tranquiliza acunándome levemente—. Aunque el sábado no lo quisieras reconocer, está claro que todavía estás muy sensible. Has pasado una época muy mala y, ahora, tú sola en ese piso, después de lo que le pasó a Martina…

—La echo tanto de menos —reconozco abrumada por la evidencia—. No soporto la idea de no verla nunca más. No conseguiré acostumbrarme nunca.

—Lo sé, tesoro, lo sé —asiente.

—No sé cómo voy a aguantar. No soporto ese puto piso, y los vecinos…. Tengo una vecina que es una gilipollas.

Emilio me da un beso en la frente y un nuevo abrazo. Ahora propondrá una solución definitiva, en su doble faceta de hermano mayor responsable y audaz emprendedor de éxito acostumbrado a las grandes decisiones:

—Vente a dormir esta noche —determina—. Y, si quieres, vente a pasar una temporada. —Mi cuñada frunce el ceño, pero él no se da por aludido—. Puedes instalarte en la habitación de invitados el tiempo que quieras, de verdad.

—No sé —dudo—. Es mi casa. Era nuestra mayor ilusión, ocupar ese piso. Y además —recuerdo por fin—, no estoy sola. Tengo que volver. He dejado solo a Fusfi.

—¿Fusfi?

—Es mi perro. Precisamente iba a llevarlo al veterinario para vacunarlo.

—¿Te has comprado un perro? —pregunta mi cuñada, igual de asombrada que si le hubiera dicho que me había hecho con una serpiente pitón.

—Sí, y está solo y tengo que llevarlo al veterinario —insisto—. Perdonadme, no sé cómo me he podido comportar así. Me he dejado llevar por el pánico, soy una tonta.

—No pasa nada, cielo —afirma mi cuñada, aunque para ella esto sí que ha debido ser un total, absoluto e integral incordio.

Emilio mira la hora en su cronógrafo de varios miles de euros y por el gesto que disimula debe de haber recordado alguna cita insoslayable.

—Venga, pasas por casa, recoges algunas cosas y a ese chucho y te vienes para acá —sugiere—. Después vas a ese veterinario o, mejor, podemos pedir cita en la clínica donde llevamos al dogo. —Se refiere al perro que sueltan en la finca por las noches y que el resto del tiempo dormita aburrido en un cerrado aparte. Emilio se mueve nervioso como si le estuviera subiendo un bicho por el cuerpo—. ¿Puedes acompañarla tú, cariño?

—Estaba pendiente de… —masculla esta molesta, pero a Emilio, pese a todo, se le nota su capacidad de mando.

—Bueno, ya os arreglaréis —determina de nuevo—, pero que a esta mujer ni se le ocurra volver sola a su casa, que alguien la acompañe, ¿eh? Yo ahora tengo que salir pitando. Seguramente, los japoneses están esperándome y, esos, con lo puntuales que son… Nos vemos esta tarde, hermanita, y no te preocupes, de verdad, todo va a salir bien, ya lo verás.

Me abraza con fuerza, no así a su sofisticada mujer, quien debe conformarse con un rápido beso casi en el aire, y sale como alma que lleva el diablo.

Mi cuñada y yo quedamos mirándonos con incomodo en ese lujoso salón que, más que nunca, me provoca una gran sensación de lejanía. Le habré estropeado alguno de sus insulsos planes de holgazana sofisticada, pero demuestra la suficiente cortesía para no expresarlo en un primer momento.

—Este Emilio, siempre anda a la trágala —comenta con disgusto tras unos interminables segundos de muecas que intentaban simular una sonrisa—. Bueno, cogeremos mi coche —indica como si en realidad la orden fuese encaminarse al patíbulo.

—No es necesario que vengas —digo yo, y ella ve el cielo abierto con mis palabras—. Solo necesito coger unas cosas y al chucho y ya está. Puedo hacerlo yo sola perfectamente —explico.

—¿Sí? —pregunta ilusionada—, pero, de todas formas, Emilio no quiere que vayas sola —recuerda con disgusto.

—Pero es una tontería que tú dejes de hacer tus cosas para acompañarme —insisto.

—Ni hablar, él quiere que no vayas sola, y hoy Cristian y Vero no regresan hasta la noche, así que... Espera, tengo una idea —salta satisfecha—. ¡Selma! —llama, y por fin consigo enterarme del nombre de la pobre empleada.

—¿Señora? —farfulla esta llegando a la carrera seguramente desde el otro extremo de la casa.

—¿Te ves capaz de conducir? —me pregunta la aludida y yo asiento con la cabeza—. Selma, irás con mi cuñada hasta su casa y le ayudas con el equipaje.

—¿Yo? —pregunta espantada, lo que me hace pensar que ha oído bastante de nuestra conversación.

—Sí, dejas lo que estuvieses haciendo y te vas con ella. No creo que os lleve mucho tiempo, ¿verdad?

—Sí, señora —acepta ella desolada—. Voy a por mi chaqueta.

La pobre chica sale de la habitación con la derrota propia del vencido en una batalla. Si no fuera porque es dolorosamente cierto que deseo regresar a mi piso acompañada, la excusaría de venir conmigo. Me da la impresión de que está muy asustada con el encargo de su jefa, aunque también me temo que sobre ese temor agudo se impone el difuso y más evidente de caer en desgracia con quien le paga.

Ya en el coche, la pobre mujer va hipnotizada con la punta de sus desgastados zapatos. Contesta con educados monosílabos a mis comentarios y ni se molesta en disimular una conformidad con la tarea que le espera, pese a que seguramente será mucho más liviana que cualquiera de las asignadas por mi cuñada.

—No se preocupe, enseguida acabaremos —me siento obligada a decir en un tono despreocupado—. Solo cogeré un par de cosas.

—Estoy a su disposición, señorita —susurra ella con su acento suave—. Tómese el tiempo que necesite.

—No hay nada que temer, de verdad —digo yo de repente, y por el rabillo del ojo puedo comprobar cómo la pobre mujer se ruboriza, lo que me demuestra que sí que es verdad que se enteró de nuestra conversación—. He tenido un mal momento, es todo.

—Sí, señorita —masculla ella, más asustada. Creo que, si por ella fuera, aprovecharía el primer semáforo en rojo en que parásemos para salir huyendo, pero controla esa idea con esa contemplación frenética de las punteras acharoladas.

Por fin, llegamos a mi calle y dejo de nuevo el coche frente a mi edificio. Desecho la idea quizás más coherente de estacionar en el garaje, donde sería más fácil bajar las cosas, pues temo que su oscuridad abrumadora espantaría definitivamente a mi acompañante.

Troto hasta el portal, abro y, tras comprobar que el ascensor parece estar en huelga en el piso sexto, subo por las escaleras de dos en dos. La pobre mujer me sigue con dificultad, quizás poco acostumbrada a este ejercicio concreto y, ya en la primera planta le saco una ventaja de todo un tramo.

Ni qué decir tiene que mi energía atlética es bastante limitada, así que, llegando al tercero, mis piernas flojean de una manera importante, y alcanzo el cuarto casi a rastras. La pobre Selma, sin embargo, comprendió quizás al sexto o séptimo escalón que le era imposible mantener mi ritmo y se dedicó ascender con una marcha más llevadera y digna para su complexión regordeta.

—Aquí es —digo al abrir la puerta, pero mi información solo la escucha el rellano vacío. Repito la información al verla aparecer en el último tramo de escaleras y ella parece frenarse un poco en lo que interpreta como última frontera de lo desconocido—. Pase, por favor —invito, y no le queda más remedio que entrar.

El piso ofrece el aspecto desolador habitual, con el molesto añadido de un evidente olor a mierda y orines al abrir la puerta del dormitorio donde tengo el cachorro. Este sale aullando y corriendo con unas zancadas más propias de un perro adulto y va a darse de bruces en las piernas de la empleada de mi hermano.

—Hola, bonito, ¿qué pasa? —dice esta cogiéndolo en volandas y consiguiendo así el sorprendente efecto de tranquilizarlo en el acto. Prefiero no valorar el asunto y, por el contrario, aprovechar esa oportunidad.

—Sosténgalo usted mientras yo dejo limpio esto y cojo unas cuantas cosas, ¿de acuerdo? —decido.

—Pero ya me encargo yo de la limpieza, señorita. Usted no lo haga —se ofrece ella con el mismo grado de asombro que si hubiese efectuado un truco de prestidigitación, seguramente poco acostumbrada a verse liberada de golpe del trabajo más penoso.

—Ni hablar. Prefiero que se ocupe del perrito. Parece que usted le ha caído bien —insisto.

Acabo con la limpieza relativamente rápido pese a que, en no pocas ocasiones, las arcadas parecen escalar veloces desde mi estómago revuelto. Con todo, se me antoja una tarea más penosa la selección y preparación de lo que voy a llevar a casa de Emilio.

Siempre fui una torpe preparando equipajes. Ni aún con todo el tiempo del mundo y el ánimo más relajado era capaz de establecer unos estándares mínimos de cantidad y tipo de ropa y accesorios a llevar, lo que me ha provocado situaciones tan incómodas como verme en una excursión a la playa sin bañador, o en una visita a la alta montaña sin el necesario jersey de abrigo. Con Martina la cosa mejoró muchísimo, sobre todo porque ella demostraba continuamente su experiencia en la materia recordándome con puntualidad cuanto podía necesitar. Ahora de nuevo quedo en evidencia pues la maleta se me antoja como un profundo pozo sin fondo que no sé con qué llenar, aunque a la tercera pieza de ropa que meto mal doblada queda desbordada y tengo que volver a empezar. De la cocina me llegan los rumores de esa pobre mujer cuidando de mi mascota y durante una inverosímil décima de segundo pienso que estoy en medio de una nueva rutina bastante llevadera. El inmenso portazo, sin embargo, rompe esa y cualquier otra ocurrencia y me devuelve al más genuino miedo.

Me asomo al pasillo y la visión de la puerta cerrada está a punto de hacerme desmayar. Sí, la puerta que yo he intentado mover tantas veces y que se mantenía encallada se ha deslizado sobre sus bisagras como si estuviesen pringadas de grasa y se ha encajado en su marco de tal forma que parece imposible de abrir. Oigo una nueva retahíla de gemidos caninos y los timoratos pasos de Selma acercándose.

—¿Va todo bien, señorita? —pregunta tras la hoja. Quiero salir, impostar mi gesto más seráfico y contarle que no ha sido nada, pero no soy capaz de abrir la maldita puerta—. ¿Qué está pasando? —lloriquea la pobre, intuyendo algo raro.

Deseo como nunca poder acompañarla en la llantina, pero decido mantener la compostura en lo posible.

—No es nada. Una corriente, pero no soy capaz de abrir la puerta —digo mientras continúo en inútil lucha con el picaporte—. Tire de su lado, por favor. Está encajada.

Ella hace lo que le digo, pero la madera no cede un centímetro, como si estuviese incrustada. Todo es una locura. No hay llave, pero parece como si alguien hubiese dado un par de vueltas al cerrojo para dejarme aprisionada en estos dos malditos dormitorios y cuarto de baño.

—Señorita, no consigo abrir la puerta, ¿qué hago? —pregunta nerviosa Selma mientras el perro debe de estar enloqueciendo de terror.

Seguimos forcejeando un buen rato, pero sin ningún resultado y yo pruebo a mascullar cuanta imprecación hay contra el piso y sus componentes. Noto la cabeza a punto de estallar, y todos los elementos parecen indicar la necesidad de un mínimo tiempo muerto, pero la angustia me impele a seguir con furia, hasta que por fin suelto suavemente la manilla porque una idea completamente inesperada acaba de cruzar mi cabeza: no es necesario seguir intentándolo. Es todo, y con una serenidad ya olvidada me aparto un par de pasos de la puerta pues sé lo que va a pasar inmediatamente. El "chac" con que Selma la abre parece resonar en todo el edificio.

—A veces se pone tonta y no hay manera de abrirla —digo con una calma sobrenatural—. Meto un par de cosas en la maleta y nos vamos, ¿de acuerdo?

—¿Señorita? —masculla Selma con un hilo de voz.

—¿Sí?

—¿Puedo ir bajando? Es que es mejor que el perrito pasee un poco antes de meterlo en el coche —murmura—. Si quiere, voy llevando alguna maleta también.

—No se preocupe, solo llevaré unas cuantas cosas —contesto yo con calma—. Puede esperar frente al coche, si lo prefiere. No hay problema.

Efectivamente, no hay problema. Estoy en mi propia casa, y acabaré por controlar todo esto, estoy segura, aunque por el momento prefiero no plantearme por qué las bragas que había metido de cualquier manera en el fondo esperan perfectamente dobladas en el borde de la cama.

10.

El calor en la sala de espera es asfixiante, pero nadie tiene la mínima iniciativa para levantarse y abrir un poco la ventana. Por supuesto, yo me encuentro demasiado indolente para tal acción, así que prefiero seguir cociéndome empotrada en la silla que me agencié al llegar, mientras Ángeles se mantiene rígida como un poste al lado de la pared, seguro que espantada de moverse entre esta marea de sudor y dolencias. Ni sé cómo se ha ofrecido a acompañarme hasta la consulta, teniendo en cuenta la inmensa grima que le deben de dar estos sitios de la red sanitaria pública, pero debo reconocerle que en estos días ha sido la perfecta anfitriona y con ese papel sigue cumpliendo como una auténtica profesional.

—¿Quieres sentarte un poco? —le ofrezco.

—No hace falta, gracias. Estoy bien así —susurra inquieta, como si el simple hecho de moverse hasta aquí fuera a suponer un ataque conjunto de la amalgama de grillados que aguardan su turno para alguno de los tres psiquiatras que atienden a estas horas.

—Venga, mujer, si llevas ahí de pie un buen rato, y yo quiero estirar las piernas —invito levantándome en un rápido brinco para animarla.

Acepta con reticencia y se acerca lentamente, como si temiese que cualquier movimiento brusco pudiese provocar las iras de la media docena de tipos con mirada perdida que dan vueltas por ese espacio común. Se sienta desplegando el mismo cuidado extremado. Entre medias, ha salido otra paciente y desde el interior han llamado a la siguiente, una cría consumida como cualquier víctima de una hambruna.

—Esa está antes que nosotras, nuestro turno es el siguiente —me informa mi cuñada, quien hace casi una hora estuvo presente al inicio de la consulta cuando la enfermera salió a comprobar las citas, mientras yo agotaba la paciencia buscando un sitio donde aparcar mi coche, pues fui tan imbécil como para querer traerlo y no aceptar la más razonable sugerencia de mi hermano de coger un taxi en prevención precisamente del tráfico colapsado de aquí.

—Ah, qué bien —farfullo.

La verdad ineludible es que tengo tantas ganas de volver a contar mis sinsabores a un facultativo como de que me extraigan una muela sin anestesia, pero me he visto obligada a adelantar mi cita y a venir tras la labor de acoso que sobre el particular me ha hecho toda la familia desde el episodio de mi piso, en el que de nada han valido las aclaraciones aterradas de mi acompañante sobre puertas cerradas de golpe y, en general, su inquietud constante en esas habitaciones, explicadas con el hiriente comentario racista de que en su país de origen hay mucha superstición.

Por fin sale la desnutrida y Ángeles salta hacia la puerta abierta como si estuviese en una competición, dándose así la circunstancia de que la confundan con la siguiente paciente.

—No, yo no. Es mi cuñada —la oigo contestar mientras intento llegar antes de que la enfermera me cierre la puerta en las narices.

Soy lo suficiente ágil para que colarme dentro sin problemas, aunque con el inesperado añadido de un asalto de imágenes de los viejos tiempos. Tomo asiento, anonadada por los caprichos del azar, y mi gesto es interpretado como la turbación propia de una persona depresiva.

—¿Qué? ¿Cómo va la cosa? —me pregunta el psiquiatra de esta ocasión, un viejecillo con mirada de superioridad, seguramente próximo a jubilarse.

—Tirando —contesto con lo que en definitiva es una sinceridad total.

A él ya no le interesa mi respuesta y repasa el expediente que le ha puesto sobre la mesa la enfermera.

—A ver… Fanny, ¿no? —yo simplemente asiento con la cabeza, pero él no puede verlo ya que no ha apartado una sola vez los ojos del montón de papeles de diferentes formatos y caligrafías—. Dice aquí que estuvo unos ciento veinte días de baja por depresión, ¿qué pasó?

—Enviudé hace unos meses —resumo esta época interminable de vacío cósmico.

El médico por fin se digna a lanzarme una miradita compasiva sobre la carpeta y la enfermera disimula su incomodo tensándose dentro de su pijama impoluto.

—Caramba, lo siento mucho, mi más sincero pésame —susurra.

—En el ataque contra un blindado en Afganistán, quizás recuerde la noticia —añade mi cuñada sin ninguna necesidad. Sabe perfectamente que me enferma tan solo oírlo, pero no podía dejar pasar la oportunidad de intervenir, pues no soporta la falta de protagonismo ni siquiera en un sitio como este.

El médico me lanza otra miradita compasiva y la enfermera parece ahora más tranquila.

—Vaya, le acompaño en el sentimiento —dice educadamente.

—Gracias, muchas gracias.

—¿O sea que su marido iba en ese blindado? —es ahora el médico quien pregunta sin necesidad, pero está claro que la curiosidad no conoce fronteras ni de personas, ni de titulaciones.

Llegada a este punto, podría limitarme a asentir sin más y así agilizar lo que finalmente será la gestión de una nueva sarta de recetas de psicofármacos, pero soy quien soy, a este tío al final le pago en parte su sueldo con lo que me retienen del IRPF y, en definitiva, me limitaré a precisar un dato biográfico importante.

—Mi mujer —corrijo alto y claro.

—¿Cómo dice? —se cerciora asustado el viejillo.

He adivinado: pertenece a la escuela de don Carlos, aunque, en este caso, hay una petulancia que el veterano cliente de mi empresa no tiene ni por asomo.

—Mi mujer iba en ese BMR —completo—. Martina Yeste Orantes, ya sabe, la que intentó repeler el ataque. No llevábamos ni medio año casadas e íbamos a encargar un bebé. Por eso rompí como rompí.

De los ojos del doctor ha desaparecido todo atisbo de la compasión condescendiente de hace unos segundos y ahora destilan una dureza propia de la usual con toda esa panda de caraduras que a veces llegan demandando medicamentos imposibles y cómodas incapacidades laborales.

—¿Quiere otra baja entonces? —pregunta con dureza—. Pero el tratamiento va bien y mi compañero ya le ha rebajado un poco las dosis.

—No necesito una baja para nada —corto yo con igual frialdad—. La verdad es que no necesito nada. He venido por una crisis que sufrí hace unos días, y mi familia no se iba a quedar tranquila hasta que no pasase por aquí.

—Ay, Fanny, qué cosas dices —protesta avergonzada Ángeles, aunque ni el médico ni yo le prestamos la menor atención.

Soy interrogada de mala gana y en lo que se podría denominar una terapia exprés para que al final ese tipo me recete unos ansiolíticos un poco más fuertes y me respete las demás dosis del resto de la medicación. Nos despide con la recomendación desganada de animarme más, así que mi cuñada y yo salimos de allí con la misma sensación de prisas. Con todo, no me he girado ni una sola vez. Estoy orgullosa de mi autocontrol.

—Qué barbaridad, estos médicos del Seguro parece que fueran a apagar un fuego, hay que ver con qué velocidad nos ha despachado —protesta Ángeles en el pasillo.

Ya en las escaleras, oímos mi nombre. Nos giramos al mismo tiempo para descubrir a la enfermera que viene en mi busca.

—Fanny, por favor —dice con un leve resuello—. Necesito que venga usted a aclararnos una cosa de su historia clínica. Solo será un minuto.

Ángeles mira con fastidio su lujoso reloj de pulsera, imaginando sus posibles proyectos previos al almuerzo definitivamente frustrados.

—Hagamos una cosa: vete sacando el coche del aparcamiento y espérame en la entrada —dispongo—. Así abreviamos. Está en la plaza 124, detrás de la cafetería.

A mi cuñada le parece bien el plan y sale disparada con las llaves, sin necesidad de mayores explicaciones y yo sigo a la enfermera hasta un pequeño cuartito desocupado al que me invita a entrar. Paso y ella hace lo mismo. Solo cuando consigue cerrar la puerta por completo, pues aún debe luchar unos engorrosos segundos con un picaporte poco eficaz, tiramos las caretas, y vuelve a asomar en todo su esplendor la manipuladora de la que ni me gusta recordar el nombre, la arpía deseosa de nuevas experiencias y de no dejar prisioneras. Me sonríe de una manera que en nuestra época en común no le había visto ni una sola vez.

—Fanny, cariño, cuánto tiempo —exclama resplandeciente.

—Casi tres años —preciso—, ¿cómo te va, Rosana?

—Rosina —me corrige ella dolida y siento la más inmensa satisfacción al comprobar que, finalmente, conseguí bastante bien el objetivo planteado en su momento de olvidar su nombre.

Me da un abrazo en el que también detecto un cariño desconocido tiempo atrás, pero no estoy dispuesta a aceptarle ese beso que buscaba en mis labios y que debe limitarse a chocar con mi mejilla. Me separo de ella ensayando el gesto más adecuado para la ocasión y que me temo no pasa del esbozo de una sonrisa imbécil.

—Hacía tanto tiempo que no nos veíamos, ¿verdad? —pregunta imprudentemente, pues esa sería la cuestión de manual para disparar todos los reproches acumulados y no dichos de nuestra historia—. Y mira que me he preguntado veces por ti.

—Casi tres años —repito como una grabadora, a falta de una respuesta más airosa.

—Y menudos tres años, ¿no? Te cambió la vida por completo, por lo que veo —señala ella con una ligereza que me dan ganas de cruzarle la cara de una bofetada—. Siento mucho lo de tu mujer, por cierto —se interrumpe de repente, pero sé que en esa gravedad impostada está de fondo la idea de retomar las viejas oportunidades. La conozco bien, pese a todos mis esfuerzos por esa amnesia selectiva.

—Sí, gracias —masculло.

—Las malditas guerras… —dice como frase culmen, y me pregunto seriamente qué pude encontrar tan maravilloso en ella los ratos en que no estábamos follando entre mi casa, hoteles cercanos a su barrio o incluso en aquel monovolumen en que a veces pasaba a recogerme.

—Sí, las guerras —confirmo yo—. Por cierto, ¿qué tal tu marido y los críos? —pregunto en un sangriento hachazo de mala fe—. Habría preguntado por ellos más veces, pero recuerda que ni en una sola ocasión me los habías mencionado. Siempre me viniste con tu puto cuento de que eras libre como el viento —remato con mi tiro de gracia.

Ella palidece de una forma más que evidente, pero sigue siendo una campeona de las apariencias y enseguida retoma las formas.

—Los niños están bien, el mayor ya empezó este año el Bachillerato —contesta con dignidad—. Y no sé a qué viene esto. Sabes perfectamente que si nunca te hablé de ellos fue para que no te sintieras culpable. Bien te conocía, y sé que te habrían entrado unos remordimientos absurdos si te lo decía y yo quería estar contigo, como tú conmigo, no lo niegues. Ibas mucho de liberada y de moderna pero siempre fuiste una puritana y una mojigata, qué otra cosa te podía contar —arguye, chorreando una ofensa en sus palabras inaceptable.

Nos miramos unos segundos en silencio como gladiadoras que buscasen asestar el golpe definitivo. Podría parar ahora y largarme. Seguramente, eso sería lo que más clase demostraría por mi parte, pero hoy prefiero comportarme como una follonera barriobajera que buscará sacudir unas cuantas patadas más en esos hígados de las personas caídas, aunque esto solo sea una metáfora bruta de la dialéctica en la que parecemos embarcadas. Hoy por hoy, me lo puedo permitir, y no pienso compadecerme lo más mínimo. Ella se merece eso y más.

—Un momento —apunto, encantada de la deducción que alegremente argumenta mi mala fe—. No me cuentas nada de tu marido y tú has vuelto a tu plaza de enfermera, ¿verdad?

—Bueno, yo estaba en una excedencia —farfulla, dejando clara mi victoria en este round—. Más pronto o más tarde iba a volver a mi puesto.

—Ya, porque no te quedaron más narices —concluyo satisfecha—. ¿Cuánto hace de tu divorcio, o tu separación, o lo que sea?

—Mujer…

—Y no en muy buenas condiciones, ¿eh? Si no, por los cojones ibas a volver a trabajar —insisto, con un punto machista inconcebible en mí.

Me dan igual las lágrimas que asoman ya a sus ojos. Litros y litros de ese maldito líquido vertí yo por su culpa. Se pelea un rato con el picaporte como si quisiese huir de aquí cuanto antes, pero la conozco bien, y sé que ensayará algo antes de hacer mutis.

Efectivamente, se gira y me lanza una mirada de gacela herida que hace esos casi tres años me habría dejado K.O.

—Yo nunca te olvidé —susurra como tan bien sabe hacer—. Me habían surgido unos problemas familiares muy graves, no podía seguir.

—Ya —asiento entre dientes, identificando en el acto esos problemas con las seguras sospechas de un marido cornudo—. Tengo que irme.

—Podríamos quedar algún día, ahora que las dos estamos libres —ofrece con su mejor mirada de seducción.

Desde luego, será un milagro que no la estampe contra la pared. Está claro que concibe la muerte de Martina y mi penar posterior como una buena oportunidad para retomar prácticas agradables. Le importa un comino mi dolor con que en este momento me pueda estar arrastrando por el mundo

—¿Te paso a buscar una tarde de estas, como solíamos hacer? —Esto es, llegar y meternos directamente en la cama. Por lo menos, ha sido lo suficientemente sincera y ha evitado todo ese teatro del café en algún sitio o paseos o similares. Mi sonrisa es mefistofélica por lo en bandeja que me lo pone, pero ella la interpreta como el derrumbamiento de mis últimas defensas—. ¿Te parece bien entonces?

—Vale, recuerdas donde vivo, ¿verdad?

—Sí, claro, aquel viejo edificio de la calle de las Angustias. Era el tercer piso, ¿no? —confirma satisfecha y yo asiento con la cabeza descuidadamente—. Me pasaré sobre las ocho o así, ¿te parece?

—Cuando quieras —digo yo, disimulando a duras penas mi júbilo al comprobar lo bien que ha caído en la trampa y ni pienso considerar la posible hipótesis de que estoy teniendo un comportamiento absolutamente inmaduro e infantil que a ninguna parte lleva, salvo a esta enorme y sabrosa satisfacción inmediata, y eso que ni siquiera le estoy haciendo pagar por otro de sus grandes agravios, como era llegar a la hora que le daba la gana y tenerme esperándola en exclusiva como una pringada—. Ahora, me tengo que marchar. Mi cuñada me espera.

Consigue robarme un beso en el momento en que voy a salir por la puerta. Aunque me aparto rápidamente, la vieja inercia me hace disfrutar unos segundos de sus labios que siguen siendo estupendos, aunque muchísimo menos que los de Martina. Valga esta pequeña cesión al gran chasco de esta tarde cuando llegue a mi vieja casa y se tope con los nuevos inquilinos. La pena es no poder verlo en vivo y en directo, mis carcajadas se iban a escuchar hasta en el Everest.

Ángeles espera en la puerta con el coche al ralentí y un gesto de fastidio que se le suaviza al ver el mío alegre.

—¿Qué te han dicho? Vienes muy sonriente —pregunta una vez subo al vehículo.

—Oh, nada. Es que he arreglado un asuntillo pendiente —contesto en un críptico resumen.

Mete primera y sale a velocidad entre todo el montón de circulación de las calles adyacentes, quizás recordando lo manejable que es su excoche, y es que yo soy la chatarrera oficial de su casa para todos aquellos objetos en buen uso de los que se quieren desprender. Así, cuando al poco tiempo de comprado, ella se hartó de él porque, según sus palabras, era "demasiado serio" y "poco juvenil" (dos cualidades que yo no veo como negativas en absoluto), ahí estaba la cuñadita para cogérselo por un no-precio que, efectivamente, fue una verdadera ganga, pero que al cabo se antoja elevado teniendo en cuenta sus necesidades particulares, más acordes con cualquier utilitario de poca potencia, y los elevados gastos de mantenimiento que suele exigir, en nada apropiados al sueldo de una chupatintas.

—Bueno, ahora ya no vas a la oficina, ¿verdad? —pregunta Ángeles. Efectivamente, ya solo falta una hora para la salida, pero quizás podría aprovechar aún un ratito para adelantar algunas cosas.

—No, ya es muy tarde —contesto sin embargo—. Iré temprano por la tarde y procuraré hacer un par de horas extras para compensar.

—Ay, cómo eres —gruñe mi cuñada—. Tanto trabajar, sales a tu hermano.

Voy a rebatirle con pocas ganas que yo tengo que cumplir un número de horas y toda la recua de mis obligaciones consiguientes, pero soy interrumpida aun antes de empezar por el sonido de mi móvil del trabajo. El número que muestra la pantalla es completamente desconocido para mí y mi "¿diga?" lleva una importante carga de curiosidad.

—Hola, soy Katy, tu vecina del 4º B —se identifican al otro lado y no puedo dejar de molestarme al comprobar que esa arpía posee mi número. Por otro lado, me doy cuenta de que es la primera vez que me dice su nombre—. Mira, perdona que te llame con tanto retraso, pero es que estos días no ha habido manera de dar contigo en tu casa.

—No estuve —contesto de mala gana.

—Ah, por eso. Bueno, el de la inmobiliaria me dijo que trabajas en esa gestoría del Paseo y allí me dieron tu número —explica, y yo apunto en mi agenda mental abroncar a Constanza o a quien sea que revele mis datos con tanta facilidad.

—¿Qué querías, Katy? —apuro yo, pues me da la impresión de que mi vecina es de esas personas que se dispersa con facilidad.

—Es por la reunión informal de vecinos que teníamos prevista. Será hoy, y es imprescindible que estemos todos los que ya vivimos en el edificio.

—¿A qué hora es?

—Pues verás, ése es el problema. Queremos hacer un escrito y llevarlo al notario, y como solo abre un par de horas por la tarde, tendríamos que hacer la reunión a las tres y media o cuatro menos cuarto a lo más tardar, para que dé tiempo a todo, ¿entiendes?

—Me viene fatal —protesto yo, aunque la verdad es que en el fondo me da completamente igual la hora que se decida.

—Sí, la verdad es que es una hora muy mala —reconoce mi vecina—, de hecho, a Luis ni le dará tiempo a comer, tendrá que bajar al portal con un bocadillo o algo así.

—Está bien. Iré —acepto—. Dices que nos reunimos en el portal, ¿verdad?

—Sí, al lado de los buzones. Hasta luego.

Si el resto de la vecindad se parece solo un poco a esta imbécil creo que saldré corriendo de la reunión y me lanzaré al tráfico de la calle. Curiosamente, no me importa demasiado el hecho de comer a la carrera y salir disparada hasta mi edificio porque en solo unas décimas de segundo he trazado un plan.

—Tengo una especie de reunión de mi comunidad —explico a mi cuñada—, justo después de comer.

—Menudo incordio —comenta ella sin apartar la vista de la carretera.

—Aprovecharé para volver a mi piso —suelto como quien no quiere la cosa y Ángeles a punto está de dar un volantazo ante el contenido de la frase.

—¿Qué tontería es esta? ¿Cómo te vas a ir hoy? —salta ofendida—. Por lo menos, espera a que regrese Emilio de su viaje. Habla con él, mujer.

Al final, la cosa parece reducirse a los acuerdos entre hermanos y no tanto a una preocupación por mi futuro más que inmediato. Por supuesto, la entiendo. Ella ha estado un poco tensa conmigo y mi tristeza perenne merodeando por su elegante casa, pero no deja de ser una buena pareja que respeta y comprende las responsabilidades familiares de su marido.

—No te preocupes, esta misma noche lo llamo y le explico todo.

—Pero…

—No te preocupes, de verdad —insisto.

—Ya, pero es que, no sé, no te veo lo suficientemente entera para regresar sola a esa casa, la verdad. Es que tú no te viste cuando llegaste, Fanny, estabas completamente desencajada de terror.

—Bueno, pero hoy ya me veo mejor, y llevo nueva medicación. No te preocupes.

No le queda más remedio que aceptar tras repetirle la promesa de la correspondiente charla en profundidad con mi hermano.

Me ayuda con verdadera dedicación a guardar las cuatro cosas que completan mi escaso equipaje de estos días, olvidándose incluso de lo que parecían sus urgentes tareas pendientes. También me ayuda a introducir a Fusfi en la monísima cesta de transporte que me han regalado, algo más difícil de lo que un cachorro canijo podría hacer suponer, pues se revuelve crispado como si le fuésemos a introducir en una carreta hacia el patíbulo. El resto de los elementos del impresionante ajuar canino que mis sobrinos y Emilio han reunido para ese antipático chucho es empaquetado por la pobre Selma, quien no puede evitar lanzarme miradas asustadas, como si me supiese a punto de regresar al infierno.

—Ay, señora Fanny, ¿tiene que llevarse al animalito? —pregunta sin querer. Entre el cachorrillo y ella hay una corriente de simpatía que yo no voy a conseguir en años.

—Por supuesto, a su casa —contesto con un punto de brusquedad.

—No, claro —asiente cohibida—. Es que parece muy inquieto.

—No se preocupe, de verdad —recomiendo, con mayor suavidad—. Seguramente, cuando se vea de nuevo en su habitación se tranquilizará un poco, ya lo verá.

—Ay, señora Fanny, no lo creo —se sincera la mucama—. Este perrito sabe lo que hay allí.

—¿Lo que hay allí? —salto, más alterada de lo que la situación recomienda—. ¿A qué se refiere?

La llamada de mi cuñada desde el salón le sirve de providencial ocasión de fuga frente al interrogatorio que se le avecinaba. Esta mujer sabe, como yo, que el portazo no fue cuestión de corrientes de aire, ni de ninguna causa razonable, sobre eso no me podrá convencer de lo contrario ni toda la medicación ni todos los psiquiatras del mundo, pero ella tiene un trabajo que mantener, y cualquier confesión, por mínima que sea en ese punto, supondrá, como mínimo, una bronca de palabras suaves pero aceradas de Ángeles. Me limito por tanto a coger mis bártulos y llevarlos al coche. Tras un sencillo y temprano almuerzo con cuñada y sobrinos me despido brevemente de ellos y regreso a mi piso.

El edificio sigue con su plomizo aspecto anodino, pero no estoy en estos momentos para valorar esas cosas. Mi intención es subir todo e ir con la mayor dignidad posible a esa maldita reunión de vecinos, algo que consigo solo a medias por culpa precisamente de Fusfi, quien se revuelve con una agresividad que no le había visto en todos estos días para evitar que lo saque de la bolsa de transporte.

—Pues ahí te quedas, bicho imbécil —decido tras esquivar una dentellada inofensiva.

Llego al portal con diez minutos de retraso, sancionado por miradas de rechazo de los que allí ya están y, sobre todo, de la insoportable pareja vecina de rellano, quienes comprueban la hora ostentosamente en sus respectivos y vulgares relojes de pulsera.

—Algunos nos hemos quedado sin comer para estar aquí en punto —escupe el marido mirándome con rabia.

—Sí, y algunas estamos perdiendo tiempo de trabajo para adaptarnos a los horarios del resto —rebato con una rapidez que no me reconozco y que les hace enmudecer ofendidos.

—Bueno, parece que ya estamos de todos los pisos ocupados entonces —dice un hombre de unos cincuenta años y aspecto amable ataviado con ropa casual de colores tristes.

—Apura, Ramiro, que Luis todavía está sin comer —dice la parte femenina de ese matrimonio antipático.

—Bueno, tampoco es necesario que hable yo, ¿verdad? —masculla el cincuentón un tanto cohibido—. Aún no está constituida la Comunidad de Propietarios, así que cualquiera de los vecinos, y vecinas —añade al comprobar el ceño fruncido de una mujer ataviada con chándal carmesí—, puede dirigir esta reunión que, al fin y al cabo, es informal y sin validez legal.

—Pero tú tienes mucha labia y sabes de leyes, así que dale —anima la mujer del chándal carmesí.

—En fin, yo…. —se aturulla el pobre hombre—. Bueno, acabemos de una vez: estamos aquí los de los ocho pisos ya ocupados para hablar un poco de los problemas con que nos hemos encontrado en este edificio y que se hacen más graves si tenemos en cuenta que es de nueva construcción y se nos habían garantizado primeras calidades del material, ¿estamos de acuerdo?

Hay un murmullo general de asentimiento y yo tengo el patético consuelo de no saberme única sufridora de ruidos, humedades y demás defectos de la casa.

—Eso, sin contar el timo de esas pistas polideportivas y esa piscina que nunca se construirán —apunta un hombre barbudo a mi lado.

—¿Cómo que no se construirán? —pregunto yo, alarmada.

—¿No se ha enterado? Ese mamón del constructor prometió esos equipamientos usando parte de suelo público, el muy estafador —contesta y a mí se me ciñe de inmediato un nudo en la garganta que me impide respirar—. Claro, ahora ha llegado el Ayuntamiento y le ha echado para atrás el proyecto, por mucho que él siga jurando por la memoria de su puta madre que es solo un pequeño retraso y que antes de un año las tendremos.

—Desde luego, no sé cómo se va a apañar para construir en ese sitio —interviene el improvisado presidente de la reunión—. En la publicidad lo prometían de forma inmediata, así que, como mínimo, es estafa.

—Ramiro sabe un montón de leyes, trabaja en la Delegación de Justicia —me indica orgulloso el barbudo, pero yo apenas le presto atención.

La noticia me ha dejado anonadada por cuanto supone de traición a una de las ilusiones del fallecido amor de mi vida.

La sola mención de los derechos sobre un lugar donde nadar y poder ejercitar los músculos en general iluminaba el rostro de Martina como el de un chiquillo ante el peluche más bonito de la tienda. Le encantaba el deporte, casi tanto como le encantaba yo, y si al final nos decidimos por este piso frente a otras ofertas fue precisamente por ese equipamiento específico.

La frustración me ha noqueado de tal forma que apenas puedo seguir la reunión. No llego a distinguir si esos problemas de humedades sobre los que tanto se insiste se dan en la cocina del 1º F o, por el contrario, en esa vivienda concreta hay el problema de la deficiente instalación eléctrica y es en el 3º B donde se da el problema de los lamparones pardos por filtraciones de agua. Pese a todo mi abatimiento, sí que llega a chocarme que nadie señale ningún problema de ruidos raros en las paredes, salvo las famosas tuberías musicales en las que sí se reconoce perfectamente el tipo de sonido. A la pregunta sobre mis problemas concretos, señalo con desgana las nefastas características del patio de luces y la puerta atrancada del pasillo, prefiriendo olvidar a propósito el portazo del otro día, defecto que también sufre el afable funcionario de Justicia.

A la hora de firmar no sé qué manifiesto, yo estampo mi rúbrica obedientemente y salgo de allí a escape nada más finaliza la asamblea. Subo al piso con esa misma velocidad para dejar al chucho un poco de comida y agua y ni me preocupo de que se haya acoquinado en un rincón.

Bajo al garaje y cojo mi coche para dirigirme de inmediato a la oficina. Pienso doparme con grandes dosis de trabajo, el más mecánico y alienador posible, que anestesie esta nueva frustración de estreno, que, una vez más, llena mis ojos de lágrimas y a punto está de hacerme comer una furgoneta que salía de un cruce en el que tenía prioridad. Suerte del excelente sistema de frenada de este vehículo de lujo en el que siempre me siento de prestado.

11.

Estoy tan agotada que me admira ser capaz de conducir por mi carril varios kilómetros seguidos. Ni sé cuántas horas habré trabajado estos días. A riesgo de convertirme en eso que Puri de Laboral llama *workalcohólica* (con una entonación que parece deshacerle la lengua dentro de la boca), estas sesiones maratonianas han sido la mejor manera de anestesiar esa frustración constante que me acompaña desde la reunión vecinal de hace unas semanas. Tampoco ayuda mucho Fusfi, que se ha convertido en un incordio complementario al que debo alimentar, limpiar y sacar a pasear a la carrera por ese conato de jardín frente a mi edificio antes de salir a trabajar y también al mediodía y al anochecer, cuando llego cansada como una burra. No es cierto eso de que se le acaba cogiendo cariño a las mascotas. Por lo menos, en mi caso. Este perro feo y soso es tan solo un ente orgánico que come, mea, caga y de vez en cuando gimotea, y lo único que ha concedido a mis voluntariosos cuidados es un par de meneos desganados de su cola despeluchada al ponerle su comida o lanzarle una pelota para que juegue con ella. Todo un muermo.

Mi futuro inmediato se antoja como una repetición constante de este aburrimiento en serie, donde la única novedad serán los kilos de más que estoy cogiendo, imagino que por el abuso de comidas preparadas, los efectos secundarios de las medicinas y la total falta de sexo, el único ejercicio que practicaba con verdadera dedicación y que ahora parece una actividad tan extraña como la meditación trascendental pues esa anestesia alcanza incluso a mi sensibilidad para el placer, ahora, todo un recuerdo lejano incluso en las formas más básicas de una masturbación torpe.

Pese a todo, estoy aliviada, y creo que el chucho también, aunque sigo atenta como una centinela en el frente. No hemos oído nada fuera de lo normal, y Fusfi no ha vuelto a asustarse. Por supuesto, dicho alivio viene por derivación del que ha parecido experimentar mi familia ante la mejoría de mi posible y amedrentador brote de locura y es que, para mi desgracia, soy de esas mujeres que necesitan ver a los allegados tranquilos para poder experimentar esa misma tranquilidad. A las pocas horas de regresar tenía media docena de llamadas de mi madre y mis hermanos preocupados, y solo al cabo del tiempo, cuando han podido comprobar que mi piso es simplemente el conjunto de cuartos que habito sin mayores novedades, han aceptado bajar la guardia un poco. Se hace por ello peculiar que vean mi comportamiento actual como normal y que esta falta de motivación o de ilusiones no les llame nada la atención, quizás es que ellos deberían plantearse también en qué punto tienen sus vidas. Hay que añadir, llegadas a este extremo, que muero del éxito de mi propia impostura, pues esa vieja y eficaz artimaña de hacer lo que los demás quieren, pero a mi manera ha servido, una vez más, para que me dejen en paz, aunque muchas veces llegue a plantearme si de verdad pretendía eso.

Mi entrada en el piso, por un día, a las ocho en punto de la tarde, no tiene ni un solo elemento de la vida de fábula que promete la televisión a las jóvenes profesionales urbanas. Mi perro ni me mira y solo golpea una mosca invisible con su cola cuando yo lo llamo simulando una voz cariñosa que el muy fino descarta enseguida por hipócrita. El pasillo y las habitaciones siguen ofreciendo el aspecto desangelado que anima a escapar, pese a los pocos muebles que he ido poniendo, y mi falta de ganas para cualquier otra cosa que no sea tumbarme en uno de esos magníficos sofás de cuero, cortesía de mi hermano, es francamente notoria.

Como soy tía de instintos, sigo el mío y me tiro de cualquier manera en ese asiento mullido, tan poco coherente con el resto de la estancia, sin preocuparme siquiera de no arrugar la ropa que llevo, un jersey de Angora de una calidad bastante aceptable. Mis escasas fuerzas solo me permiten coger el mando a distancia de mi nuevo televisor de 32 pulgadas, una buena oferta pillada durante la compra semanal en el hipermercado, pero no dan para alcanzar la mantita de viaje y colocármela por encima, aunque sepa a ciencia cierta lo que me pueden afectar los enfriamientos cuando, como es el caso, me quedo traspuesta sin el necesario abrigo para esta inmovilidad. Bajaré al chucho dentro de un rato. De todas formas, el pobre está acostumbrado a salir a horas poco apropiadas.

En estos momentos lo que necesito es estar derrumbada con la única compañía del rumor del aparato. La pantalla refleja un programa cualquiera de cotilleos, ni sé en qué cadena está, pero seguramente me arrullará de mejor manera que cualquiera de las dosis suplementarias de la medicación que sigo tomando.

Al final, esto es la soledad, en su categoría más brutal. Yo hundida en medio de mi indolencia, y nada tiene que ver con la disponibilidad de amistades y familia para estar a mi lado. Estoy atrapada en otra dimensión, una dimensión vacía y desolada pero que tiene las formas y los objetos de la habitual. No tengo ganas de nada, ni de lo más nimio, salvo estar aquí tirada de cualquier manera, en este piso que no me gusta, con un mobiliario que detesto y un chucho que me cae mal pero que, paradójicamente, es lo único que me obliga a mantener un comportamiento humano, sacándolo a pasear y alimentándolo, como la persona responsable que finalmente soy y, para qué engañarnos, en un homenaje más a mi Martina y su incorruptible amor a los animales.

Martina. Ya casi siete meses que no está en el mundo. Ni sé cómo el planeta soporta seguir con su rotación continua. Sin quererlo, ella fue la que me hizo experimentar por primera vez la soledad devastadora que ahora sufro elevada a su más alta potencia.

Ocurrió precisamente esa primera vez que hicimos el amor, esa tarde maravillosa coronada con aquella improvisada cena regia. Ella tenía que marcharse a unas maniobras militares conjuntas con tropas de la OTAN durante dos semanas y, por no sé qué absurdas normas, no podía conectar conmigo de ninguna manera.

Eso me dijo en nuestra despedida en la puerta, cuando los átomos de mi piel aún entrechocaban con su sola cercanía y el recuerdo de sus caricias. Me explicaba todo eso con los ojos bajos, con los modos propios de una mentira, para acabar despidiéndose con un beso rápido, como si quisiese finiquitar pronto lo sucedido y, por primera y única vez en toda nuestra relación, a mí me asaltaron unas dudas agrias. Era cierto que había mencionado lo de sus maniobras militares, pero ni en una sola ocasión había llegado a especificar la duración de las mismas y, mucho menos, esa condición secreta e incomunicada. La ocurrencia incómoda de que todo había sido un burdo juego de seducción y abandono me abofeteó y solo por un autocontrol inaudito conseguí no echarme a llorar y, lo que aún tiene más merito, forzarme a una sonrisa melancólica en la despedida. Mis palabras invitándola a llamarme en cuanto tuviese ocasión, sin embargo, sonaron cargadas de una ansiedad que a ella la obligó a darme un último y torpe abrazo de consuelo, lo que exacerbó más mi desconfianza, pues interpreté su reacción como una muestra encubierta de arrepentimiento por lo que se disponía a hacer.

En los días siguientes, por tanto, inauguré esta dimensión de la soledad en la que ahora estoy presa. De nada servían las salidas con las amigas, las visitas a mi madre o las prolijas parrafadas telefónicas con mis hermanos, ni la revisión minuciosa de lo dicho o hecho en todos nuestros encuentros y su comparación con las anteriores relaciones mantenidas hasta la fecha, tanto esporádicas como más o menos estables, práctica que solo conseguía ponerme de un humor más sombrío pues Martina siempre salía ganando, y por mucho, en ese análisis.

Ella parecía haber desaparecido de mi vida, pues ese agujero sin fondo que sentía con solo rememorar su sonrisa o sus besos acababa interpretándolo como la sanción correspondiente a todas las ilusiones que con ella me pudiera haber hecho, y que me llevaba a mirar todo desde la decepción de las promesas incumplidas. Este mismo abismo que llevo padeciendo tantos meses, solo que en aquel otro hubo el maravilloso final feliz en la tarde del décimo sexto día, cuando llamaron a mi puerta y al otro lado estaba ella, todavía cargada con su petate y mostrando la maravillosa versión tímida de su sonrisa, recién salida del transporte que los había devuelto a la base y en la que ella ni había llegado a entrar, deseosa de venir hasta mi casa cuanto antes porque, según dijo una vez consiguió hablar tras mi centenar de besos emocionados, no veía la hora de estar conmigo de nuevo.

¿Por qué he tenido que rememorar ese momento tan feliz? La sola evocación de las dos abrazadas en la puerta besándonos entre lágrimas de alegría me provoca una ansiedad insoportable, como si alguien me estuviese oprimiendo el pecho e impidiéndome respirar. Empero, me extraña esa reacción fisiológica teniendo en cuenta la eficaz medicación que sigo tomando. Solo cuando oigo gemir a Fusfi, unos lamentos tan aterrorizados como si se encontrase ante la misma puerta del infierno, comprendo que algo no va bien.

Me incorporo todo lo deprisa que me permite mi estado y estoy a punto de caer, ya que mis piernas se han enredado en la manta que me cubría y que en esta ocasión sé con completa y total seguridad no haber colocado. El pánico quiere paralizarme, pero me apaño para llegar en varios saltos al dormitorio pequeño que he convertido en la extensa caseta de mi perro para encontrarme con el pobre animal tendido en el suelo y boqueando en busca de un aire que parece no llegarle a sus pulmones.

—Fusfi, ¿qué te pasa? —pregunto absurdamente.

Me acerco y él se encoge, como si tuviese pavor a ser ayudado, aunque por algún extraño motivo presiento que ese pavor no es para nada por mí, sino por cualquier otra cosa presente que soy incapaz de reconocer.

De pronto, un escalofrío recorre mi espinazo, como si algo o alguien me hubiese rozado por la espalda. La cabeza me da tantas vueltas que solo me queda esperar el segundo exacto en que caeré al suelo desmayada, pero por alguna extraña determinación consigo mantenerme firme

—Martina, ¿eres tú? —pregunto sin pensar mientras mi perro parece retorcerse en un estertor—. ¿Estás ahí? —insisto, y el retumbar del timbre de la puerta parece querer arrancarme el corazón a través de la boca.

No sé qué hacer ante esas dos situaciones opuestas, ambas tan inquietantes. Me atenaza el miedo, pero, por otra parte, mi cuerpo toma la iniciativa y se dirige a comprobar quién llama. Una chica cuya cara me resulta conocida espera aferrada a una *tablet* en el rellano.

—Buenas tardes. Disculpe la molestia. Estamos haciendo un estudio de opinión sobre productos de limpieza —recita de carrerilla, sin tomar aire—. Anda, hola, qué casualidad —saluda con una amplia sonrisa, identificándome por su parte sin lo que parece ninguna duda—. ¿Te encuentras bien? —pregunta mudando su gesto a otro de genuina preocupación al fijarse en mi cara.

—Es mi perro, le ha pasado algo. Está tirado en el suelo —farfullo animándola a entrar.

Ella me sigue con decisión y, cuando llega al lado del pobre Fusfi, comprueba su estado con lo que parece mayor conocimiento.

—Tenemos que llevarlo cuanto antes al veterinario —determina—. Hay uno a la vuelta de la esquina. ¿Tienes una manta o algo con que envolverlo?

Voy a buscar la vieja toalla que suelo utilizar para secarlo, pero mi nerviosismo me hace dar aún un par de vueltas despistadas hasta que por fin recuerdo que la tengo en la cocina con el resto de la colada. Cuando regreso con ella, la chica está acabando de hablar por su móvil.

—Arreglado —explica—. La clínica ya estaba cerrada, pero bajan a atendernos por tratarse de una urgencia. Venga, coge tus cosas mientras lo preparo —ordena.

Yo realmente agradezco que alguien me oriente en unos momentos y cumplo con lo que se me indica sin protestar.

Bajamos en un ascensor que a mí se me antoja lentísimo con ella acarreando al pobre animal que, envuelto en la tela, parece más pequeño y feo que nunca, ambas en un silencio que yo no quiero romper pues temo que me echaría a llorar y que ella también respeta en una verdadera muestra de cortesía.

Salimos en ese mismo silencio solo suspendido con sus escuetas indicaciones para orientar mis pasos. Me lleva a un local nuevo de una calle cercana. En la puerta espera un chavalito que, al vernos llegar, levanta la persiana metálica.

—Acabáis de llamarme, ¿verdad? Pasad, por favor —invita y yo, pese a mis nervios, no puedo dejar de admirarme de que una persona tan joven pueda tener acabada una carrera tan difícil como Veterinaria.

Mi buena samaritana entra con un paso tan rápido que se nos hace complicado seguirlo y deposita a Fusfi en la camilla metálica de la sala del fondo.

—Ahora, es mejor que esperéis fuera —recomienda el veterinario, y ambas nos sentamos obedientemente en unas sillas que hay cerca de la puerta y frente al mostrador.

—Tranquila, ya verás cómo Eduardo lo consigue curar —me tranquiliza ella, y creo que por primera vez en todo este tiempo me doy cuenta de su presencia real.

—¿Lo conoces? —pregunto sin embargo, como si eso importase.

—La verdad, no —reconoce ella—. Solo de pasarle una encuesta esta misma tarde. Por eso tenía su número de teléfono. En todo caso, parece un tío majo, no como los de la otra clínica de este barrio, que son unos bordes.

Debe de referirse al centro veterinario que había visto en las Páginas Amarillas, pero, por lo demás, me dan igual los motivos de su antipatía. Por otro lado, empiezo a ubicar su cara en un pasado de unos meses antes.

—Muchísimas gracias por tu ayuda —digo con total sinceridad—. Si no es por ti, ni sé lo que habría hecho. Estaba muy asustada.

—No hay de qué, de verdad. No ha sido nada.

—Ya lo creo que sí. Por cierto, tú me habías hecho una encuesta una vez, ¿verdad?

—Sí, una de la Asociación de Comerciantes —recuerda ella con una velocidad que no imaginaba en quien debe estar harta de pasar las mismas preguntas una y otra vez a un montón de gente—, en un piso de la calle Angustias. —Efectivamente, unos minutos después de haber hablado por teléfono con Martina, ahora lo recuerdo perfectamente. Ni sé por qué he tenido que traer a la memoria uno de los últimos momentos dichosos, con el daño que eso me hace—. Fuiste muy amable. Gracias a ti, ese día conseguí completar la ruta y me pagaron una comisión. Yo sí que te puedo estar agradecida por tu amabilidad.

De nuevo callamos las dos, imagino que mi cara no invita a mayores diálogos y yo tampoco tengo especiales ganas de entablar una conversación que seguramente no llevará a ninguna parte. De la sala del fondo donde están atendiendo a mi perro no parece llegar ningún tipo de ruido, y no sé si interpretar eso como algo positivo o negativo.

Me levanto y doy un par de vueltas por el sitio donde esperamos y que resulta ser la tienda. Un rectángulo de no más de 10 metros cuadrados donde se exponen con primor los diferentes alimentos, juguetes y demás complementos que pueden hacer felices a los dueños y dueñas de las mascotas de este barrio. Por supuesto, siguiendo la costumbre del entorno, todo en general presenta un aspecto anodino y falto de la menor personalidad y, también por supuesto, el establecimiento no tiene ni la décima parte de detalles de la clínica habitual del perrazo de mi hermano, donde había llevado a Fusfi por primera y única vez, y donde finalmente no debían de ser tan buenos profesionales. Allí, más parecías tú el sujeto de revisión médica que tu chucho, chucho que la auxiliar miró con el ceño fruncido, quizás espantada ante un mestizaje tan plebeyo en un sitio donde la pura raza debía ser condición sine qua non para el acceso al local.

Vuelvo a mi asiento y mi siguiente actividad es espiar con el rabillo del ojo a mi improvisada acompañante, que continúa esperando conmigo sin hacer el menor amago de marchar. La única bombilla que el veterinario ha dejado encendida facilita bastante mi labor, aunque no la definición de los rasgos propiamente dicha, pues su perfil queda bastante en sombra y apenas soy capaz de avanzar una posible edad o la inevitable evaluación estética.

El único dato que parecen quedar claros es que su ropa y calzado es el propio de alguien que tiene un trabajo de mucho movimiento, aunque, al contrario que en el resto de lo que nos rodea, sí que se ve una personalidad definida, tal vez una correspondiente a estéticas alternativas, pero de la variante proletaria, pues si una habilidad he tenido a lo largo de mi vida es la de distinguir la confección de calidad, y en este caso queda meridianamente claro que esta persona no invierte o, más seguramente, no puede invertir cantidades considerables de dinero en su atuendo. Por lo demás, esta falsa penumbra no me permite avanzar una edad probable, quizás un poco más alta de la que podría haber supuesto en una primera valoración. Igualmente, no puedo fijar una opinión clara sobre su posible belleza o fealdad. Sí que parece claro que tiene eso que mi madre suele llamar "mucha personalidad", una explicación que nunca he llegado a comprender pero que yo también utilizo.

—Yo me llamo Débora, ¿y tú? —dice ella de repente y yo me doy cuenta que en todo este tiempo no me he interesado ni una sola vez por su nombre.

—Yo soy Fanny, encantada —me presento, estampándole dos rápidos besos en las mejillas—. Oye, Débora. No tienes por qué seguir aquí —advierto con un verdadero cargo de conciencia—. Es tardísimo y seguramente tú estarás molida. Vete cuando quieras, de verdad. Bastante has hecho ya por mí.

—No te preocupes, mujer. Ahora no te voy a dejar sola —rebate ella con lo que parece una total sinceridad.

—Muchísimas gracias, pero de verdad que no es necesario que sigas aquí.

Parece que va a rechazar de nuevo mi invitación cuando de repente regresa el veterinario. Se nota que aún es un profesional joven cargado de ilusión pues por su gesto sombrío adivino el resultado de su trabajo aun antes de que abra la boca.

—Lo siento, no he podido hacer nada —dice con voz entrecortada.

—¿Fusfi ha muerto? —pregunto yo, más por hacerme la idea de la situación que porque en realidad dude de lo que me ha contado.

—Tu perro debía de tener muy mal el corazón y hoy le ha fallado del todo —explica con la vista gacha, incapaz de enfrentarse a mis ojos—. Por lo que se ve, era un cachorro muy enfermizo y, aunque hubiese salido de esta, no habría sobrevivido mucho tiempo.

Es curioso, si me hubiesen preguntado solo unas horas antes, habría contestado sin género de dudas que no soportaba a ese chucho. Fusfi resultaba cansino incluso en su propio nombre, una infantilada que acepté por la absurda vocación de tía ideal. Era un bicho sin la menor gracia ni atractivo llegado a mis manos por un comportamiento puntual estúpido y que seguía cuidando pura y simplemente por el viejo espíritu de responsabilidad del que siempre hizo gala mi familia. Estaba planteándome deshacerme de él en forma de obsequio envenenado a alguien con espacio y tiempo para mascotas o incluso en la forma más moderna de anunciarlo en Internet como regalo con los complementos también gratuitos de su equipo, pensando incluso en pagar sus posibles gastos de envío. En resumen, estaba hasta las narices de ese animal. Pero ha sido escuchar la noticia y quedar con los ojos arrasados en lágrimas, como si realmente el pobre me hubiese importado alguna vez en su brevísima vida.

Agarro el pañuelo que no sé cuál de los dos pone a mi altura y me seco rápidamente, avergonzada de mí misma ante esa reacción tan poco acorde con mis sentimientos, pero me está haciendo polvo la idea de que es el segundo ser vivo receptor y dador de cariño que se muere de mi entorno inmediato, un ser vivo que era al fin y al cabo una de las ilusiones reales del amor de mi vida, pues Martina y Fusfi habrían hecho buenas migas.

—Lo siento, Fanny —dice a mi lado Débora, aunque me temo que no le hago mucho caso.

—¿Qué voy a hacer ahora? —farfullo.

—Bueno, yo puedo encargarme de su incineración —sugiere el veterinario, como si mi pregunta se hubiese referido a los restos del animal—. Mañana mismo puedo llevarlo en la furgoneta a un horno y ocuparme de todo. Creo que sería lo mejor —concluye azorado—. Ahora los enterramientos están prohibidos.

—De acuerdo. Dime qué tengo que hacer y cuánto te debo por todo —acepto.

Lo siguiente es una cuenta vacilante por los servicios prestados en la que el pobre chico se equivoca un par de veces, aún presa de su azoramiento; un par de firmas en unos documentos cuya finalidad me explica en un murmullo que apenas atiendo y, finalmente, otra muestra de parsimonia en el proceso del cobro con mi tarjeta pues, según él reconoce, es la primera vez que lo hace, ya que parece ser que en nuestro barrio la gente es más amiga del pago en efectivo.

Me dirijo aturdida a la puerta, acompañada por el joven facultativo, quien sigue deshaciéndose en disculpas sobre lo acontecido y, para mi sorpresa, compruebo que allí todavía espera la encuestadora, de quien también se despide el veterinario, de nuevo atacado por la timidez.

—¿Estás bien? —pregunta preocupada—. ¿Quieres tomar algo, una infusión o así? Quizás te vendría bien.

—No, gracias —mascullo, todavía instalada en mi vértigo—. Mejor me voy a pasar la noche a casa de mi hermana.

—¿Con tu hermana? —salta ella con lo que parece cierta decepción.

—No sé cómo agradecerte todo lo que has hecho por mí, de verdad —repito automáticamente—. Has sido muy amable. Ahora tengo que dejarte, intentaré coger este taxi —corto al ver pasar uno libre. Para a nuestro lado al gesto de mi mano y yo subo rápidamente antes de que a ella pueda darle tiempo a rebatirme—. Hasta otra y muchas gracias, de verdad —me despido, dándole un verdadero plantón.

El taxi huele a tabaco y su conductor va escuchando a un volumen bastante molesto una emisora deportiva que no hace más que hablar del Real Madrid y, aunque me incomoda bastante, me veo sin fuerzas para protestárselo. Pronto llegamos a la calle donde vive Camila con su insoportable familia.

Ella me abre el portal con desconfianza, quizás dudando de la verdadera identidad de la persona que se presenta en su casa a unas horas tan tardías, pues ya son más de las once de la noche. Me espera en el rellano todavía armada de su gesto incrédulo, que se desmonta en el acto al comprobar el mío.

—Fanny, cariño, ¿qué te ha pasado?

—Se me ha muerto el perro. Déjame pasar aquí la noche, por favor —pido entre dientes. Se hace a un lado para dejarme pasar y me conduce al salón, donde Juan cabecea ante el televisor de cuarenta y pico pulgadas que compraron no hace mucho y del que presumió tanto el día de su visita.

—Fanny, ¿qué pasa? —pregunta intentando aparentar interés, pero su ceño fruncido indica una total contrariedad ante mi presencia.

—Acaba de morírsele el perro, y se queda a pasar la noche aquí —informa Camila cortando de antemano cualquier posible protesta de su cónyuge.

—Perdonadme, pero es que no tengo ánimos de dormir sola hoy —mascullo. Por supuesto, ni bajo tortura comentaría esta nueva huida de mi piso, sobre todo a alguien tan suspicaz como mi hermana, mucho menos en presencia del subnormal de mi cuñado.

—Cómo sois las tías —exclama este, pero, si tenía segunda parte para una frase de tan profundo calado filosófico le es bloqueada de inmediato por la mirada furibunda de Camila—. Siéntate, anda —se limita a invitarme haciéndome sitio en el sofá.

—¿Has cenado? —pregunta Camila y yo deniego con la cabeza. No tuve tiempo ni ganas, aunque ahora las tripas parecen reclamarme algo sólido—. Bueno, pues voy a calentarte un trozo de pizza que sobró de la cena.

Se va a la cocina antes de que pueda decirle que no quiero tanta comida pues, en las proporciones de mi hermana, un trozo de pizza suele ser el equivalente a varias raciones, y quedamos solos en la habitación mi cuñado y yo, una situación que ambos odiamos con la misma intensidad y de la que solemos escapar usando todas las estrategias que la cortesía familiar permite. Las circunstancias actuales, sin embargo, solo nos deja mantener un silencio denso y fingir una atención reconcentrada al programa que refleja la pantalla, pero, para desgracia de ambos, en menos de un minuto empieza uno de esos cortes publicitarios interminables que nos obliga a hablar, aunque no tengo fuerzas ni ganas para ser la primera.

—¿Qué le pasó al chucho? —pregunta él por fin. Por supuesto, una cuestión acorde a su estilo: total ausencia de delicadeza y empatía con la interlocutora. Por otra parte, absoluta sinceridad: siempre le he importado un pito.

—Tenía un problema de corazón y tuvo algo así como una crisis —contesto con mi voz más metálica.

—Pobre bicho —exclama sin ganas—. Claro, a saber lo que te vendió aquel chaval. —No faltaba más, el correspondiente pique mal disimulado a una cuñada tan rara y que, además, es lesbiana (sé que ha dicho esta misma frase en más de una ocasión, no me estoy inventando nada).

—No tenía por qué ser así. Los perros mestizos suelen tener mejor salud que esos de razas puras —rebato cansinamente, recordando lo leído en alguna parte.

De nuevo otro intervalo de silencio incómodo y los anuncios que no acaban. No diré nada más, como si tenemos que estar así horas.

—No pudiste ver entonces… —vuelve a la carga.

—Venga, a cenar —nos interrumpe Camila portando una bandeja con suficiente comida para un equipo de fútbol—. Traigo también un poquito de queso, leche, fruta y galletas —indica mientras lanza una nueva mirada cargada de furia a su esposo, lo que me permite suponer que el espacio en cuestión del que me pensaba hablar había tratado sobre el atentado sufrido por Martina y sus compañeros.

—Cuánta comida, mira que eres exagerada —exclamo, aunque la verdad es que todo me apetece.

—Juan, cariño, ¿por qué no vas a comprobar cómo está la niña? —sugiere mi hermana con ese tono suyo tan particular que haría obedecer al más bregado almirante. Él intenta protestar, pero acaba levantándose de mala gana y saliendo de la habitación.

Camila se sienta en el sitio que ha dejado libre y me coge protectora por el hombro, tal y como suele hacer en las confidencias.

—Esto está riquísimo —digo refiriéndome a la pizza, pero a ella no le va a bastar con las alabanzas a su excelente mano para las masas.

—¿Cómo fue todo? —pregunta—. Tuviste que asustarte mucho.

—Sí —reconozco, incapaz de tragar un bocado más—. Quedé paralizada al ver al pobre animal tendido en el suelo, boqueando.

—Pobre perrito, y pobre de ti, también. Menudo susto.

—Por eso esta noche no quería dormir sola, ¿entiendes? —explico y ella asiente comprensiva—. Perdonad que me haya presentado de improviso, pero no se me ocurrió otra cosa que coger un taxi y venirme hasta aquí al salir del veterinario.

—Has hecho muy bien, no te preocupes —me anima—. Pobre, bastante mal trago has tenido que pasar tu sola en el veterinario.

—No estaba sola —corrijo sin pensar, para mi simultáneo arrepentimiento, pues mi hermana activa al instante su mecanismo de interrogadora irreductible.

—¿Con quién estabas entonces? ¿Con alguien del trabajo?

—No, qué va.

—¿Con alguna amiga? —continúa esperanzada, pues me consta que está algo preocupada por mi dejadez con las amistades.

—No, tampoco.

—¿Con quién estabas, entonces? —apura de tal manera que me es imposible no contestarle con otra cosa que no sea la verdad.

—Con una chica que se llama Débora, una pobre encuestadora que había llamado a mi casa y que tuvo el detalle de acompañarme hasta la clínica —explico rápidamente antes de que siga con su retahíla—. La verdad es que fue muy amable —concluyo.

—Desde luego —asiente mi hermana—, ¿y es guapa, esa Débora?

—¿Qué?

—No me dirás que no te has fijado en si era guapa o no.

Ya estamos. Camila y su monomanía de ver a todo el mundo emparejado. Estaba claro que pronto volvería a ser víctima de esa norma, como la vez en que hace unos años me arregló una cita a ciegas con una compañera de su trabajo. Sin temor a equivocarme, la peor cita de mi vida, y me temo que otro tanto de lo mismo puede decir la parte contraria. No teníamos nada en común salvo nuestra orientación sexual, pero lo que se dice nada en absoluto y, según mi hermana, estábamos hechas la una para la otra. Afortunadamente, ambas tuvimos la suficiente decencia de acabarnos rápidamente nuestras respectivas consumiciones y marcharnos cada una por su lado.

—No era fea. Estaba bastante bien, creo, pero comprenderás que no era el momento para fijarme en esas cosas —contesto pacientemente.

—Claro, tienes razón —acepta.

—No hablé mucho con ella y, además, nada más salir de la clínica me vine para aquí, así que…

—Qué pena —mascula Camila.

—No pasó nada, de verdad —insisto—. Además, yo estoy bien. Solo necesito un poco más de tiempo. —No necesito escuchar lo que ella me va a decir, leo en sus ojos como en un libro abierto: ya han pasado muchos meses de lo de Martina, tú eres una persona joven, la vida sigue, no puedes encerrarte y negarte a nuevas relaciones, etcétera, etcétera. Actúo por tanto preventivamente—: Qué sueño tengo, se me cierran los ojos, y mañana quería pasar por el piso antes de irme a trabajar. ¿Me acuesto en la habitación de invitados?

—Claro. Hay sábanas y mantas en su armario y no te preocupes, ya me encargo yo de estos platos —dice Camila con un poco de disgusto en la voz.

Me hace mucha gracia la denominación que le han dado al cuarto donde voy a dormir: *habitación de invitados*. En realidad, y mientras no hubiese más descendencia (y, viendo el trabajón que da, creo que Olivia está destinada a ser hija única), esta estancia iba a ser el, otra denominación curiosa, *estudio de Juan*, de ahí la amplia mesa con su cómoda silla giratoria que está en un rincón y el anticuado ordenador a un lado. Fue, antes de nacer la cría, cuando mi original cuñado tenía previsto desarrollar no sé qué proyecto al margen de su trabajo como delineante de la fábrica de vigas del Polígono Industrial, proyecto abortado aun antes de quedar presentes las primeras dificultades. Mucho me temo que la realidad es que Juan tenía en mente una idea difusa sobre cualquier producto o servicio y que mi hermanita le azuzó para que se convirtiese en el siguiente empresario de éxito de la familia. Ah, esa sempiterna pelusilla de la buena de Camila…

Una vez demostrado que mi cuñado estaba llamado a ser un asalariado toda su vida, se optó por reconvertir ese estudio en su rincón de ocio particular donde armar y pintar sus adoradas maquetas de barcos y aviones a las que tan aficionado era y como demuestran el bonito par de ejemplares que reposan en un estante de la pared. En este caso, ese plan fue abandonado con el nacimiento de Olivia y todas las obligaciones concurrentes de padre ejemplar, pues si una virtud debo reconocer a Juan es que es un auténtico padrazo. Así pues, y viendo el poco éxito de los destinos anteriores, un buen día decidieron montar una habitación para las visitas que quisieran quedarse a pasar la noche, por lo que compraron una cama cuyas primeras dimensiones previstas eran de matrimonio pero que finalmente se limitó a un 1,05 y una mesilla de noche con una lamparilla bastante bonita. Otro destino que se averiguó completamente inútil, pues la mayoría de allegados de esta pareja viven en la misma ciudad y, salvo alguna ocasional visita de mamá, esta habitación nunca se utiliza.

En cualquier caso, a mí me ha venido muy bien. Tras lo de Martina, sirvió como alojamiento puente durante unos días una vez acabada mi baja y antes de que regresase desde la vieja casa de mamá a mi anterior piso, donde las paredes parecían caérseme encima. Pese a la sensación que tengo de estar de prestado, es una opción muy práctica para los momentos en que me aplaste demasiado la soledad y preferible a sofás y camas de levante de los diversos apartamentos y estudios de muchas amigas ofrecidos, no cabe duda, con la mejor voluntad y cariño pero a los que mis maneras de mujer casi entrando en la madurez no se acostumbran.

Hago la cama con bastante rapidez por el exiguo espacio por el que tengo que moverme y hasta donde estoy llegan los ecos de la conversación que está teniendo el matrimonio en su dormitorio, adyacente a este precisamente, pues, con todo lo que presuma mi hermanita, este edificio no tiene unas paredes tan insonorizadas.

Parece que Camila está riñendo a su marido por mi causa, pues al principio consigo distinguir mi nombre un par de veces. Eso pica mi curiosidad y, sin pensar en lo bien o mal que puede estar entrar así en las intimidades de pareja, acerco la oreja al tabique que separa ambos cuartos.

—Es algo importante, tendría que saberlo —parece empecinarse Juan.

—Ya sabes que ella no quiere volver a oír hablar del tema —insiste a su vez Camila, lo que me permite deducir que se están refiriendo a alguna circunstancia desconocida sobre el atentado contra el BMR.

Parece que quiere entrarme un ataque de ansiedad que debería hacerme abandonar este espionaje, pero la curiosidad es una droga poderosa y, en su lugar, acerco un poco más la oreja a la zona de la pared donde parece oírse con mayor claridad.

—Coño, cari, esa tipa del programa dice que el Ministerio ha mentido a los familiares y que siguen dando la callada por respuesta, ¿no crees que deberíamos decírselo?

—Ella lo dejó bien claro: no quiere saber nada más de ese asunto, así que punto en boca —corta mi hermana—. Y ni se te ocurra volver a decir nada de ese tema mientras esté por aquí. Bastante ha sufrido ya, la pobre, para que vengamos a inquietarla más.

Ambos continúan con esa discusión, pero las voces dejan de llegarme con claridad. Seguramente, se han metido en el cuarto de baño de la habitación, lo que me impide enterarme de más novedades sobre ese suceso que mató a Martina y a mí me ha anulado de esa forma. Quizás sea mejor así, mi respiración se ha entrecortado y estoy sudando en frío, así que la angustia habría podido tumbarme en cualquier momento.

Trago en seco todas las pastillas que me tocarían en la noche y me dejo caer derrotada en la cama. No quiero recordar el hecho inexplicable de que unas horas antes, cuando también estaba tumbada en el sofá de mi piso, alguien me colocó una manta por encima para que no cogiese frío. En realidad, es un detalle que había conseguido mantener apartado de la cabeza con la agonía y muerte de mi perro y la carrera hasta aquí, pero que ahora, en el silencio de la noche, regresa hiriente para mi desvelo.

—¿Eras tú, Martina? —repito en un susurro.

Si cualquiera de mi familia me oyese me enviaría de inmediato a una clínica psiquiátrica en calidad de paciente interna, sin embargo, algo dentro de mí me asegura que nunca tan bien formulada estuvo una pregunta por mi parte.

—¿Qué quieres? ¿Qué puedo hacer yo? —la completo también entre susurros.

Mi Martina. Ante aquel juez con cara de sapo prometimos socorrernos mutuamente, la muerte no anula en absoluto esa cláusula. "Te quiero, Martina, te quiero muchísimo", concluyo. Los principios activos de todo lo ingerido cumplen su misión y me deslizo hacia ese sueño químico sin oponer resistencia.

12.

He estado muy nerviosa todo el día y de alguna manera se ha debido ver reflejado en el trabajo, pero ese extremo no me importa. Por una vez, que sea Jacinto el que aguante el chaparrón que, si nos ponemos a comparar en ese apartado, yo ganaría por goleada. Él, por supuesto, no hace más que bufar y lanzar cuanta indirecta le permite articular su exigua imaginación, pero yo no me doy por aludida, y me limito a grabar nuevos datos contables de la tintorería con desgana. Por suerte para él, la llamada de la mercera del Centro Comercial requiriendo sus servicios le hace salir disparado y olvidarse de cuanta obligación pudiese tener en este despacho compartido, dejándome sola y, finalmente, con mis obligaciones ampliadas por su repentina marcha, así que volvemos a estar como siempre.

A los cinco minutos asoma la nariz Puri, de Laboral, y con el peor gesto me recuerda la obligación de presentarle la documentación correspondiente a su departamento. Por supuesto, lo exige como si fuese un impuesto revolucionario y yo me veo obligada a dejar todo lo que tengo entre manos y ponerme con ello. Estoy terminándolo cuando viene la otra Puri, la de Fiscal, siempre más amable y cariñosa.

—Hola, bonita, ¿estás bien? —pregunta—. Como hoy llegaste un poco tarde… —por supuesto, en ese comentario no hay ningún resquemor y sí la preocupación sincera por mi estado actual.

—Sí, bueno, más o menos —reconozco—. Es que ayer se me murió el perro. Me agobié un poco y pasé la noche en casa de mi hermana.

—Pobrecito —se compadece ella—, o sea que fue por lo del animalito.

Me queda claro que ella también se ha debido enterar de la misteriosa noticia sobre el BMR y que, de nuevo con su elegancia exquisita, evita mencionarme aún en sus detalles más inocentes. Por supuesto, mi trauma, ya tan asentado, me ha impedido hojear cualquier periódico, escuchar emisoras de radio, ver canales de televisión o navegar por internet en estas últimas horas precisamente para evitar esa posibilidad y encontrarme de bruces con esa vieja foto de carnet de Martina y el consiguiente recordatorio de que ya no está ni estará nunca más, pero quizás, si quiero seguir manteniendo esa promesa conyugal de auxilio mutuo, debería empezar de una vez por saber realmente qué sucedió con mi esposa y dejar de esconder la cabeza, y, para ello, nada mejor que enterarme a través de una de las personas más delicadas que he conocido en mi vida y no a partir de los fríos datos de un reportaje o un post de la red.

—Puri…

—Dime, cielo.

—¿Qué dijeron ayer en la tele sobre el atentado contra el BMR?

Ella se aturulla ante mi pregunta y en un primer momento parece buscar una excusa para escapar ante semejante cuestión, pero, como ya ha quedado claro tantas y tantas veces, es una persona decente y sabe plantar cara a las dificultades. Entorna un poco la puerta y se sienta frente a mí.

—¿De verdad quieres saberlo, cariño? Aunque has mejorado mucho, sigues estando un poquito delicada con este asunto. Además, siempre has insistido en que no querías escuchar nada más sobre eso.

—Ya lo sé —acepto impaciente y controlando a duras penas mis nervios—, pero me da la impresión que han dicho algo importante y que, seguramente, deba saberlo.

—Mujer, no sé hasta qué punto —me previene—, y ni siquiera es una noticia en sí. Vamos, es que yo ni me fiaría

—¿Por qué?

—Salió en ese programa de reportajes tan sensacionalistas que presenta la ex mujer de…. —Me da el nombre de algún famosillo que no reconozco—. No son nada serios, de verdad, si hasta se parecen a aquel antiguo periódico de sucesos que había hace años, *El Caso,* ¿lo recuerdas?

—No, no lo recuerdo, ¿pero qué dijeron? Por favor, Puri, cuéntamelo sin miedo. Lo soportaré, de verdad —aseguro y ella duda un poco antes de responderme.

—Ay, Fanny, cielo, a ver si es verdad, aunque yo llegué con la noticia empezada porque, como ya te digo, ese programa no me gusta nada. Estaba viéndolo Tito —se refiere a su marido—, mientras yo fregaba los platos de la cena y al salir la noticia me llamó, así que me perdí el principio.

—¿Y la noticia decía…? —animo.

—Pero, de verdad, Fanny, no te la creas al cien por cien, ya te digo que es un programa muy dado a las exageraciones —vuelve a prevenirme—. Bueno, por lo que vi, el Ministerio de Defensa habría ocultado información relevante a las familias de los fallecidos e incluso a la propia Audiencia Nacional, que lleva el caso, y que hay cosas que tendría que haberos contado pero que no lo ha hecho, a saber por qué.

Pese a la falta de precisión de su relato, los detalles parecen encajar con los espiados a mi cuñado.

—¿Salió hablando esa portavoz de las familias, esa Irene Gabaldón o cómo se llame? —recuerdo al instante de formular mi pregunta que el apellido es "Galdón", pero no me molesto en corregirlo.

—¿Una chica jovencita, con bastante labia? —se asegura Puri, y yo asiento—. Huy, y no sabes cómo estaba. Parecía que iba a plantarse en la propia Moncloa y sacarles las explicaciones a tortas. Lo que sí que pareció es lanzar un mensaje para ti propiamente.

—¿Para mí?

—Bueno, para ti y para los familiares que aún no se han unido a su grupo. Dijo que esto os obligaba a estar todos a una y animó a que entrarais en su página de Internet y os sumarais a las convocatorias y todo eso. No sé, entiendo a esa chica. Al fin y al cabo, tan joven y ya viuda y con un bebé, como dijeron al presentarla, es muy duro, pero me da la impresión de que se está dejando llevar un poquito por todo eso de los focos y la tele. Oye, que a lo mejor me equivoco, pero...

Esta Puri es un ejemplo de clarividencia, no me cabe la menor duda. Prefiero no seguir atormentándola exigiéndole más datos y cambio de tema al más aséptico de las tareas pendientes de mi departamento con respecto al suyo. Al contrario que su tocaya del Departamento Laboral, se muestra más que comprensiva con el posible retraso que hoy podamos tener y acepta incluso que le envíe determinados datos mañana.

—Fanny, cariño, ¿de verdad que quedas bien? —pregunta al dejar el despacho. Seguramente, está bastante arrepentida de haber sido la mensajera de las novedades sobre el atentado y seguramente a lo largo del día comprobará repetidas veces mi estado anímico, bien mediante telefonazos casuales o bien acercándose de nuevo a mi mesa con cualquier excusa.

—Sí, de verdad. Necesitaba saberlo, y prefiero haberme enterado por ti y no por la prensa. Siempre será menos difícil de esa manera —confieso—. Muchas gracias, Puri. Por todo. Eres la mejor compañera del mundo.

—Ay, niña, qué cosas dices —protesta sonrojándose y se marcha.

Quedo a solas con toda la documentación laboral por revisar y entregar a la Puri malvada y una ansiedad que, por primera vez en muchos meses, parezco controlar.

Minimizo la página contable en la que estaba trabajando y, tras entrar en un buscador de internet, consigo localizar el blog de la Asociación de familiares de las víctimas del atentado del BMR. Nada del otro mundo, se nota que lo diseñó alguien con más voluntad que conocimientos de diseño de webs. Informa de sus últimas actuaciones y, efectivamente, su última entrada, puesta esta misma mañana a las 8:03 en lo que supongo aprovechamiento temprano de un ordenador de empresa o similar, se refiere precisamente a la noticia que solo hace unos segundos me comentaba mi colega.

En letras grandes señala que el Ministerio de Defensa está mintiendo a todo el mundo, una afirmación que suena demasiado categórica. Leo por encima el post donde con un estilo bastante pobre vienen a señalar que el convoy de blindados realizaba su misión engañados sobre su riesgo real, afirmación que se antoja cuanto menos exagerada y sobre la que se reafirman usando como fundamental prueba de cargo esa callada continua por respuesta pese al tiempo transcurrido y los continuos requerimientos de la asociación y de entidades de mayor calado como el propio tribunal que investiga el caso.

Ese grupo de familiares y allegados ha decidido actuar presentando una nueva queja formal en el registro del correspondiente organismo oficial, protestando por ese secretismo inexplicable y se preguntan con un tono irónico digno de agradecer en medio de esa aridez explicativa qué se puede querer ocultar en la cartera responsable de los ejércitos para continuar con ese mutismo.

Me molesta, sin embargo, ese aire paranoico de conspiración de poderes ocultos que queda patente en el siguiente párrafo cuando la tal Irene Galdón asegura haber tenido la impresión de estar siendo vigilada, al igual que le ha pasado a algún otro de sus compañeros en la lucha.

Ante el nuevo requerimiento del departamento de Laboral y la implícita amenaza de protestas a jefes supremos, prefiero apuntar el nombre de la página y continuar con su lectura en el ordenador de casa, sin contar con que el simple atisbo de las fotos del blindado despanzurrado un poco más abajo han estado a punto de, esta vez sí, tumbarme por la angustia creciente. Presiento que no va a ser fácil esto, puede que ni lo consiga si todavía una simple foto me sigue haciendo tantísimo daño.

En definitiva, soy una cobarde. Invento una excusa inverosímil para no volver a comer al piso, que se añade a la primera de la mañana para salir directamente a la oficina desde casa de Camila, y prefiero simular un imprescindible trabajo a resolver que me obliga a quedarme en el despacho y, para seguir con esa impostura, desde el mismo teléfono de la oficina, encargo una pizza para así no perder tiempo entre la ida y la venida. "Que sepas que estas horas extras no se pagan, ya sabes lo que dijo el jefe el otro día sobre lo de quedarse a la hora de comer", se despide rencorosamente la de Laboral, pero desactivo parte de esa mala leche con mis asentimientos más amables. Por supuesto, pienso resarcirme marchándome cuando a mí me apetezca.

A la hora de salida he acumulado un montón de tiempo seguido de trabajo y casi no me tengo en pie, extenuación buscada conscientemente para así poderme enfrentar de nuevo al piso vacío. Es lo que evita mi huida cuando al pelearme con la cerradura oigo un rumor de voces a la altura del salón, rumor que, afortunadamente, consigo identificar con la televisión que las prisas me hicieron dejar encendida y que por ello se debe haber pasado todo el día vomitando sus programas sin un público que los atendiese. La desenchufo sin mayores miramientos y me fijo en la manta arrugada y tirada en el suelo, en la forma que cualquier tejido queda cuando es arrojada sin cuidado y nadie viene para su necesario arreglo.

Una imposible combinación de alivio y desesperación me inunda, como si hubiese estado esperando y rechazando algo que al final no está.

—¿Hoy no estás? ¿Qué te pasa, Martina? —pregunto al tejido arrugado, al sofá y a las propias paredes, demasiado convencida del sentido profundo de mis preguntas para experimentar la menor inquietud o incluso vergüenza por mi actitud —. ¿Qué quieres que haga? —insisto.

Un denso silencio sigue a mis palabras como preludio breve del potente timbrazo del videoportero. El temor me atenaza de tal forma que los escasos pasos hasta él parecen una larga travesía. Contesto y la pantalla me ofrece borrosa una cara que conozco pero que por las escasísimas veces en que hemos coincidido tardo un poco en asignarle su correspondiente nombre y ocupación.

—Hola, soy Débora, de las encuestas —se presenta azorada y yo le abro el portal sin esperar al resto de su explicación.

En vez de preguntarme los motivos de su nueva visita prefiero recoger el salón y pasarme los dedos por el pelo en improvisado peine. El ascensor llega a mi rellano enseguida y la breve duda sobre si abrirle la puerta antes de que llame o esperar se resuelve a favor de la segunda opción gracias a la rememoración de las viejas enseñanzas de mi madre, quien siempre clasificó como pecado venial de los gordos el atolondramiento. También en honor a esa educación cívica cuento hasta cinco antes de abrir.

—Hola, perdona que te vuelva a molestar —dice mi agradable buena samaritana—. Ayer, con las prisas, me dejé la *tablet* en tu piso y… Creo que la dejé apoyada en la habitación donde tenías… —explica sin explicar, como si le causasen mayor incomodo el resto de palabras necesarias para esas frases o quizás, y más a su favor, como si en realidad temiese recordarme unos instantes tan poco agradables.

—No te preocupes, voy a por ella —determino mientras salgo a la carrera donde me ha indicado.

En efecto, la *tablet* está sobre una de las cajas que aún no me he decidido a retirar del cuarto, ya descargada. De la funda sale un colgante uno de esos grupos contraculturales y pacifistas que solían manifestarse delante del recinto militar y que a Martina tan nerviosa le ponían. Coloco todo procurando no fijarme mucho y la llevo a la puerta donde su dueña todavía espera.

—Aquí la tienes.

—Muchas gracias, es que la *tablet* tiene que dejarse siempre en el local, aunque solo la uses tú y… —Me da la impresión de que con mis requerimientos inesperados arruiné su día de trabajo, cuando no su empleo basura—. Bueno, pues hasta otra, perdona las molestias —se despide, e intuyo que no es justo dejarla marchar así.

—Espera —ordeno con una voz innecesariamente perentoria y ella obedece de inmediato—, soy yo quien debe darte las gracias. La verdad, no sé que habría hecho ayer sin ti, me hiciste un gran favor.

—De verdad que no fue nada —rebate ella cortésmente pero también con un punto de impaciencia, lo que me permite suponer que estas mismas palabras ya las pronuncié hace unas horas y que, por tanto, suenan a excusa sobreempleada.

Decido que ha llegado el momento de ofrecerle una recompensa, aunque sea escasa y hasta ridícula.

—¿Te apetece tomar algo? —ofrezco. Noto perfectamente que ella va a aceptar casi en el acto pero que en el último momento cambia su respuesta.

—No, gracias. Seguro que te es muy tarde y yo no tomo café a estas horas.

—¿Y quién ha hablado de café? —inquiero con un aire pícaro que en absoluto deseaba adoptar—. Tengo unas cervezas por ahí, y también un poco de queso y aceitunas para acompañarlas. Anda, ven.

Ella acepta por fin sin mayores demoras y la hago pasar a la cocina, donde me afano en preparar las bebidas y todos los alimentos que se me ocurre poner como acompañamiento, por lo que en pocos minutos consigo impro visar lo que perfectamente se puede considerar una cena informal.

—Cuántas cosas —exclama con un tono casi infantil—. No era necesario, muchas gracias.

—Venga, come, que esto hay que acabarlo hoy —invito, empleando las mismas palabras que usaría mi madre, lo que me hace sentir un poco ridícula y, para animarla, me sirvo unos tacos de queso y doy un buen sorbo a mi bebida.

Ella, menos cohibida, sigue mi ejemplo y pica con apetito entre los embutidos y las galletitas saladas que he colocado en diversos platos, sin perder ni una sola vez unos modales educados, pero con su necesaria dosis de desinhibición. Me cae bien esta chica, me crié en una familia donde siempre fue valorado el buen apetito, y Martina también consideraba el disfrute de los alimentos como una reseñable virtud, quizás como la buena cocinera que era y a la que le gustaba ver reconocido su trabajo en los fogones.

—Está todo muy rico —señala a falta de mejores comentarios que hacer.

Supongo que yo, como anfitriona, debería iniciar la conversación, aunque no se me ocurren grandes temas para debatir. Tampoco me apetece comentar nada sobre el suceso del día anterior y, muchísimo menos, esta idea de las señales de Martina que me ronda la cabeza de una forma tan insistente.

—¿Y cómo es eso de las encuestas? ¿Muy cansado? —acabo preguntando, lo que me hace sentirme como una idiota.

—Desde luego, no es el trabajo de los sueños de nadie —reconoce ella tras un prudente trago de su cerveza—. Pagan tarde y mal cuando pagan, y después, la gente o bien no colabora, o en ocasiones te dan unas contestaciones de pie de banco que te dan ganas de decirles que son idiotas, si no te tratan como si fueras la última mierda sobre la Tierra.

Me quedo boquiabierta ante una sinceridad tan feroz que, por otro lado, viene a expresar en distintas palabras lo que ya en alguna ocasión me había comentado Martina sobre ese trabajo en particular pero que, por esa contundencia, viene a cortarme las vías a otros comentarios para una conversación trivial.

—Mi mujer también trabajó en encuestas alguna que otra vez —digo sin pensar y noto claramente cómo Débora muda su cara a un rictus extraño—, más o menos le pasaba lo mismo que a ti. Patearse calles y más calles para ganar unos pocos euros.

—Desde luego —asiente, y ahoga su probable incomodidad con un rápido sorbo de su bebida que casi la hace atragantar.

—¿Y no tienes posibilidades de algo mejor? —pregunto, haciendo gala de una indiscreción que malamente puede justificarse con un interés legítimo por mi invitada.

—La cosa está muy mal —resume ella con cierta brusquedad y yo pienso que es lo que tengo merecido por mi falta de medida—. No tengo grandes oportunidades laborales con mi titulación —explica sin embargo con un tono muy suave, propio de las confidencias—. El año pasado aún pude trabajar unas horas en una Academia, dando clases a chicos de Bachillerato, pero este vino la cosa peor, y no voy a estar pidiéndoles dinero a mis padres cada dos por tres, me siento ridícula, ya con treinta añazos cumplidos. —Se calla azorada, quizás arrepentida de la amplitud de su explicación.

—¿Y cuál es tu titulación? —salto, demasiado deseosa de conocer más detalles—. Si puedo preguntarlo, claro —suavizo.

—Tengo la Licenciatura en Antropología Social y Cultural. Ya sabes, esa gente que estudia las tribus perdidas del

Amazonas y todo eso —aclara con la sorna de quien ha sufrido en carne propia ese tipo de comentarios a menudo.

—También os dedicáis a más cosas, ya lo sé —corrijo un poco ofendida de que me pueda meter en ese mismo saco de ignorantes, aunque la verdad es que no se me ocurren otros ejemplos mejores que el mencionado.

—Sí, a hacer encuestas, por ejemplo.

—Bueno, ya, quiero decir… —farfullo pillada también en mi evidente ignorancia.

—No te preocupes —me tranquiliza, un tanto divertida—, está claro que somos profesionales por los que nadie se pega, ¿verdad? Desde luego, no en esta ciudad, y, con la crisis… En época de vacas gordas conseguí trabajar unos meses en la Librería Universitaria, llevando su sección de Humanidades. Por lo menos, era algo un poquito más acorde con mis estudios, cuando no más descansado.

—Vaya…

—Sí, a ver si cuando la cosa mejore me vuelven a llamar y así dejo de andar dando la lata a la gente.

—No dais la lata a la gente, estáis haciendo vuestro trabajo —corrijo ofendida—. Tú, por lo menos, eres muy educada —puntualizo, y ella se ruboriza ligeramente.

No sé por qué he dicho algo así, aunque no sea más que la pura verdad, y yo también me pongo un poco colorada. Tal vez la explicación esté en que es de las primeras personas con las que hablo en todo este maldito tiempo con quien no me siento evaluada ni compadecida y es una impresión agradable.

—No lo creo —rebate azorada.

—Además, se ve que tienes una buena capacidad de convicción —insisto yo—, solo hay que ver lo rápido que persuadiste a ese veterinario.

—Hombre, él tenía un número de urgencias…. Y esta misma tarde había intentado ligar conmigo —concluye con voz pilla—. Lo teníamos fácil.

—¿Intentó ligar contigo? —me cercioro, temiendo sonar a incrédula.

—Ya sabes: "podríamos tomar algo después, para seguir charlando…" y todas esas paridas habituales.

—¿Y tú qué le dijiste?

—Pues le acepté el ofrecimiento, pero al decirle de ir al *Mono* a tomar las cañas, como que se cortó —explica divertida, ante el innecesario asombro por mi parte, pues recordaba perfectamente sus conatos de seducción hacia mi persona la primera vez que nos vimos, pero no deja de sorprenderme la elegancia en la manifestación de su orientación sexual. Eso me lleva a recordar que no voy a ese sitio hace más de dos años, quizás porque no tenía necesidad de conocer a ninguna mujer ni, mucho menos, a ligar, que es a lo que se va al *Monochrome* ("mono" en abreviado), el más veterano local para mujeres de la ciudad, activo y animado como cualquiera de Madrid o Barcelona y en el que, ay, yo era clienta asidua en épocas más despreocupadas.

—¿Eso le dijiste? —Ella asiente divertida—. Qué tía.

—¿Para qué iba a marear la perdiz? Les dices eso y no te vuelven a dar la lata.

—Tienes razón —admito, y la miro una vez más mientras ella da otro sorbo a su cerveza.

Sin ser guapa, tiene esa cualidad que Martina llamaba *feeling* y que yo catalogo en el más habitual y clásico atractivo. Por otra parte, siempre me han llamado la atención las personas especializadas en lo que malvadamente clasifico de *saberes inútiles*. En definitiva, creo que esta Débora es de las personas más interesantes que he conocido en los últimos tiempos. Estoy en esa cavilación, pero ella, para mi desgracia, realiza la única acción que en estos momentos podría devolverme de golpe a mi abismo particular: con unos movimientos precisos, dobla en un perfecto rectángulo su servilleta de tela. Debe de haberme cambiado la cara porque ella me mira alarmada.

—¿Te encuentras bien? —pregunta preocupada.

—No es nada, es que estoy un poco cansada —mascullo.

—¿Puedo hacer algo por ti?

—No, nada. Voy a acostarme temprano. Solo necesito descansar —aseguro, con la voz solo un poco más serena.

Ella enseguida capta la indirecta, porque se levanta de un salto y recoge lo que ha estado utilizando en su refección.

—No, deja, ya me encargaré de arreglar todo mañana —dispongo.

—Me ha gustado mucho, muchas gracias —dice.

—No, de nuevo, gracias a ti.

—Bueno, quizás sea mejor que me marche —masculla.

Antes de salir, se detiene y apunta algo en un trozo de papel que después me tiende.

—Mira, este es mi número de móvil. Llámame cuando quieras.

—De acuerdo, muchas gracias. Hasta otra.

Ella me lanza una última mirada antes de introducirse en el ascensor quizás cargada de mensajes ocultos, y que, hoy por hoy, soy incapaz de descifrar. Tal vez entiende eso sin necesidad de que yo pronuncie una palabra porque agacha la cabeza y se marcha sin intentar nada más. Definitivamente, qué tía tan maja, esta Débora.

De nuevo en casa, conecto mi portátil y con la exigua señal wifi del edificio (otro de los múltiples timos de esta casa, se nos había prometido una conexión inalámbrica rápida y potente), entro en el blog de los familiares de los militares asesinados en el BMR. De nuevo, la foto del vehículo destrozado me para en seco.

—¿Esto lo que quieres que haga, Martina? —pregunto a la habitación sintiéndome un poco idiota pues esta no deja de ser una ocurrencia propia e intransferible. El más completo vacío me niega cualquier forma de respuesta.

Regreso a la cocina, donde friego los vasos y platos recién empleados y dejo todo colocado de una forma más bien descuidada. Cuando vivía Martina, ella se ocupaba de la vajilla del desayuno y de la cena y yo de la de la comida.

Por supuesto, ella lo hacía infinitamente mejor, y dejaba todo limpio y ordenado como si en cualquier momento fuesen a pasar revista. Solía burlarme de esa manía suya por el orden, pero precisamente la falta del mismo que ahora me rodea me hace ser consciente de la pérdida.

Al guardar los tenedores en el cajón me sobresalto por el pito desafinado que suena de repente. Compruebo que su origen está en la pelotita de goma que he pisado y que hasta ayer formaba parte del ajuar del pobre Fusfi. Hace unas veinticuatro horas que falta, y vuelvo a experimentar un duelo absurdo por esa ausencia, pero no puedo evitarlo.

—¿Por qué lo asustaste tanto? Creía que te gustaban los perros —pregunto de nuevo al vacío con un resentimiento que me asusta pues ni una sola vez en nuestros dos años juntas había utilizado ese tono con ella.

Me tomo una pastilla en seco para aliviar la zozobra correspondiente. Martina y yo, como cualquier pareja, habíamos tenido nuestras discusiones, más o menos fuertes, más o menos apasionadas, la última precisamente cuando mencionó por primera vez la idea de irse en una misión de paz a Afganistán, justificándose simplemente con las elevadas pagas, pero el resentimiento o la simple idea de molestar estuvo siempre desterrada de nuestras respectivas palabras y actitudes. El hecho de que yo haya pronunciado una frase tan llena de bilis me resulta desolador hasta el cansancio, así que, convirtiendo en verídica la excusa argumentada a mi invitada, me meto en la cama de cualquier manera y apago la luz, deseando que lleguen decenas y decenas de horas de sueño que me hagan olvidar esta triste anécdota.

—Lo siento, cariño —susurro, apretando los párpados hasta que los fogonazos de luz marcan el límite para esa presión—. No quería hablarte así. Sé que tú nunca harías daño ni a una mosca, estoy segura.

Si ella aún estuviera viva, acogería mis disculpas con un abrazo silencioso, hospitalario en su sinceridad, pero, por el contrario, la réplica que recibo son unos inesperados murmullos que están a punto de hacerme desmayar. En cualquier caso, no creo que haya peligro, así que me levanto y, tras ponerme la bata y las zapatillas con una tranquilidad asombrosa, me acerco hasta la cocina, pues allí parece estar la fuente del sonido.

Una revisión rápida me indica que el rumor proviene de uno de los cajones de la encimera, por supuesto, en el que guardé el pequeño aparato de radio que Martina y yo solíamos escuchar mientras desayunábamos y que no he vuelto a encender desde el aciago día en que me comunicaron su muerte. Este viejo receptor se convirtió en el recuerdo doloroso de las mañanas felices perdidas para siempre y por eso preferí enterrarlo bajo montones de tickets del supermercado y bolsas de plástico dobladas, pues mi espíritu ahorrador me impidió en el último segundo estrellarlo contra la pared como exigía mi dolor. Desde ese día, me he acostumbrado a desayunar de pie en un silencio espeso, tragando el café en tres o cuatro rápidos sorbos, como si se tratase de una medicina de mal sabor, y royendo cansinamente alguna galleta, pues también me desaparecieron las ganas de prepararme las tostadas con mantequilla y mermelada a las que me había aficionado Martina.

El aparato está sintonizado en lo que parece una emisora de noticias, pero desde luego no es la que solíamos escuchar. Están hablando, como no, del atentado contra el BMR en lo que parece una mesa redonda de expertos. Para mi alivio, no participan esa omnipresente Irene Galdón ni ningún otro miembro de la Asociación de Familiares. Parecen más bien unos ponentes alternativos a este tipo de cosas, por el tan diferente mensaje y contenidos de sus intervenciones.

—Hay graves errores de interpretación tanto por parte del Ministerio como de esos familiares —dice una mujer—, mientras que la opinión pública ha preferido quedarse con la idea de la emboscada de los malvados talibanes a unos pobres soldados que estaban allí para ayudarles. Con ese conflicto tendemos a ver a un Occidente bueno y a unos musulmanes malos que evitan todo progreso de su país.

—¿Es que acaso los talibanes están colaborando al progreso de Afganistán? — pregunta una voz masculina que denota una edad avanzada y suspicacia afilada.

—Por supuesto, como mujer de izquierdas y feminista, no me verá defendiendo a los talibanes, amigo Moisés —rebate ella a su interlocutor con bastante sorna, lo que hace que me caiga simpática en el acto—. No se trata de eso de ninguna manera, pero creo, es decir, mi grupo… —dice el nombre que aparecía en las viejas pegatinas de la *tablet* de la encuestadora—, tiene serias sospechas de que, bajo el manto de esas misiones de paz, se están ocultando acciones cuestionables, por decirlo de forma suave.

—Caramba, Ruth, esa es una afirmación un poco peligrosa si no cuentas con unas pruebas que la sustenten —apunta otra voz femenina que debe de corresponderse con la de la moderadora del debate.

—¿Tú crees? Es bastante más peligroso que una sociedad dé por bueno unos hechos sobre los que no tiene más información que la de los noticiarios oficiales. Es cierto que el comportamiento de nuestras tropas ha sido, por lo general, mejor que el de muchos otros países, de eso no tenemos dudas, pero lo sucedido con ese blindado presenta demasiados interrogantes para aceptarlo sin más, ¿no creen? Empezando en primer lugar por la propia circunstancia de que estuviese en ese callejón y siguiendo por el resto de vehículos que los antecedían en el convoy, porque esa es nuestra principal duda: ¿qué hacían allí realmente para que no se dé una explicación más amplia por parte del Ministerio, ni siquiera a la propia Audiencia Nacional?

—Pero, amiga mía —rebate la voz de ese Moisés en parecidos niveles de sarcasmo—, esas son las explicaciones que están exigiendo los familiares.

—Te olvidas de algo: el Ministerio tiene una investigación interna en marcha que se ha prolongado todos estos meses, por tanto, no parece que sea el único interlocutor al que pedir explicaciones.

—¿Quieres decir que echas la culpa entonces a esos pobres soldados? —pregunta otra voz masculina bastante excitada.

—Yo nunca he hablado de culpas. Mi asociación reporta abusos de poder e ilegalidades de esas instituciones obligadas a salvaguardarlos en primer lugar. Lo único que exigimos es que se averigüe la verdad.

Un violento crepitar me impide escuchar la réplica, como si al lado del aparato hubiesen colocado una fuente de electricidad muy potente, incluso temo que se haya estropeado definitivamente tras la rápida prueba que con él efectúo moviéndolo por toda la casa primero para ver si recupero la señal y después buscando infructuosamente cualquier otra emisora en su dial.

Tengo una sensación muy extraña, como si los techos y paredes hubiesen cambiado su emplazamiento, producto de ese vértigo que me provoca la simple conjetura sobre aquella maldita emboscada. No sé si voy a ser capaz de controlar esta pobre cabeza a partir de ahora y empieza a asustarme la idea de perder el control. Me regalo una dosis extra de los tranquilizantes, que enseguida me embota. Aunque deseo despedirme de Martina, algo me hace callar la fórmula habitual.

13.

Tamborileo violentamente sobre la mesa y el camarero me lanza una mirada que me hace parar en seco, pese al miserable alivio que ese movimiento compulsivo suponía para mis desquiciados nervios. Compruebo una vez más la hora en el reloj, para que su esfera vuelva a dejar claro lo evidente: llegué demasiado pronto, faltan unos cinco minutos para la hora marcada y, seguramente, aún me tocará consumir un rato más frente a la tetera ya vacía. Estoy tentada de pedir otra bebida para entretener la espera, pero concluyo en que es mejor tomarla cuando mi cita pida la suya si de verdad me apetece.

Lo que no me acaba de convencer de todo es la elección del local. Ni sé por qué le he dicho esta cafetería cercana a mi casa, detestándola como la detesto y seguramente a ella le queda a desmano, pero no se me ocurrió otro sitio mejor para reunirnos, pues la opción de mi propio piso me resulta incómoda y hasta escandalosa.

En realidad, a quién quiero engañar: he elegido este sitio porque así sé con seguridad que nadie de mi familia, mis amistades o mi trabajo me verá. No tengo ningún interés en dar explicaciones ni en aguantar comentarios, bienintencionados o malvados, sobre la atractiva joven con la que estaba. Aquí puedo estar segura de que nadie va a irse con el cuento y yo podré hablar con total tranquilidad, si eso cabe en mi habitual estado de agitación de los últimos días.

Débora entra en el establecimiento a falta de dos minutos para la hora. Otro detalle positivo por su parte, no cabe duda. Soy objetivamente una persona muy puntual y admiro a la gente que comparte esa virtud. Recorre con la mirada la barra y las distintas mesas hasta que por fin me distingue y se acerca en un par de pasos rápidos.

Me asombra el atuendo con que viste hoy, un serio traje de chaqueta gris de americana y pantalón de pinzas más una blusa de color melocotón que le dan un aspecto de gravedad poco apropiado. Por su incomodidad manifiesta, deduzco que no está muy acostumbrada a ese tipo de ropajes.

—Hola, creí que no llegaba —saluda sin aliento—. Me salió una entrevista urgente para un trabajo en una editorial y me la hicieron a última hora de la tarde.

—¿Por eso vienes de traje?

—Otra de las grandes ideas de Lucía —masculla molesta—. Según ella "en un sitio como ese hay que ir de punta en blanco". Claro, yo ni de coña tengo ropa para ir "de punta en blanco" y tuvo que prestarme uno de sus trajes.

—Ah —asiento, sorprendida por ese nombre femenino que parece tener tanto ascendiente sobre mi interlocutora.

—Lo más gracioso del asunto es que en ese sitio yo era la única trajeada, y mira que me crucé con empleados, pero todos iban de sport, mejor dicho, de andar por casa, con camisetas viejas y pantalones gastados. Joder, si hasta el jefecillo que me entrevistó iba de bermudas y jersey desteñido.

—Qué sitio más... espontáneo, ¿no? —sugiero, internamente horrorizada del adjetivo tan remilgado que he elegido.

—La verdad es que me encantó y, aunque sería un contrato temporal y mal pagado, me gustaría muchísimo poder trabajar allí. Sería en su comité científico, algo relacionado con mi carrera, por fin.

—Ojalá tengas suerte y te cojan —deseo sinceramente—. Bueno, ¿qué te apetece? —ofrezco cuando por fin el de la barra se ha decidido a arrastrar su culo hasta aquí.

—Un manchado, por favor, con la leche muy caliente —pide, dejando en evidencia la mentirijilla que me había contado sobre su negativa a tomar café a determinadas horas de la tarde.

—¿Un qué? —pregunta extrañado el camarero, como si se le hubiese demandado el más complejo cóctel.

Débora le explica pacientemente las proporciones de grano y leche de la consumición y él marcha con gesto de asombro, seguramente convencido de que sí se le ha solicitado una bebida de ingredientes extravagantes.

—Joder, mira que son lerdos en este sitio —mascullo tras cerciorarme de que no pueden oírme.

—Un poco torpes sí que son, pero hacen unas empanadillas riquísimas —comenta Débora.

Por su mirada, puedo deducir que está esperando a que le explique el motivo de mi llamada, pero yo tardo unos enormes segundos en pensarlo, eternidad que ella me permite sin la menor expresión de impaciencia.

—Martina, mi mujer, era militar del Ejército de Tierra. Murió en el atentado del BMR en Afganistán de hace unos meses —confieso sin ningún tipo de prólogo. Débora se limita a mirarme con compasión—. La verdad, no tenía ningún interés en saber lo qué pasó, lo único seguro es que había perdido para siempre a mi mujer, destrozada en un rincón de ese maldito país, poco importa lo que nadie me venga a decir. Lo único definitivo es que ella murió y yo me he quedado con la vida destrozada, por mucho que me repitan que el mundo sigue girando y que yo todavía soy una persona joven con millones de oportunidades. —Casi me pongo en la pose tipo para escuchar la habitual selección de consejos consiguientes con los que encauzar esta nueva etapa vital, tal y como suele pasarme en este tipo de ocasiones, esto es, mirada gacha, manos cruzadas y leves asentimientos de cabeza pero, para mi gran alivio, Débora solo masculla: "fue una gran pérdida. Lo siento mucho" y sigue atenta.

Me doy cuenta entonces de que se acerca el momento de reconocer el montón de cosas raras que me suceden desde que me he instalado en el piso y a las que por fin he identificado en su origen, pero, por muy comprensiva que sea esta interlocutora, va a quedar directamente escandalizada, cuando no asustada.

—Lo he pasado, y lo sigo pasando muy mal —continúo, quizás buscando un poquito más de su pena para ablandar las posibles reticencias que se puedan plantear—, estoy a tratamiento psiquiátrico y a veces se me hace un mundo enfrentarme al día a día, ni sé cómo soy capaz de ir a trabajar. —Estoy confesando detalles que hasta ahora no le había contado a nadie directamente, pero ni se me ocurre parar. Es un gran alivio hacerlos palabras y que alguien te preste la atención respetuosa que el momento demanda, aunque seamos molestadas por el imbécil del camarero, que pone la taza sobre la mesa como quien lanza un trapo mojado—. El caso es que ahora, por una serie de circunstancias que no vienen al caso, necesito saber qué le pasó realmente, por qué murió emboscada con sus compañeros en un barrio que, teóricamente, era de los más seguros de la zona.

—Te entiendo —concede Débora.

—Por eso te he llamado.

—¿Por eso? Ahora, en cambio, no te entiendo —reconoce asombrada.

—Perdona mi indiscreción, pero, el otro día, al recogerte la *tablet* que te habías dejado olvidada, vi que llevabas un colgante de esa asociación pacifista que solía manifestarse delante del Destacamento.

—¿La Asociación *Russell*?

—Es esa pacifista, ¿no?

—Bueno, supongo que podría clasificarse así. En realidad, es una asociación a favor de la resolución pacífica de los conflictos y el análisis de los abusos de poder por los

Estados sobre la ciudadanía y su correspondiente denuncia, claro.

—Ya —concedo, convencida de que no deja de ser otra asociación de universitarios bienintencionados, como solía definirlos Martina.

—La verdad es que les he perdido bastante el contacto en los últimos dos o tres años —explica Débora—. He estado bastante ocupada entre unas cosas y otras y, sinceramente, no me convence mucho la Junta Directiva actual —reconoce, aunque se libra de seguir explicando su desencuentro—. ¿Qué tiene que ver *Russell* con lo tuyo? —pregunta extrañada.

Le explico el debate escuchado en la radio, callando discretamente la forma por la que llegué al mismo. Durante un buen rato dilucidamos la identidad de quién podía estar hablando en representación de la asociación, pues yo solo consigo recordar que es un nombre femenino de una sola sílaba y por una de esas coincidencias extravagantes que a veces se dan en esta vida resulta que entre Soles, Mares, Fes y similares hay unas cuantas con esa característica onomástica. Por fin, ella pronuncia el nombre de Ruth al cuarto o quinto intento y yo lo recuerdo en el acto.

—Sí, Ruth Carabias —confirma—. Mira tú que mediática se nos ha puesto —comenta con sorna—. ¿Así que estaba como ponente en el programa de debate de la medianoche?

—Sí. Bueno, yo lo cogí empezado —lo justo sería decir "cuando la radio se conectó sola, el programa ya llevaba un buen rato" pero prefiero olvidarme de ese detalle—. Esa Ruth parecía saber bastante sobre el atentado, cosas distintas de las que plantean esos pelmas del colectivo de familiares.

—Mujer, quizás conseguirías más cosas a través de ese colectivo —sugiere Débora—. Ellos están moviendo cielo y tierra para que el ministerio les explique lo sucedido, y seguramente estarías mejor con ellos.

—Algo me dice que es mejor que hable con los de esa *Russell* —resumo, de nuevo obviando el detalle de que un ente intangible es quien me ha hecho ir en esa dirección. Débora parece revolverse incómoda ante mi decisión—. ¿Qué pasa? —pregunto.

—Creo que sería mejor que no siguieras por ahí —masculla.

—¿Y por qué no?

—En fin, no me parece recomendable, quiero decir… —parece rendirse ante mi empecinamiento—. Fanny, cuando esa asociación se mete en un tema como este es para reportar los abusos de poder.

—¿Y?

—Verás, yo sigo recibiendo sus materiales y, aunque últimamente no presto mucha atención a sus avisos, sé que estaban proponiendo estudiar los posibles abusos cometidos por soldados del destacamento de aquí destinados en Afganistán.

—Bueno, ¿y qué? —rebato, levemente molesta con el cariz de esa actividad—. En todas partes cuecen habas, como decía mi padre. ¿Qué tiene que ver con lo del atentado?

—Fanny, puede tener que ver bastante —farfulla—. Precisamente, se centraron en el atentado contra el blindado porque sospechaban que sus ocupantes no estaban cumpliendo precisamente con la misión de paz.

La sola sugerencia me trastorna de una manera inimaginable. Me levanto tan furiosa que la silla cae con fuerza por el movimiento tan brusco. Débora me mira espantada, pero en sus ojos no hay ningún tipo de arrepentimiento, lo que me lleva a suponer que es de esas personas que se mantienen en su palabra, otro detalle a admirar si no estuviera tan enfadada y dolida a la vez.

—¿Quieres decir que mi mujer estaba haciendo algo malo, eso es lo que quieres decir? —pregunto airada.

—Nunca he dicho eso, Fanny. Tranquilízate, por favor.

—No, tú no, tus colegas de esa asociación, que no deben tener nada mejor que hacer que poner en duda el trabajo de Martina y sus compañeros. Mi mujer era la persona más buena del mundo, para que os enteréis, tú y la gente como tú, que siempre estáis buscándole los tres pies al gato —rebato, sin poder contener los primeros sollozos.

—Solo buscan la verdad, no hay nada personal contra nadie. Por favor, cálmate —sugiere prudentemente, pero sin cohibirse ante mi explosión emocional—. No quiere decir que tu mujer hiciera nada malo, pero podía estar con gente que sí.

No lo soporto más y salgo de allí tras tirar contra la mesa unas cuantas monedas que imagino suficientes para pagar ambas consumiciones, aunque, en última instancia, me da igual. Marcho a la carrera y presiento que la encuestadora ha intentado seguirme en un primer momento pero que ha desistido al ver mi frenesí.

Abro la puerta del portal con mano temblorosa y cojo el ascensor aún enjugando mis lágrimas con la manga de la chaqueta. Pulso el botón del "4" con tanta fuerza que cuando la cabina queda parada a los pocos centímetros de su ascenso yo lo achaco precisamente a mi falta de cuidado. "Mierda de edificio", musito con rencor apretando los diferentes botones, con nulos resultados y, finalmente, ya humillada, el de alarma para que me vengan a rescatar, pero tampoco funciona.

Los nervios entonces toman el lugar de mi frustración. Aunque imagino que más pronto o más tarde algún vecino terminará por enterarse de mi situación y que no hay nada de qué preocuparse, siempre me han inquietado sobremanera los espacios estrechos y cerrados como en el que he ido a quedar encerrada.

Me incito a mantener la calma y por eso mis primeros "hola" con que intento llamar la atención suenan más como el saludo educado a la persona que tienes enfrente. La falta de resultados inmediatos me hace dar unas voces ya con un volumen más estentóreo pero mis "eh, aquí, socorro" siguen sin obtener el menor resultado.

Enmudezco en el acto cuando se apaga la luz del techo y todo queda completamente a oscuras, incluso la baliza de emergencia se ha apagado. Noto que mi corazón palpita a unas velocidades insospechadas y el sudor frío empapa la tela de mi blusa mientras resuena mi respiración entrecortada como único sonido no solo del habitáculo, sino del mundo entero. "¿Qué quieres, cariño?" pregunto angustiada "¿de verdad quieres que siga con todo este asunto? Va a ser muy doloroso para mí" confieso finalmente y el ascensor vuelve a ponerse en marcha, solo que no sube al cuarto. Por el contrario, desciende al sótano dos, donde está mi plaza de garaje.

Las puertas se abren en la penumbra. No me atrevo a salir, aunque, por otro lado, presiento que eso es lo que tengo que hacer.

De repente, se enciende una luz, una única bombilla, en concreto, la que está sobre mi coche, la indicación específica de mi siguiente acción y, pese a que se me cierran los ojos por el cansancio y mis reflejos no están en su mejor momento, lo cojo y arranco con determinación.

Salgo del garaje con mayor pericia de la esperada, dadas las circunstancias, y dirijo el vehículo hacia la parada de autobús de la calle.

Tal y como había supuesto, bajo la marquesina espera Débora saltando alternativamente sobre cada pie en un inútil intento de soportar el relente. Al verme parar junto a ella se interrumpe en el ejercicio y mira con precaución al interior del vehículo.

—Sube, te llevo —ordeno con una premura que no parece muy adecuada para la reconciliación.

—No te molestes, gracias —rechaza ella dignamente—. Cogeré el autobús.

—Por favor, sube —insisto, con un tono más acorde con la oferta—. Aquí las líneas funcionan fatal, y de verdad que quiero llevarte, Por favor...

Ella mira el coche con curiosidad y por fin monta. Se coloca el cinturón de seguridad con movimientos rápidos y delicados para acabar concentrando su atención al frente en la carretera.

—¿Dónde te llevo? —pregunto yo.

—Donde a ti te venga bien —indica todavía presa de esa dignidad improductiva de que a veces se hace gala.

—De verdad que cualquier sitio me viene bien —aseguro—. No es ninguna molestia para mí. Quiero llevarte. Bastante has hecho viniendo a hablar conmigo para que ahora tengas que volver en autobús.

—Vine de buen gusto, no me debes nada —porfía, y me doy cuenta que no arreglaremos nada enrocadas en nuestras respectivas actitudes.

—Perdóname lo de antes, de verdad —ruego por fin con la mayor sinceridad del mundo—. No sé qué me ha podido pasar, pero es que ha sido imaginarme algo en contra de Martina y he estallado. No puedo soportar que nadie diga nada malo de ella. Todavía me duele demasiado.

—No pasa nada, te entiendo —concede ella, no muy convencida.

—He sido una gilipollas —continúo—. Tú te portas muy bien conmigo y yo te lo devuelvo de esa manera, no ha estado bien por mi parte. De verdad que te debo una disculpa —concluyo, y el inicio de sonrisa que me llega de vuelta me indica que mi improvisada copiloto se ha reconciliado de verdad.

—Quizás sería mejor que te olvidases de lo que te he contado. No deja de ser otra teoría más sobre una desgracia que ya no tiene remedio —sugiere—. Está claro que es un asunto que te afecta muchísimo y no vale la pena echar más leña al fuego.

—Sí, tienes razón —convengo. "Pero he se lo he prometido a Martina", debería añadir—, pero creo que lo único que puedo hacer para salir de ese limbo de tantos meses y que va a volverme loca es averiguar todo lo que le pasó.

—Ya, es como para despedirte de ella o algo así, ¿no? —resume Débora con una clarividencia que me deja sin aliento.

—Más o menos —reconozco en un suspiro—. Por favor, dime lo que sepas.

—La verdad es que no sé casi nada. Como te digo, apenas presto atención a las noticias de *Russell*.

—De verdad, prometo tomármelo con calma.

—Sinceramente, no sé gran cosa —murmulla—. Solo me quedé con un detalle y, para eso, ni me fijé mucho.

—¿Qué detalle?

—Decían que era muy rara la propia emboscada. Que más parecía que el blindado hubiese ido por su cuenta y riesgo por esa calle donde los abatieron que con el resto del convoy.

—Bueno, no es tan raro, iba al final de la cola —rebato recordando retazos del informe que nunca me atreví a leer en su extensión—, se quedaron un poco retrasados, quizás porque el conductor se desorientó o algo así, y es cuando aprovecharon esos criminales para atacarlos.

—Seguramente, tienes razón —acepta con demasiada rapidez.

—Además, una cosa tan evidente como esa saldría en las noticias y todo eso, ¿no? —razono, intentando sobre todo convencerme a mí misma—, y ni te cuento cómo se hubiera puesto la oposición en el Parlamento, que están a la que saltan —continúo con mi reflexión desesperada cimentada en una lógica demasiado frágil. No me hace falta girar la cabeza para ver su mirada compasiva. Mis mejillas sienten ese calor acogedor, pero no me resulta agradable en una situación así—. ¿Dónde te llevo entonces? —pregunto un tanto bruscamente.

—Puedes dejarme donde quieras, de verdad, después ya me apañaré yo —repite las indicaciones, aunque en esta ocasión no hay el deje de la dignidad herida.

—Ni hablar, te llevaré hasta el mismísimo punto de destino.

—Pero es que te va a quedar un poco a desmano.

—Insisto.

—Está bien —se rinde—, pero con una condición: déjame invitarte a un café. A un par de manzanas hay un pub que está bastante bien.

—De acuerdo —asiento—. Después te llevaré hasta tu misma calle, no faltaba más.

—Pues entonces gira en el siguiente cruce a la izquierda y sigue unos metros.

Quizás fruto de ese continuo trabajo de calle, o puede que también por mi dejadez permanente, pero Débora conoce bastante mejor que yo todo este trazado urbano que ha dado en llamarse *Ciudad Nueva*. Me guía con seguridad hasta sus límites para llevarme finalmente a una de las últimas edificaciones antiguas de esta zona, en cuyo bajo se adivina un establecimiento, discreto y de aspecto avejentado pero que al entrar evidencia la gran personalidad del sitio, si es que un local con bonitos muebles restaurados en agradable disposición y una música estupenda tiene eso tan intangible que creo haber detectado a manos llenas en mi cicerone.

—¿Qué te parece? —pregunta esta sonriente.

—Genial —reconozco admirada—. No tenía ni idea de que por estas calles pudiera haber algo así.

Nos sentamos en una mesa del fondo y enseguida somos atendidas por un camarero, oh, maravilla, absolutamente profesional, que comprende en el acto el tipo de café solicitado por mi acompañante y que tiene la suficiente paciencia y entusiasmo para guiarme a través de su carta de infusiones y recomendarme una acorde a mis pequeñas manías sobre sabores y tonalidades del líquido.

—Este era uno de mis locales favoritos —explica Débora—. Aquí puedes venir a pasar el rato tranquilamente, hay buena música y quienes lo atienden son muy agradables. Lástima que en unos meses tenga que echar el cierre.

—¿Va a cerrar? ¿Por qué?

—Lo de siempre: han vendido el edificio y ahora van a demolerlo para seguir construyendo eso de la *Ciudad Nueva*.

—Es una pena, es de los pubs más bonitos que he visto en esta ciudad en todos estos años —concluyo.

Un aguijonazo traicionero de nostalgia me corta brevemente la respiración: acabo de rememorar lo mucho que le gustaban este tipo de locales a Martina, pero consigo cicatrizarlo antes de que termine desbordándose por mis ojos o mi expresión.

—Aquí incluso tenían un concurso anual de poesía —continúa Débora entusiasmada, no sé si porque es una verdadera fan del sitio o porque así tiene una excusa de primera mano para evitar por un rato la conversación por la que la llamé—. Incluso, hubo años que hacían también concursos de relato. Llegaron a editar un par de libros con las obras ganadoras. ¿A ti te gusta leer? —pregunta sin pausa y yo asiento convencida para acabar descubriendo en definitiva que ese hobby concreto en una escala del 1 al 10 estaría por mi parte en un 4,5 o, como mucho, en un generosísimo 5, mientras que en la de mi interlocutora se puntuaría con un más que merecido 10, cuando no un 11.

Parece conocerse a todos los autores locales, nacionales y puede que del mundo, y de algunos habla con un entusiasmo contagioso, como si fuese ella la propia editora. No dejo de pensar en este punto en la importante diferencia con mi mujer: incapaz de leer algo más allá que no fuesen unos cuantos titulares del periódico y alguna que otra revista, según ella, por falta de paciencia. Por el contrario, esta Débora adora enfrentarse con tochos áridos de cualquier género y los debe gozar como una buena sesión de sexo, aunque me imagino que de estas también debe disfrutar con esa tal Lucía que ha aparecido dos o tres veces en la charla como sugeridora fallida de varios títulos. De todas formas, en ningún momento cae en la pedantería, dejando solo en evidencia su manifiesta pasión por el negro sobre blanco. Es una conversadora amena, pero yo no puedo evitar recordar el motivo de mi reunión y debo de revolverme impaciente, porque ella lo nota y para en seco su alabanza entusiasta de la obra de una escritora inglesa.

—¿Te apetece algo más? —pregunta con un punto de desolación señalando nuestras respectivas tazas ya vacías. Yo niego con la cabeza—. Bueno, quizás tú tienes prisa y…

—Sí, la verdad es que aún tengo que hacer bastantes cosas por casa —confirmo, comprendiendo que no pretende retomar el único y verdadero tema.

Ella se levanta rápidamente y se va a la barra a pagar. Regresa enseguida, azorada y decepcionada, pero yo ya me he puesto mi chaqueta y me he levantado para marchar.

—Cuando quieras —invita.

Subimos al coche y ella rápidamente me da las señas de destino que todo este tiempo ha estado evitando, lo que mucha gente de aquí sigue llamando las *Casas Baratas*, unas antiguas viviendas de protección oficial alejadas del centro y que en la actualidad y por uno más de esos caprichos del urbanismo han quedado enclavadas en el perímetro del barrio residencial más elitista.

—Es la casa de mis padres. A ver si sale lo de la entrevista y puedo alquilarme otra cosa —masculla con un poco de vergüenza.

Puedo solidarizarme con su deseo: hace casi diez años, con mis primeros trabajos más o menos estables, mi decisión inmediata fue buscarme un sitio para independizarme. No se trataba solo de disfrutar de lugar (sobre todo lecho) propio para mi, en aquella época, azarosa vida sentimental. Se trataba, sobre todo, de ser la principal y única responsable de todo lo concerniente a mi propia vida, y ante ello poco importaban los bajos sueldos o el chantaje emocional de la familia con el eterno soniquete de la triste viudedad de mi madre y la agudización de su soledad que una decisión tan egoísta como aquella podía traerle.

Enseguida llegamos a su barrio. Contra lo que la leyenda urbana suele decir de la zona, otro montón de calles insubstanciales más como las de *Ciudad Nueva*, solo que de aspecto más sucio y avejentado, característica que la mía también acabará alcanzando en unos cuantos años.

—¿Es aquí? —confirmo yo innecesariamente.

—Sí. Muchas gracias. Has sido muy amable —afirma al tiempo que abre la puerta.

No sé cómo, pero le agarro el brazo para retenerla y ella queda congelada en su movimiento.

—¿Tú no tienes alguna forma de averiguar más cosas? —imploro.

—Yo solo sé eso que te conté. He perdido casi todo el contacto con los de la asociación y ni siquiera creo que ellos mismos tengan mucha idea. Quizás sería mejor que hablases con los demás familiares —señala aturdida.

—Sí, acabaré haciéndolo —accedo—, aunque no creo que puedan decirme nada nuevo.

Es ahora Débora quien se revuelve inquieta.

—Escucha —se rinde—, aunque hace años que no hablo con Ruth, puedo intentar localizarla y preguntarle, si te parece.

—Eso sería estupendo, te lo agradecería muchísimo —reconozco.

—Dame entonces un número de teléfono para que pueda avisarte. Tú me llamaste desde uno oculto y no… —recuerdo esa precaución concreta, ahora ridícula. Aunque no me gusta usarlas para mis asuntos particulares, cojo una tarjeta de visita de la gestoría y apunto en ella mi móvil.

—Mira, es este. También puedes llamarme a esos fijos en horas de oficina —explico.

—De acuerdo. Te llamaré cuando tenga algo entonces.

Acaba saliendo y ya fuera se despide con la mano al estilo de una niña pequeña. Desde el retrovisor y antes de doblar la esquina puedo comprobar cómo ella me sigue con la mirada con una postura que, no sé por qué, interpreto como de derrota.

14.

El Barrio de las Acacias tiene un nombre bastante bucólico, pero resulta finalmente un adocenado conglomerado de adosados y pareados propio del *quieroynopuedo* de la clase media-media. Hace unos años yo solía venir por aquí a visitar a un cliente que había abierto un videoclub especializado en cine de autor, basándose en un hipotético nivel cultural superior de la vecindad para comprobar finalmente que eso había sido una más de esas cábalas registrables en las llamadas *cuentas de la lechera* y terminar saldando el montón de DVD's que apenas habían llegado a utilizarse al cabo de pocos meses.

De todas formas, en este período ha habido importantes transformaciones en el trazado de las calles, con el añadido de rotondas, nuevas manzanas de edificaciones y demás elementos urbanos, lo que hace que esté desorientada y pase de largo un par de veces el local al que me dirijo.

Solo cuando por fin estaciono en una de sus escasas plazas de aparcamiento, pues, como en mi calle, aquí el amarillo serpentea la mayoría de los bordes de sus aceras, y camino hasta el primer cruce, consigo ubicar la sede social de su asociación de vecinos. Ahí es donde la Asociación de Familiares y Amigos de los Militares Fallecidos en el Atentado al BMR (*los del BMR,* como los denomina el portero que me indica la sala) celebran sus reuniones, se ve que ya están en ese período organizativo en que los habituales establecimientos de hostelería de los encuentros iniciales resultan demasiado indiscretos.

Me recibe Irene Galdón con timidez, quizás temiendo otro brote de cólera similar al de la gestoría.

—Es estupendo que te hayas decidido a venir por fin —dice—. Ven, voy a presentarte.

Me dice los nombres y el parentesco con los fallecidos de las diez o doce personas que hay allí. El conjunto me saluda con diversos grados de cordialidad, seguramente en relación directa con la percepción que tengan de los matrimonios homosexuales. Así, me quedo con los datos de quien me gruñe el saludo desde el extremo de la mesa, un hombre de unos setenta años y que resulta ser el padre del conductor del blindado.

—Es Abelardo Bazcoiti, capitán retirado —me indica Irene—, son familia de militares.

—Borja era mi tercer hijo en el ejército —explica con desgana el antiguo oficial—, y la cuarta generación de la familia siguiendo la carrera militar, pero nunca nos había sucedido nada así, salvo en guerra declarada. Esto ha sido una felonía.

Mientras intento recordar el significado de ese sustantivo, veo que la mujer sentada a su lado, y que también me observó con cierto espanto al ser presentada como la viuda de Martina, llora suavemente, como con vergüenza, llantos que ralentiza ante la mirada desaprobadora del viejo capitán.

—Yo era la madre de Borja —dice simplemente, quizás acostumbrada a que sea el marido quien lleve la voz cantante y, por tanto, el grueso de las explicaciones.

También se presentan tres o cuatro allegados desconsolados a lo largo de la mesa de quienes apenas consigo quedarme con algún dato hasta que finalmente llego a un chico de unos 25 años que me sonríe abiertamente y que se me acerca en un brinco para plantarme dos cariñosos besos en las mejillas.

—Qué ganas tenía de conocerte, yo soy Enrique. Martina y yo éramos muy amigos. Ya sabes…

—¿Quique? —me cercioro, recordando las anécdotas que Martina me contaba y él asiente satisfecho—. Es verdad, mi mujer me hablaba mucho de ti —explico, recalcando aposta ese posesivo y provocando nuevos respingos en algunos, sobre todo en los padres de ese pobre Borja.

—Bien, espero —comenta divertido.

—Enrique iba en el blindado anterior al de nuestros familiares y fue de los primeros en llegar a su lado —corta Irene rápidamente, como si le molestase nuestro tono distendido—. Él ha sido un gran apoyo para todos nosotros.

—En ese BMR iban muchos amigos míos. Yo también he sufrido una gran pérdida —masculla con emoción.

—Eres un encanto, Quique —alaba Irene y mi diablillo particular me susurra al oído que quizás esa viuda coraje tiene ciertas ilusiones cara al amigo de Martina—. Bueno, ¿nos sentamos? —invita, y todos vuelven a ocupar sus sillas ante la mesa.

Yo me pongo entre ella y el militar, quien parece mirarme con prevención.

—En fin… —digo, a falta de un mejor comentario.

Parece que todos estuviesen esperando a que me ponga a hablar aportando vete a saber qué novedades, pero la incómoda realidad es que no sé qué puedo decir y que ante tantos pares de ojos concentrados en mi persona me he quedado con la boca seca.

—¿Quieres tomar algo? —invita Quique—. Hay máquinas de refrescos y de bebidas calientes en el pasillo —explica, señalándome los distintos vasos y latas que ya ocupan la mesa—. Siempre cogemos algo antes de entrar, pero, seguramente, tú no la has visto.

—Gracias, una infusión estaría bien. Sin azúcar —pido, y sale de inmediato a cumplir el encargo. Quedo entonces por ese lapso sin mi mayor apoyo, y me pregunto hasta qué punto soy bien acogida en este sitio.

—Bueno, quizás sería mejor que te explicase un poquito cómo están las cosas antes de seguir con la reunión —propone Irene.

—Te lo agradecería —reconozco con alivio.

Ella me lanza una mirada de suficiencia propia de los galones de liderazgo adquiridos en estos últimos meses.

—Como seguramente habrás visto en la tele o en los periódicos, en este momento nuestra "guerra" —hace el gesto de entrecomillar con los dedos esa última palabra—, es con la Inteligencia del Ministerio de Defensa.

—¿Por qué? —pregunto extrañada.

—Creemos que ha habido una negligencia por su parte al no avisar al destacamento del riesgo de un atentado —continúa un chico con una alopecia incipiente que antes se identificó como hermano de otro fallecido—, negligencia que, imaginamos, no quieren que se descubra, de ahí esa ocultación de las pruebas a ese juez de la Audiencia.

—Bueno, ya se sabe que Afganistán es un sitio muy peligroso, un atentado entra en las posibilidades. Eso no significa que se estén ocultando datos o algo así —rebato, ante las miradas de desaprobación de la mayoría, poco acostumbrada a la presencia de una abogada del diablo, aunque sea tan accidental como yo.

—Tienes razón —interviene de nuevo el de la alopecia incipiente—, pero date cuenta de lo que les pasó a los nuestros: los atacaron desde el otro extremo de la calle con un mortero y una carga explosiva pensada para triturar el blindaje. Hasta ahora, los atentados se habían "limitado" —este también usa el gesto de entrecomillar con los dedos las palabras claves—, a minas en el camino. Nunca se había dado un ataque tan directo como este a nuestras tropas, y muchos menos en ese destino, tan tranquilo que incluso se estaba hablando de retirarse de allí. Y lo de rematar a los moribundos… —masculla, dejando morir el resto de la frase, tal vez recordando muy a deshora quién sufrió la mayor parte de los balazos en esa acción.

Respiro profundamente, controlando a duras penas mi nuevo y más salvaje brote de angustia y, por primera vez, los mecanismos de mi autocontrol responden a la perfección y así, la Fanny que asiente serena a esa información no muestra más allá de una grave seriedad, coherente con la situación.

—Además —continúa atropelladamente—, el propio ejército ha tenido a veces un comportamiento un poco raro, porque ya me dirás si no a qué vienen cosas como la visita de un teniente —"tenientito", corrige con asco el tal Bazcoiti—, a los pocos días del entierro con la excusa de ver cómo nos iba. Más parecía que quería vigilarnos, como si no tuviésemos bastante con nuestra tragedia, ¿tú la tuviste? La visita, digo —me pregunta y yo asiento dubitativa. Solo consigo recordar desdibujado a un chaval de uniforme, un tal teniente "Morales" o "Morrales", no recuerdo muy bien, y al que prácticamente atendió mi madre, por estar yo totalmente anestesiada por la medicación, en aquellos primeros días, fortísima y en grandes dosis.

—Por eso queremos, exigimos —recalca el militar jubilado—, que se depuren responsabilidades. Créame, señorita —se dirige a mí con un retintín que estoy a punto de responder como merece—, desde mi formación y experiencia como mando le puedo asegurar que todo ese convoy estaba comprometido desde el momento mismo en que salió de su base. Si Inteligencia no cumple con su función descubriendo de raíz los atentados y el propio ejército no es consciente de ello, de nada valdrá todo ese despliegue sobre el terreno. En esta ocasión, le ha tocado pagarla al blindado donde iba nuestro hijo y su amiga, pero podían haber caído más.

—Es decir, ahora todas nuestras acciones están orientadas a conseguir una entrevista en el Ministerio —señala con rapidez Irene en prevención del rifirrafe inminente entre el viejo capitán y yo—. Ellos están obligados a responder por todo lo que han estado ocultando. Por nuestra parte, hemos conseguido tener una presencia en los medios. Ya me han entrevistado en varias televisiones y radios.

—Es nuestra imagen pública —apunta Quique regresando con mi bebida—. La mejor que podría tener esta asociación.

—Ay, Enrique, qué cosas dices —protesta Irene con el rubor coloreando sus mejillas y mi diablillo particular recupera su hipótesis respecto a estos dos—. Es cierto, me han liado para hablar con los medios, pero no he sido la única que ha concedido entrevistas. A Abelardo, por ejemplo, también lo han entrevistado para una revista, y a Mario —dice señalando al de la alopecia incipiente—, le entrevistaron en una de esas webs de información local. Desde luego, los medios pueden ser nuestros mayores aliados, y nuestra política es que cualquiera de nosotros los use si se da la oportunidad.

—Comprendo —asiento, no muy convencida de esa política en cuestión, pues debo de ser de las últimas personas de mi generación educadas en la imprescindible reserva sobre los propios asuntos—. Hablando de entrevistas, el otro día me coincidió oír una en la radio a una tal Ruth, de la Asociación *Russell*, hablando precisamente sobre el atentado, ¿la habéis oído?

Por la rigidez súbita de todo el grupo, deduzco que acabo de mentar precisamente a una persona non grata. Además, la mirada de la mujer del militar es de espanto puro, supongo que añadiendo en su listado particular de mis aberraciones el de agitadora al ya consolidado de pervertida sexual.

—No han sido precisamente de gran ayuda esos de *Russell* —masculla Irene con dificultad—. Por mucho que vayan siempre con la cantinela de que solo buscan la verdad.

—Esos niñatos están poniendo continuamente en duda lo que hacían nuestros seres queridos allí en Afganistán —añade con odio el tal Abelardo—. Yo se lo puedo contestar, si un día llegan a tener la decencia de acercarse para preguntármelo: luchar por su país y por la seguridad de esas gentes tan desgraciadas, eso es lo que hacía nuestro pobre hijo y todos los que iban con él. Eso les contestaré el día que se dignen a escucharnos en vez de estar inventándose mentiras.

—Dijo que ese BMR no iba siguiendo realmente a los demás —sugiero.

—Eso te lo explico yo sin problema, y también consta en el informe, no es ningún secreto —apunta Enrique—. Allí hay una especie de bifurcación del camino de pocos metros que va a dar al mismo sitio, no es que se desviasen ni nada por el estilo. Simplemente, es como las rotondas en las carreras ciclistas, ¿entiendes? Unos la bordean por el lado izquierdo y otros por el derecho y salen todos en pelotón a la misma carretera. Pues fue algo parecido. A ver, es obligatorio ir todos por el mismo sitio, pero en este caso, y como era terreno más que asegurado a la vuelta de una misión rutinaria y ya muy cerca de la base, a veces algún vehículo se desviaba, ten en cuenta que solo se perdía el contacto visual unos segundos, nada más. De hecho, en el propio informe se señala como una falta leve, pero para nada la consideraron como determinante. Ten en cuenta que, tal y como fue el ataque, desde una loma cercana, podían haber alcanzado cualquiera de los blindados, tanto el que se desvió como los que siguieron la fila —concluye.

—Daban a entender que había algo raro en todo eso —añado, extrañamente decepcionada ante una explicación tan coherente.

—Como le digo, unos niñatos que no tienen ni idea de lo que es un operativo militar —insiste el coronel jubilado.

—El problema de la gente como esa es que cuestionan nuestro trabajo y cada vez que abren la boca y alguien les escucha, como en esa entrevista de la que nos hablas, toda nuestra labor queda en entredicho —explica Irene con severidad y soy yo quien se ruboriza, como si me hubieran pillado en falta.

Prefiero no abrir más la boca durante el resto de la reunión y me limito a escuchar.

Tal y como me temía, hay un par cuyo fin último es conseguir una mayor indemnización por las muertes, y todo lo que proponen o promueven va orientado al incremento de las cantidades propuestas. No obstante, y siendo justas, destaca en la mayoría del conjunto el simple y honesto deseo de conocer la verdad de lo sucedido para así poder honrar a los muertos en consecuencia. En resumen, parece un grupo de gente decente que están empeñando su tiempo y esfuerzos en un fin tan intangible y, a la vez, tan necesario para nuestra tranquilidad espiritual. Aún así, me siento una extraña entre ellos y, por eso, cuando al final de la reunión me preguntan si asistiré a la siguiente, en el mismo sitio dentro de una semana, solo soy capaz de responder con evasivas y tras muchas dudas acabo intercambiando números de móvil con Enrique por el motivo fundamental de que era amigo y compañero de mi mujer.

Con él salgo a la calle y, tras enterarme de que se ha acercado hasta allí en autobús, me ofrezco a llevarlo, volviendo a desempeñar un papel de improvisada taxista como el que Martina y yo ejercíamos habitualmente con nuestro círculo de amistades, poco dotado por lo común de medios de transporte propios. Él acepta encantado, aunque, por los gestos inconscientes que hace como si estuviese manejando unos invisibles pedales y volante mientras maniobro para incorporarme al tráfico, puedo suponer que tiene poca costumbre de viajar como acompañante.

—Bueno, vamos allá —digo ya en ruta.

—Ha sido estupendo que te acercases a la reunión —dice Quique—. Siempre es mejor estar unidos.

—Honestamente, sigo sin estar muy convencida —confieso—. Esto no me traerá a Martina de vuelta, y todavía sufro demasiado recordando su muerte.

—Sí, te entiendo —asegura él en un murmullo—. ¿Sabes? Tú eras lo más importante para ella. Hablaba de ti día y noche.

—¿Sí? —pregunto, sin aliento. Empiezo a aguantar ese tipo de referencias a mi mujer, pero todavía me dejan demasiado trastornada en los primeros momentos.

—Estaba muy ilusionada con lo del hijo —continúa su viejo camarada con total imprudencia, quizás convencido de que me gustará oír estas cosas—. No hacía otra cosa que preguntarle a Eloy por el embarazo de Irene y, después, por el parto. Decía que quería ir sabiéndolo todo para cuando a ella le tocase. Estaba motivadísima.

—Ella me había contado que os había pasado algo muy gracioso en un mercado con unas cabras los primeros días, ¿cómo fue exactamente? —salto echando mano de lo que recuerdo de una anécdota para ver si consigo detener su rememoración.

Él cae en la trampa sin problemas y se dedica a contarme la historia, por supuesto, con menos gracia que Martina y con muchísimos más detalles innecesarios que ella no empleó, como los dichosos motes por él inventados para los gerifaltes y que no vienen al caso en la anécdota, pero en esa explicación se alarga todo lo que yo necesito para poder llegar a su calle sin nuevos temas de conversación que a mí me puedan afectar.

—Qué bien. Muchas gracias —dice al parar frente a su portal—. Me ha encantado conocerte, Fanny.

—Lo mismo digo —aseguro, con no tanta sinceridad.

—Cuando quieras, quedamos y seguimos hablando —ofrece y no puedo evitar el pensamiento malicioso de que a Irene le ha salido una competidora inesperada, aunque seguramente este chico tiene muy claras las nulas posibilidades conmigo si trató tanto con Martina como parece.

—Sí, cualquier día. Ya nos llamaremos.

—Como te digo, me llevaba genial con tu mujer, fue la mejor compañera que he tenido en el ejército, aunque de vez en cuando discutiésemos por chorradas, porque hay que reconocer que era de un cabezota a veces...

—Sí, es verdad —reconozco recordando alguno de sus empecinamientos inamovibles.

—... Pero la mejor, de verdad. Bueno, pues hasta la semana que viene, ¿eh? No nos faltes.

En mi cara se ha dibujado una sonrisa melancólica bastante indeleble que dura todo el trayecto hasta casa, el descenso hasta la plaza de garaje y la subida en un ascensor que hoy parece traqueteante. Por el contrario, el espejo del baño de mi piso solo refleja una vez más la cara pálida y ojerosa común a estas horas del día.

La idea de que Martina estuviese tan comprometida con su maternidad me ha dado una alegría especial, aunque nunca había dudado de su compromiso. Empapo un disco de algodón con leche desmaquilladora y empiezo a pasármelo desganadamente por los párpados para sacarme la sombra de ojos que he llevado durante este día. Es un producto que se adhiere mucho y que necesita por tanto unas pasadas más firmes, así que no sé si la sombra que me parece ver en el pasillo es una simple variedad de chiribitas o su causa es otra, desconocida y aterradora.

—¿Hola? —llamo estúpidamente. Por supuesto, recibo la simple respuesta del completo silencio de las habitaciones solo perturbado por los rumores provenientes de otros pisos y de la calle.

Con una inmensa fuerza de voluntad que no me reconozco, finalizo con todo el proceso de limpieza sin perder de vista mi reflejo y el del resto de las cosas en su perímetro, aunque vuelvo a tener una sensación similar a una leve corriente a mis espaldas mientras me inclino a beber directamente del grifo de la cocina el agua para empujar las pastillas, a lo que reacciono con otra rápida revisión de las distintas estancias con los mismos inútiles resultados.

En el dormitorio, me pongo con una precaución paranoica el pijama y me meto en la cama con similar prevención, como si en las ropas hubiese algún tipo de trampa mortal, pero estoy demasiado cansada y drogada para experimentar nuevos episodios de terror.

—Buenas noches, cariño —mascullo con la lengua ya espesa de la medicación—. Hoy conocí a ese Quique del que solías hablarme. Parece buen chaval. ¿Sabes? Creo que hasta ha intentado ligar conmigo —susurro con picardía, recordando los viejos y felicísimos tiempos en que utilizaba esa clase de comentarios para activar el deseo de Martina, en una táctica que no por usada dejaba de ser efectiva: unas cuantas apostillas sugerentes sobre seducciones y posibles promesas eróticas al tiempo que me acercaba a ella con mis movimientos más provocativos.

Por supuesto, mi amor entraba en el juego sin dilación y me sometía a un férreo y dulce interrogatorio donde mi silencio a sus preguntas sobre la comparación de atractivos entre ella y la persona mencionada era penosamente castigado con la abrupta interrupción de sus besos y caricias. En aquellos momentos, se esmeraba como nunca en hacerme adicta a ellas, y yo literalmente me deshacía en deseo, frente a aquel dulce diseño de sus manos sobre mi cuerpo, similar al que mi embotamiento ahora me permite percibir por debajo de la chaquetilla y que me hace valorar dolorosamente todos estos meses de vacío.

—Martina, mi amor —suspiro ante la amorosa compresión de mis senos y el cosquilleo de mis pezones y como puedo introduzco la mano en el pantalón para completar ese torbellino en que vuelve a estar instalada mi cuerpo pese al atontamiento de la medicación.

Me aferro a la sábana con la otra mano de tal forma que temo desgarrarla mientras sigo frotándome salvajemente como si con ello pudiera recuperar todos los orgasmos que su falta me ha arrebatado. Estoy muy seca y, al principio, me lastimo, aunque no por ello paro. Solo cuando creo percibir un tacto de seda en mi cuello, al estilo de los pequeños besos con que recorría su arco, soy una vez más el manantial en que me convertía en nuestros encuentros y ya con esa ayuda todo se acelera hasta ese estallido en el centro de mi ser.

—Martina, mi amor —repito desencajada, para recordar por fin que estoy infinitamente sola.

Entre mis jadeos se cuela entonces la evidencia de que he sentido caricias, y no las que yo me podría haber hecho a mí misma pues, es evidente, me faltan manos: una sigue apretujando la sábana mientras la otra continúa entre mis muslos, pero estoy demasiado baldada para hacer otra cosa que recuperar mi ritmo cardíaco normal. Sin embargo, el *cloc* que resuena en la cocina sí que me activa y, con una agilidad impensable, me hace ir hasta allí para comprobar la causa.

Aparentemente, no hay nada raro, ni a la altura de los electrodomésticos ni por la mesa y las sillas, salvo el desorden que se ha hecho permanente en esta parte de la casa, con ese montón de sobres sin abrir y bolsas sin doblar sobre la encimera. No noto nada anormal, salvo el ligero temblor que me agita, y que no sé si justificar como consecuencia inmediata de la combinación de los medicamentos, la masturbación y el frío de la casa, o con el puro y simple temor que ya se ha hecho fiel compañero. Desconozco por completo lo que estoy buscando, pero es algo importante.

La pared me da la primera pista en forma de ausencia, y solo tengo que hacer una resta básica para saber lo que falta. En esos ganchitos que a mí no me gustan nada, solo cuelga una llave, por la forma y el tamaño, la del cuarto de contadores. Teniendo en cuenta que esta misma noche otra de mayor tamaño la acompañaba, está claro que falta la de la bodega, un habitáculo adyacente a mi plaza de garaje y en el que no he entrado ni una sola vez en todo este tiempo. Mi búsqueda con manos trémulas entre papeles y bolas de plástico me permite descubrirla en pocos segundos. Prefiero, por supuesto, seguir sin valorar que el orificio por donde estaba enganchada al clavo es muy estrecho y que parece imposible que haya resbalado de ese emplazamiento. Me visto y bajo al sótano segundo.

Efectivamente, nunca había llegado a entrar en eso que en el contrato se denomina *bodega* y que no deja de ser un hueco asfixiante de escasa capacidad para trastos viejos. En él se guardaron las cosas de Martina devueltas desde Afganistán y que yo no quise ni ver, demasiado hundida todavía en mi depresión. Fue el bueno de Cristian el que se encargó de recogerlas y traerlas. Sé que ahí estaban cosas tan personales como el anillo de boda, parte de su documentación o fotos, pero yo ni me atreví a comprobarlas. Era demasiado para mí. Hoy, en cambio, voy a enfrentarme a esos objetos con resolución, aunque un solo vistazo a ese petate abandonado en una esquina dispara de nuevo mis pulsaciones en un sprint desesperado.

Siempre odié esa bolsa, por mucho que Martina le tuviera el aprecio de las cosas prácticas, pero para mí era sinónimo de marcha. Imagino su apertura como la boca de una bestia sedienta de sangre aguardando por mi carne y apenas me atrevo a sacar lo que está por la superficie hasta que por fin comprendo que la resolución y el temor no casan bien, por lo que emprendo esa tarea con una mayor prontitud.

Se nota que no fue Martina quien guardó sus pertenencias. La persona que lo hizo, aunque bastante ordenada, no tenía la meticulosidad de mi mujer. Siempre me admiró su grandísima habilidad para doblar toda la ropa de forma que cupiese en el espacio más estrecho sin que ganase una sola arruga. En cambio, este que se ha ocupado del petate ha puesto las camisetas de tal forma que han quedado deslucidas con unas dobleces en diagonal que exigirían un profundo planchado a vapor.

En el neceser no parece faltar nada, al igual que en lo referente a sus demás posesiones como el mp3 o su móvil.

También está parte del expediente militar y otros papeles que llevó, o que incluso imprimió allí, como los catálogos de muebles sacados por internet, que me había comentado en una de nuestras últimas charlas, ejemplo de buen gusto y estilo pero ya completamente inútiles, o incluso la agenda de bolsillo de la empresa de Emilio donde llevaba apuntados los teléfonos y direcciones, así como otra información útil relativa a gestiones con la Embajada y similares, práctica a la que yo la había acostumbrado desde mis habilidades de gestora eficaz. Precisamente al hojearla cae un papel doblado que al recuperar su forma original se revela como una foto impresa en un folio. Folio e impresora de mi trabajo, en concreto, y el consecuente enésimo desvanecimiento tiene que ser aguantado en medio de ese recuerdo inesperado y para el que una vez más necesitaré medicación adicional si mañana quiero ensayar esa comedia de levantarme e ir a trabajar con el mejor aspecto posible.

Martina era muy terca y, si algo le gustaba mucho, no había forma de quitárselo de la cabeza. Como esta foto. Le encantaba, y al final la conservó pese a todos mis ruegos de que la destruyese. Ahora esa imagen de las dos, desnudas en la cama dándonos un beso, me recuerda una vez más lo perdido y también despierta un enfado que tendría que haberse dado hace más de siete meses y que ahora resulta inútil y patético.

Martina había hecho esa foto con el móvil y después había usado el ordenador y la impresora de mi propio despacho una de las escasísimas tardes en que me había ido a buscar a última hora. Por supuesto, yo le había pedido de todas las maneras posibles que la rompiese, pues temía los posibles comentarios caso de caer en manos ajenas a las nuestras. Ella había protestado apasionadamente, convencida de que era la foto que mejor reflejaba lo que sentíamos, hasta que al final había parecido aceptar mi postura, aunque al cabo del tiempo se haya demostrado que hizo lo que le dio la gana y que al final no la tiró.

Al margen de la vergüenza que me provoca la sola idea de que haya podido ser vista como mínimo por la persona que recogió sus cosas, probablemente, un tío que ahora tiene seguras protagonistas de sus sueños húmedos, reconozco que tenía bastante razón. Si alguien necesitase el ejemplo más preciso de una entrega total recíproca podría usar nuestra imagen en la cama del antiguo apartamento, desnudas y a medio tapar por el viejo juego de sábanas de algodón con dibujos de nubecitas. Ambas de lado, frente a frente, tras hacer el amor y rematando ese encuentro con nuestros labios acoplados en esa entrega definitiva que Martina consiguió fotografiar y donde se ven todos y cada uno de nuestros sentidos entregados a ese beso. Aprieto la imagen contra el pecho y con ella regreso a mi piso.

15.

Creo que debería haber echado más chorizo a las lentejas, pero ahora ya no hay nada que hacer. Al fin y al cabo, es mi primera comida de cuchara en bastante tiempo, así que es normal tal olvido. Mi estómago me la agradecerá tras tantos meses de grasas saturadas y conservantes autorizados y quizás fue esa alarma biológica concreta la que hoy me hizo despertar un par de horas antes y me animó a dejar medio preparado ese plato que no creí volver a cocinar nunca en la vida, aunque en un arranque optimista en mi última visita al hipermercado me había animado a comprar los diferentes ingredientes.

El hecho de preparar de nuevo una comida, como diría mi madre, "como Dios manda", me hace salir de casa con una sensación parecida al optimismo. Lástima que mi posible asomo de sonrisa quede congelado al bajar en el ascensor con el energúmeno del B. Una mala bestia como esta creo que desanimaría al campeón de los optimistas. Su saludo es: "¿a ti te funciona la puta mierda de la vitrocerámica?"

—Sí —contesto, aún con los vapores de las lentejas en mi nariz.

—*Mecagontó* —concluye él—. Ayer nos quemó el biberón de la niña, y hoy yo no he podido hacer el puto café porque apenas calentaba.

—Qué mal —mascullo desde una hipócrita solidaridad. Realmente, me da completamente igual la temperatura de los alimentos de este imbécil.

—Esto es una mierda. Te juro que me van a oír —advierte, como si a mí me pudiesen importar esas bravatas.

Sale en la planta del portal, protestando por el café que tendrá que tomarse en el bar antes de ir al trabajo y yo puedo respirar aliviada las otras dos que aún desciendo hasta mi plaza de garaje.

Como siempre, llego a mi despacho en los parámetros de la puntualidad y, para mi sorpresa, me encuentro a Jacinto realmente afanado. Su aspecto en los últimos días ha mejorado considerablemente y con frecuencia muestra una agradable sonrisa que había racaneado todos estos años.

—Buenos días, Fanny —saluda desde esa sonrisa resplandeciente—. Voy a la fotocopiadora, ¿necesitas algo?

—No, gracias —contesto, mudando mi sorpresa a la suspicacia.

Jacinto es enemigo declarado de esa máquina de ultimísima generación con la que tiene continuos problemas desde el mismo instante en que se acerca con sus papeles, y siempre ha practicado la estratagema de esperar por el pringado o pringada de turno que vaya a hacer copias para colarle las suyas, así que su ofrecimiento suena de lo más raro.

La anomalía se extiende a su pequeña expedición al aparato al son de una tonadilla que silba alegremente y que continúa silbando a su regreso al cabo de un par de minutos. Reconozco que la curiosidad me corroe.

—Qué contento estás hoy —apunto con bastante malicia y él se ruboriza ligeramente.

—Mujer, tampoco es para tanto —masculla mientras ordena los papeles.

—Cómo que no, si tú a estas horas siempre estás que muerdes. Cuéntame qué te pasa, anda.

—Bueno… —se rinde—. Me ha surgido la oportunidad de un viaje.

—¿Un viaje? ¿Adónde?

—Quería hablarlo contigo —continúa, un poco azorado—. ¿Tienes mucho problema en que me coja la semana
que viene de vacaciones?

—Claro que no, cógelas —acepto, cada vez más
divertida.

—Muchísimas gracias —respira aliviado—. Es que nos
ha surgido una de esas ofertas de última hora para un viaje
a Canarias y dentro de un rato tengo que hablar con Puri
para pedírselas. La muy bruja es capaz de ponerme pegas
con que hay mucho que hacer y todo eso.

—Tranquilo, si me pregunta le diré que todo está bajo
control —apoyo, asombrada de que piense en idénticos
términos que yo sobre nuestra compañera de Laboral,
pues siempre había parecido mostrar una mayor simpatía
hacia ella—. ¿Y con quién te vas de viaje, si puede saberse?
—pregunto a quemarropa, sin poderme contener y él se
pone rojo como la grana.

—Bueno… —farfulla—. Merche es un hacha encon-
trando gangas en internet, y por unos pocos euros ha encontrado un paquete de hotel de cuatro estrellas y vuelo
directo y me ha pedido que la acompañe. —Voy a preguntar quién ese esa tal Merche pero no me hace falta,
pues la carpetilla que está sobre su mesa me proporcio-
na con presteza los datos completos: Mercedes Angélica
Villamón Gutiérrez, la propietaria del establecimiento del
Centro Comercial *hilo y agujas*.

—La de la mercería —exclamo sin poderme controlar
y mi compañero vuelve a enrojecer.

—Sí, esa —admite—. Hemos estado saliendo, y nos
apetece un viaje.

Acaba su frase con una sonrisa plena de ilusión que
yo reconozco de haber visto en este mismo edificio. En
concreto, hace dos años y pico, en el espejo del cuarto de
baño, mientras me daba unos retoques al peinado y maquillaje antes de salir para mi primera cita con Martina en la
tetería. Jacinto está en esa misma fase y yo experimento la

alegría inmensa y melancólica a la vez de comprobar que la vida sigue. Aunque ninguno de los dos hemos tenido nunca demostraciones mutuas de afecto, no puedo evitarlo y le doy dos sinceros besos y un abrazo que él, pasado el primer instante de sorpresa, acepta encantado.

—Gracias —susurra emocionado.

—Me alegro mucho por ti —digo de corazón—, te mereces lo mejor.

—Bueno, estamos empezando, pero la verdad es que tengo mucha ilusión —confiesa tímidamente—. No sé, a mi edad…

—La mejor, Jacinto, la mejor —animo—. Todo irá estupendamente, ya lo verás. Venga, vete a pedirle esos días a Puri.

Sale del despacho con una agilidad juvenil nunca vista, presto a iniciar esa aventura que ni en sus mejores sueños había imaginado. Por supuesto, me alegro inmensamente por él, aunque la nostalgia ponga ese poso incómodo con el recordatorio de mi particular historia. Centrarse en el trabajo, como siempre, es el remedio pobre pero eficaz y, por otro lado, si este particular Romeo quiere coger sus vacaciones con tranquilidad, debemos adelantar los asuntos pendientes lo máximo posible. Así, dos o tres horas de la mañana transcurren entre las columnas de cifras y la comprobación de facturas y demás documentación de nuestros clientes hasta que el repiqueteo de mi móvil y la inmediata comprobación del número vienen a poner sobre el tapete una vez más esa irrealidad de la que tanto intento huir.

—Dime, Débora —contesto con determinación.

—Hola —saluda ella—. ¿Te cojo en mal momento?

—No, dime.

—Mira, es sobre Ruth, de *Russell.*

—¿Has conseguido hablar con ella?

—Sí, bueno… Le he contado que tú querías que le explicases algunas cosas y ella ha accedido a reunirse contigo hoy a las ocho y media.

—¿Hoy? —salto, abrumada por esa inmediatez.

—Es que precisamente mañana sale de viaje y no vuelve hasta dentro de un par de meses. ¿Dónde le digo?

—¿Tenemos que quedar? ¿Ella y yo?

—Sí, claro. Dime algún sitio. O te doy su teléfono y tú…

—Acompáñanos, por favor —ruego—. No me apetece reunirme a solas con esa amiga tuya.

—No es mi amiga —salta Débora con demasiada precipitación, lo que me hace suponer que no tiene en gran estima a esa tal Ruth—. Bueno, si quieres, os acompaño —acepta—, aunque de poco serviré.

—Gracias, te lo agradezco muchísimo, de verdad. Es que me pone muy nerviosa este encuentro. Necesito ir con alguien conocido —confieso.

—No te preocupes, allí estaré. ¿Dónde le digo que quedamos, entonces?

—No sé, ¿qué tal en ese sitio al que me llevaste? —sugiero en un rapto de inspiración.

—Buena idea. Ella antes era una habitual de ese local, y yo estaré por esa calle con unas encuestas.

Tras concretar un poco más los requerimientos de la reunión, colgamos y yo no puedo dejar de observar los elementos de mi despacho, incluso al propio Jacinto, quien teclea concentrado en su ordenador, adornado por una agradable sonrisa con la que poquísimas veces me ha regalado, como si fuesen un simple decorado, ajeno por completo a mi vida real. Esta parece esperar a un reinicio en unas ocho horas y pico. Sé que la charla con esa tal Ruth va a ser completamente esclarecedora, aunque desconozca en qué sentido, y esa aclaración, de una u otra forma, me permitirá avanzar.

Regreso a casa para almorzar todavía instalada en esa irrealidad, suspensión de la que salgo por unos minutos con un elemento tan concreto como mi plato de lentejas del que doy cuenta sentada en el sofá frente al televisor pues no tengo ganas de soportar la eterna dejadez de la cocina.

El guiso no me ha quedado gran cosa, pero resulta sabroso frente a tantos y tantos platos prefabricados de los últimos meses. Lástima de no disponer de un vinito con que regarlas, así que me debo conformar con una buena jarra de agua del grifo de la que apenas bebo directamente, pues la dejadez sigue imponiendo la indisciplina de no poner un vaso para así evitar fregarlo posteriormente.

Centrada en la búsqueda de los escasísimos fragmentos del chorizo que han ido a parar a mi plato, apenas me fijo que hoy el noticiario abre con una nueva de mi propia ciudad, referida a la desarticulación de una banda de narcotraficantes o algo por el estilo. No estoy para concentrarme en sucesos tan relevantes que en otros tiempos habría atendido con todo mi interés y acabo cambiando de canal a otro donde están poniendo un programa de cotilleos que, aunque no me gusta, me parece más llevadero para esa inquietud que no me abandona.

El inmenso trabajo que me aplasta por la tarde me permite pasar las horas con rapidez y sin la oportunidad de volver una y otra vez a la cita pendiente como mi pulsión obsesiva iba a provocar. Por el contrario, Jacinto y yo nos vemos agobiados por una urgencia a causa de unas subvenciones mal justificadas de un par de clientes que nos obliga prácticamente a quedarnos tras la jornada laboral para mi inmenso horror, y que incluso podría provocar decenas y decenas de horas de trabajo posteriores para el gigantesco espanto de mi compañero, quien ve peligrar su viaje de la próxima semana, pues la Puri malvada ha aceptado esos días de permiso con la condición ineludible de dejar solucionados los asuntos importantes.

Nada como las emergencias para activar todas y cada una de nuestras respectivas habilidades laborales, así que, cuando dan las ocho y veinte, ambos podemos asegurar que hemos arreglado la mayor parte del estropicio y a las y veinticinco podemos estar saliendo de la oficina por ese día.

Para llegar a mi barrio suelo precisar de unos diez minutos, lo que me permitiría ponerme en la calle del pub a las ocho y treinta y cinco, un pequeño retraso aceptable. Con lo que no contaba es con el embotellamiento provocado por un pequeño roce entre dos coches en la esquina de la calle, lo que hace que tenga que esperar unos quince angustiosos minutos en un atasco que no se alivia hasta que llega un policía local e impone un poco de orden.

Entro al pub por fin a unas inaceptables nueve menos diez pasadas, temiendo que ya no haya nadie, hipótesis que parece confirmarse cuando en mi primera exploración por las mesas no distingo a Débora. "Mierdamierdamierda", susurro con una frustración insoportable, así que el "eh, aquí" me suena a música celestial.

Débora espera en una mesa cercana a la barra. Me da la impresión de que debe de estar bastante harta de esperar, pero me recibe con una franca sonrisa.

—Lo siento, lo siento muchísimo —digo yo como saludo—, tuve problemas en el trabajo y después el embotellamiento y…

—No te preocupes. Yo también llegué un poquito tarde —me tranquiliza, aunque mucho me temo que con una mentira piadosa.

—¿Y esa Ruth? —pregunto preocupada.

—¿Esa? Aún no se ha dignado a aparecer —contesta Débora con un punto de desprecio—. Nunca ha tenido la virtud de la puntualidad, la verdad.

Tengo verdaderas ganas de preguntarle cuál es su problema con esa chica de nombre monosilábico, pero no sé hasta qué punto es recomendable estando pendiente esa reunión a tres bandas y yo preciso de verdad su apoyo en la misma como el familiar rostro acogedor en que la he convertido. Voy a darle las gracias una vez más por su inmensa colaboración, pero creo que me haré repetitiva con eso.

—¿Qué tal te ha ido el día? —pregunto en su lugar.

—Horrible, no he parado hasta ahora —contesta con evidente cansancio—. Hasta he tenido que comer un bocadillo sobre la marcha para intentar pillar a hombres de 35 a 44 años en sus casas a la hora del almuerzo.

—Vaya.

—Estoy harta de hacer encuestas. Cada día lo llevo peor —confiesa—. No es justo, he estudiado muchísimo para ahora tener que estar preguntando la marca preferida de cigarrillos a tíos malencarados que te miran con desprecio.

Me temo que mi acompañante está en una de esas crisis que de vez en cuando asaltan incluso a las personas más templadas. Desde luego, tiene todo el derecho del mundo, así que me abstendré de hacerle comentarios consoladores que acaban enervando más y me limitaré a escucharle con atención todo cuanto me quiera contar, pero una musiquilla irlandesa muy bonita suena de repente a la altura de una de las sillas libres de la mesa.

—Ay, el móvil —exclama mientras busca por el fondo de la mochila que precisamente reposaba en esa silla. Me encanta el tono de llamada que usa en un aparato que finalmente resulta ser un armatoste de bastantes años. Al ver el número en pantalla, palidece significativamente—. Coño, parece de… —farfulla asustada—. Perdona, ¿te importa si contesto? Creo que es importante.

—En absoluto, adelante —animo y ella se pone al aparato rápidamente. Más detalles positivos sobre esta persona: unos perfectos modales, ya en desuso.

La llamada parece en verdad importante. Ella contesta con un tono muy serio "soy yo", pero, al escuchar el párrafo que le sueltan como explicación a su llamada le muda completamente el gesto a uno de sorpresa y su "¿de verdad?" parece para cerciorarse de una noticia que se antoja en la categoría de inverosímil. Al otro lado deben de estar desmenuzándole una muy buena noticia porque ahora una inmensa sonrisa ilumina la cara de Débora y sus "muchas gracias" con que se despide semejan ser una pobre respuesta ante lo que parece de las mejores nuevas que ha recibido nunca.

Cuelga y durante un par de extraños segundos queda en silencio mirando el móvil, como si ese aparato se hubiese transformado en un talismán inesperado, pero enseguida abandona ese mutismo para exclamar un "bien" elevando los brazos al techo que hace que el resto de los que están en el local la miren con curiosidad.

—¿Qué ha pasado? —pregunto yo, contagiándome de su alegría. Ella tamborilea la mesa riéndose y vuelve a elevar los brazos al aire entre "hurras" más propios de una celebración deportiva.

—Me han cogido. Los de la editorial me han cogido. No me lo puedo creer —exclama, con lágrimas de alegría.

Por mi parte, siento una inesperada e inmensa dicha por esa persona que se seca los ojos con las mangas torpemente, todavía incrédula de su inmensa fortuna. Parece que, por una vez en este mundo, se hace justicia con las personas buenas, y eso parece reconciliarme por segundos con el universo entero.

La cojo amistosamente por el hombro y ella responde dándome un estrecho abrazo que, aunque me sorprende en un primer instante, recibo con una naturalidad completamente imposible solo unos minutos antes. Me doy cuenta entonces de todos los meses que han pasado sin notar tan cerca ese calor y aroma de otra mujer, pero esa percepción se escamotea con mi satisfacción por ver cumplidos mis deseos hacia esta amiga incipiente.

—Felicidades —digo, en medio de ese abrazo y dándole un beso en la mejilla, pero mi acción queda interpretada en ese estallido de felicidad como un punto de arranque para otra similar in crescendo y antes de que me pueda dar cuenta tengo sus labios contra los míos en un beso tan tierno y entregado que de la primera a la última de mis neuronas se activan en su respuesta, pero el duelo sigue exigiendo formas y yo en la siguiente décima de segundo me separo de un tirón, como si esos contornos suaves y agradables me quemasen.

Ella me mira primero con sorpresa y después con pesar, aparcando lo que parecía su total felicidad.

—Perdona, no quería molestarte —se disculpa dolida.

—No pasa nada, de verdad —rebato con una brusquedad que hace sonar falsa mi aseveración.

—Creí que… Lo siento, no sé qué me ha podido pasar —insiste, con una mirada triste que parece transformar que lo inmediatamente vivido ha sido una simple ilusión.

Intento repetir mi mentira de que no ha sido nada, pero noto mi cabeza y todo mi ser en medio de una centrifugadora.

De repente, ella saluda con un gesto aún más serio a alguien que acaba de entrar al local.

En una primera impresión, esa Ruth tiene buena pinta, muy buena incluso, con esa ropa sport de calidad y un arreglo correcto con un punto de coqueto desaliño, muy apropiado para quien es estandarte de un grupo alternativo. No es guapa, pero su cara y, sobre todo sus ojos, resultan agradables, y su figura, sin tener nada reseñable, es armoniosa en su conjunto.

Se acerca con determinación hasta nuestra mesa y no puedo dejar de comprobar que Débora se tensa. Me saluda con una cordialidad correcta.

—Mira que hacía años que no hablábamos, ¿verdad? —dice dirigiéndose a la nueva empleada de la editorial con una gran sonrisa, pero Débora sigue manteniéndose en esa tensión incómoda.

—Sí, hace mucho —asiente sin ganas.

—Y Lucía, ¿cómo está? A ella sí que hace siglos que no la veo.

—Como siempre, hasta arriba de trabajo —contesta Débora con mayor desgana.

—Qué barbaridad, tu hermana va a acabar multimillonaria antes de cumplir los cuarenta —comenta divertida Ruth, ante mi sorpresa.

—¿Esa Lucía es tu hermana? —me cercioro con una mezcla de curiosidad y, justo es reconocerlo, cierto alivio.

—Sí, es mi hermana mayor. Es abogada —me contesta Débora.

Las tres quedamos en silencio, quizás en una búsqueda común del tono adecuado para esta reunión. Débora sigue manteniendo su rechazo mudo hacia Ruth con ocasionales miradas lánguidas hacia mí, mientras su objeto de rechazo muestra una sonrisa incómoda. Disimuladamente comprueba la hora en su moderno reloj de pulsera y decide dar un empujón a la todavía inexistente charla.

—Bueno… ¿Y?

—Fanny —contesto, recordando que aún no hemos sido presentadas debidamente.

—Me comentó Débora que querías hablar sobre la información que tiene la asociación sobre el atentado contra el BMR, ¿es así?

—Sí —confirmo sin aliento.

Hubiera preferido unos cuantos rodeos previos, pero esta debe de ser de esa gente que va al grano.

—Con lo de hoy tendremos que revisar el tema —dice, aunque desconozco a qué se refiere—, pero no sé hasta qué punto te compensa conocer nuestras conclusiones. Según me dijo Débora, tú estabas casada con la cabo primero Yeste.

—Así es —asiento—. Quiero entender de una vez lo que le pasó, aunque todos estos meses haya estado esquivándolo. Ella estaba en la zona más tranquila…

—… Y uno de los puntos clave del tráfico de opio, ¿lo sabías? —me corta con bastante descortesía—. Afganistán está en manos de los señores de la droga. ¿No crees que esos ejércitos que están por allí pacificándolo pueden saber algo?

—No sé qué tiene que ver eso con Martina —mascullo a la defensiva.

—Es cierto —me apoya Débora—. Como siempre, estás tirando de suposiciones y no le has dado ni una sola prueba.

—Y tú, también como siempre, tienes que poner en cuestión todas y cada una de las cosas que digo —rebate Ruth con rencor y ambas se miran con un resentimiento que nada tiene que ver conmigo—. Olvídate por una vez de la mala sangre que me tienes y valora las cosas con un poquito de objetividad, para variar.

—¿Ah, sí? ¿Y se puede saber dónde está el dato objetivo que tú dices? —vuelve a la carga Débora con una animadversión inimaginable.

—¿Te parece poco que la propia ONU señale ese incremento del contrabando de opio? —contraataca Ruth con similar agresividad.

—Esto… Ruth, perdona —intervengo yo, más como árbitro en esa pelea sin puñetazos que por mi clarísimo interés en el asunto—. No sé qué puede tener que ver con mi mujer y el atentado a su blindado exactamente, por muy cierto que sea ese dato —apunto casi en un susurro y es esa modestia en mi refutación lo que parece poner en su sitio a la contertulia de la radio.

—Perdona, Fanny. Sé que esto que te puede lastimar, pero debo decírtelo si de verdad quieres saber lo que pasó.

—Quiero saberlo, claro que sí —insisto temblorosa.

—Que sepas de antemano que no acuso de nada a tu mujer, como mucho, de estar en el lugar equivocado en el momento menos oportuno —continúa Ruth desde su incomodo—, pero, por la información recabada y contrastada, sospechamos que ese BMR fue atacado por alguno de esos señores de la droga en un ajuste de cuentas o algo así.

Enmudezco, incapaz de asimilar una información tan tremenda y disparatada a la vez. Es Débora quien protesta desde la incredulidad que tales datos merecen:

—¿De qué coño estás hablando?

—Joder, Débora, estoy hablando de lo que estoy hablando. Ese blindado se había desviado de su ruta.

—Pero eso no tiene nada de particular —intervengo yo, todavía aturdida—. Estaban de regreso por una calle segura. Aunque no era lo reglamentario, podía hacerse, ni siquiera el Ministerio lo señala como un dato tan relevante.

—Sí, de acuerdo —acepta Ruth—, pero no es exactamente así, el blindado se estaba deteniendo ante una casa, por eso impactó tan de lleno el proyectil, proyectil que, además, no se corresponde con la munición empleada por los talibanes, ni con su modus operandi.

—Explícate —exige Débora por mí. Ruth vuelve a lanzarle otra mirada llena de antipatía antes de continuar.

—Débora, por Dios, piensa un poco. Tenemos bastantes testimonios de ONG que operan en la zona quejándose de la implicación de tropas en el contrabando de opio, bien por hacer la vista gorda o bien, como me temo que es el caso, por colaborar en el transporte.

—Transporte de droga... —tartamudeo asombrada—, ¿crees de verdad que ese BMR iba a recoger un cargamento de opio?

—¿Y por qué no? Y con esto no quiero decir que tu mujer hubiese tenido que ver. Probablemente, se vio en medio de esa ruta sin saber a cuento de qué —suaviza su tesis—, pero lo cierto es que así los datos encajarían bastante.

—Siguen siendo demasiadas suposiciones —rebate Débora—. Me parece demasiado exagerado pensar que una misión de paz de nuestro país, y no es que yo tenga especial confianza en ese tipo de cosas, se dedique realmente al tráfico de opio. No me cuadra de ninguna manera.

—¿Ves? En estos momentos sí que puedo darte la razón tras la noticia de hoy —acepta—. Seguramente, alguien se quiso pasar de listo.

—¿De qué noticia hablas? —preguntamos casi simultáneamente Débora y yo.

—¿No habéis visto los noticiarios de hoy? Se ha descubierto una red de tráfico de drogas que traían opio sin transformar a Europa. Hay un militar detenido que, según parece, estuvo en misiones de paz en el extranjero. Sus siglas son B. B. Q., pero no se ha encontrado de momento más relación con el ejército que esa.

Ahora sí que objetos, seres y, en general, partículas del universo entero parecen haberse desdibujado en mi alrededor inmediato con esas simples iniciales. Me da la impresión de observarme a mí misma levantándome de la silla como un autómata y mascullando unas palabras de agradecimiento y despedida a esas dos mujeres que me acompañan.

Igualmente, esa visión lejana de mi propia persona que parezco gozar me ve a mí misma saliendo torpemente del local, apenas esquivando a las personas y mobiliario con que se cruza y, una vez en la calle, buscando desorientada mi coche.

—Fanny, espera —oigo a mis espaldas.

Débora ha venido a buscarme a la carrera, pero mi mente sigue todavía demasiado bloqueada para tomar en consideración ese esfuerzo.

—Tengo que ir a hablar con alguien —explico con una voz metálica.

—¿Estás bien? —pregunta—. ¿Cómo te vas a ir en este estado? —insiste.

Hay tanta preocupación en su mirada que en un movimiento ajeno a toda valoración la abrazo como si le aplicase un ungüento curalotodo para su desconsuelo.

Ella deja traducir entre sus brazos un sentimiento tan definitivo que me provoca vértigo.

—No le hagas caso a esa idiota —suplica, estrechándome más—. Va de revolucionaria, pero bien que dejó en la estacada a sus amigos con el puesto de la Universidad. Ella y sus peloteos al decano… No merece el menor crédito.

O sea que ése es el motivo de esa mutua antipatía, el puro y simple arribismo y el rencor subsiguiente de los arrinconados. Pese a todo mi descalabro anímico, casi me siento decepcionada ante una motivación tan vulgar. Deshago el abrazo con la mayor delicadeza que permiten mis movimientos todavía torpes ante la decepción de Débora.

—Tengo que marchar, necesito hablar con una persona.

—Por favor, Fanny…

—¿No lo entiendes? Tengo que enterarme de todo por Martina, se lo debo. Ella era…, es todo para mí —me corrijo.

—Sí —admite Débora derrotada—, deberé conformarme con eso.

—Débora… —susurro yo, asombrada de la importantísima revelación que encierran tan pocas palabras.

—Creo que tú y yo… —intenta confesar, pero su habla es asombrosamente torpe en una persona de su preparación y cultura—. Desde la primera vez que te vi… Incluso fui a tu viejo apartamento cuando me enteré del atentado, pero no había nadie. Quería ayudarte, yo…

—Me había ido a casa de mi madre —digo con una tranquilidad que no sé de dónde puede salir y le acaricio la mejilla como miserable premio a sus desvelos—. Ahora, debo marchar.

Me alejo de allí lentamente y la oigo llamarme de nuevo. Me giro con similar lentitud para atenderla. Está llorando, pero su mirada parece indicar más bien una férrea determinación.

—Tienes mi número. Sabes dónde estoy —me recuerda antes de marcharse con la misma parsimonia de la que solo unos segundos antes yo hacía gala.

Debería haberle dicho algo, pero, en su lugar, me meto en mi coche.

En pleno pilotaje a velocidades elevadas, chirriar de ruedas en las curvas inclusive, y sin la menor preocupación por multas, puntos perdidos de carnet o guardias urbanos estrictos, busco un número en el móvil y llamo.

—¿Sí? —contesta al cabo de un buen rato una voz masculina que parece obnubilada por un despertar brusco, pero es un detalle que en estos momentos me da absolutamente igual.

—¿Quique? Tengo que hablar contigo ahora mismo, ¿puedes bajar? Estaré en tu calle en cinco minutos. Es muy importante —advierto.

—Joder, yo… ¿dónde quedamos? —pregunta. Intento recordar alguna cafetería de esa zona, pero me doy cuenta de que no tengo el menor interés en verme rodeada de gente.

—En esos bancos frente a tu edificio —decido, concluyendo que a estas horas estarán vacíos—. Llegaré enseguida.

Efectivamente, antes de que me haya dado cuenta y fruto de esa mayor presión del acelerador, me encuentro en menos de dos minutos en el punto indicado. Dejo el coche sobre la acera con unas inapropiadas luces de emergencia y me siento a esperar.

Al cabo de otro par de minutos, llega el antiguo colega de mi mujer colocándose la ropa, lo que sí me permite concluir que ya estaba acostado pese a la temprana hora de la noche que todavía es.

—Fanny, ¿qué pasa? ¿Qué es eso tan importante? —pregunta.

Me descubro mirándole con el odio destinado a los traidores, pero mi voz suena con lo que se podría clasificar como tranquilidad.

—Han detenido al sargento Barbacoa, ¿lo sabías?

—¿Qué? —pregunta asombrado, aunque en sus ojos consigo detectar un claro temor.

—Joder, fuiste tú quien le dio el nombre, me lo había contado Martina, uno de esos motes que solías inventar: sargento Bernardo Barcenas Queiroz. Iniciales: BBQ, como la abreviatura de barbacoa en inglés, así que Sargento Barbacoa, sobre todo por su glotonería con los platos de carne. Habías estado muy ocurrente. Pues lo han detenido por narcotráfico. Parece ser que salió en todas las noticias.

—Ese cabrón... —masculla.

—¿Qué hizo ese desgraciado para que atacasen así al BMR?

—No sé, yo...

—Por Dios, Quique. Sabes algo que no has dicho en todo este tiempo, pero yo necesito que me lo cuentes. ¿Qué hacía el BMR para que lo atacasen así? ¿En qué lío los había metido ese sargento?

—Yo... —solloza el soldado como un niño pequeño—. Todo el mundo sabía que ese cabrón no era trigo limpio.

—¿Qué hizo?

—Te juro por Dios que no lo sé, pero ahora, con lo que me dices... —Vuelve a sollozar, pero seguramente si intento consolarlo retrasaré más su respuesta, así que prefiero esperar a que termine con sus gimoteos—. El decía que Afganistán podía ser una tierra de oportunidades si nos movíamos bien, pero procurábamos no hacerle caso, más que nada porque preferíamos creer que estaba fanfarroneando, aunque algunos como Borja o Eloy parecían prestarle más oídos, pero te juro que Martina lo miraba con asco y con ella se cortaba —puntualiza—. El caso es que, un par de días antes del ataque, algo raro le debió proponer al conductor de mi blindado, un peruano que ya

regresó a su país. Estaban los dos discutiendo muy aca-
lorados, y llegué a oírles hablar de un transporte, pero se
callaron al verme.

—Joder, Quique, ¿y por qué no contaste eso en su momento? —increpo sin poderme contener.

—¿Y qué iba a contar, eh? ¿Que un sargento chusquero
discutía con un soldado?

—Joder, Quique… —protesto débilmente.

—Me extrañó muchísimo que Borja cogiese ese desvío,
porque aún el día anterior nos habían prevenido contra
esas cosas y fue cuando…

—¿Tú sabías que por allí hay señores de la droga? ¿Por
qué no lo contaste? —acoso sin piedad y él está a punto
de derrumbarse.

—Esas cosas no se cuentan, hostia, ¿para qué asustar
más a los familiares? Cuando, antes de salir de patrulla,
vi al capullo de Borja con aquella sonrisita, cuchicheando
con Eloy, lo imaginé, y luego, tras el ataque con morteros,
me quedo más claro. En esa zona los talibanes se limitan a
minar los caminos, y todo ese perímetro se había limpiado,
así que…

No sé si este imbécil se está dando cuenta del verdadero
calado de lo que me está contando, ni de lo que de verdad
supone todo lo que ha estado haciendo en estos últimos
meses.

—Entonces, tu participación en la asociación y todo
eso… —apunto escandalizada—. Has estado mintiendo
a esos desgraciados, dejándoles creer algo completamente
distinto a lo que tú sabías.

—No, yo…

—¿Cómo que no? Sabías que no habían sido los talibanes y nunca se lo has dicho. ¿Eso no es mentir?

—Yo… La cosa se me fue de las manos —exclama de-
rrotado—. Irene había contactado conmigo para invitarme
a las reuniones y, como estaba ella, me fui quedando y…
—estalla en un nuevo sollozo—. No puedo confesarlo,

piensa en ella, ¿y si esos gilipollas de Eloy y Borja estaban de verdad haciendo ese transporte que les dijo el sargento Bárcenas? Hasta podrían quitarle la pensión, ¿cómo quieres que cuente algo así?

—Martina murió por un delito de drogas —resumo yo aterrada.

—Fue por culpa de esos cabrones —asegura Quique convencido—. Su única meta era regresar a tu lado y vivir juntas con vuestro hijo en ese piso, te lo juro. No pensaba en otra cosa. Seguramente, Borja y Eloy se inventaron alguna excusa para regresar por ese desvío y parar en aquella casa para recoger un cargamento, pero allí el opio es una especie de monopolio en manos de unos pocos, y no querrían permitir eso. Seguramente fue lo que pasó.

Asiento sin fuerzas. Mi viudedad y posteriores meses de absoluta desorientación son simplemente debidos a los trapicheos de un sargento corrupto y a los silencios cobardes de un soldado enamorado de la mujer de su compañero fallecido. Resulta hasta ridículo y seguramente me reiría si no estuviese ahogada por la más profunda frustración.

—Ella quería volver a mi lado —susurro como pobrísimo consuelo ante esa evidencia.

—Desde luego —afirma Quique, aliviado de poderme consolar con ese detalle concreto—. Estaba deseando inaugurar ese piso, no hacía más que hablarnos de él. No paraba: cómo podríais amueblarlo, su decoración…

El razonamiento que ese recuerdo me provoca me deja paralizada. Es demasiado terrible, pero, a la vez, más evidente que el contorno de cualquier objeto cercano: Martina no quería que encontrase la foto de nuestro beso. No me dirigió al trastero por ella.

—Tengo que irme —digo como única despedida y subo al coche.

Una nueva carrera a velocidades impensables me coloca frente a mi edificio en también escasos minutos. Pese a mi estado de inquietud, atino a bajar la cuesta del garaje y a dejar el coche de en su plaza sin rozarlo ni una sola vez.

No llevo encima la llave de la bodega, pero la pésima calidad de todos los materiales de este edificio me ahorra subir hasta mi piso, ya que consigo abrir la puerta con una de las tarjetas que llevo en la cartera al segundo o tercer intento.

El macuto está en el centro del cuarto, cubierto por las ropas y objetos personales que de él extraje en mi búsqueda. No necesito revolver mucho para encontrar los papeles que el otro día estuve a punto de tirar y mi primera ojeada parece confirmar mis suposiciones. Desearía que en estos momentos el edificio completo cayese sobre mí.

Tras cerrar de cualquier manera, subo a mi piso, hipnotizada en el trayecto del ascensor por esa colección de sofás, aparadores y los malditos galanes de noche. Ni sé cómo soy capaz de abrir la puerta pues mis manos tiemblan violentamente.

Pese a ese estado de gran nerviosismo, no dejo de notar que, una vez enciendo la luz, todos los aparatos eléctricos se ponen a funcionar, como si un único y desconocido interruptor los hubiese conectado a la vez. No solo eso, funcionan sin posibilidad de apagarse, pues el mando a distancia de la televisión únicamente consigue un débil parpadeo de la imagen al presionar el botón "on/off"; el horno parece asar una correosa pieza a la máxima potencia pese a tener el disco en cero; la vitrocerámica reluce con sus cuatro quemadores al rojo vivo; el secador atruena en el cuarto de baño y así, cuanto mecanismo usa de la energía eléctrica toma la iniciativa en una situación que en otro momento me haría huir espantada en busca de ayuda.

Por el contrario, entiendo que no estoy más que ante los primeros titubeos de esa explicación a mí debida. Huele a plástico recalentado, pero ni un signo tan peligroso consigue hacerme cejar y sigo deambulando por las habitaciones a la espera.

Martina. Cómo pudiste. Desde nuestra primera charla en la tetería te clasifiqué como una mujer muy madura y decidida, inmune a cualquier canto de sirena que intentase colarte algo que no pudieras conseguir por tus propios y exclusivos medios. Fue uno de los rasgos de tu carácter que más me enamoró pues yo quería estar con mujeres de una pieza, no con chiquillas.

Pero, ahora, con la nueva luz que se arroja sobre tus acciones, descubro también el lado oscuro de tu ilusión. El puto piso. La idea de este espacio propio hizo flaquear ese principio tan importante. Por eso en tus últimas fotos dejabas entrever esa mirada de preocupación. Debió de ser muy duro silenciar la voz de tu conciencia, pero pudo más esa tentación de disfrutar por primera vez en tu vida de unos artículos de lujo como los que veías en la casa de Emilio. Seguro que esa imagen tan sugerente pudo con todo.

Aunque no ha sonado ni he descolgado el auricular, la pantalla del videoportero se ilumina y enmarca la conocida silueta. Martina me mira desde ese cuadrado con unos ojos cargados de tristeza, pero también y lo que para mí es muy importante, de bochorno. Esta aparición no me causa ningún miedo, por el contrario, experimento dentro de mi desazón la tranquilidad de certificar la identidad de la causante de todos esos sucesos inverosímiles.

Agito los folios ante ella.

—Habría dormido debajo de un puente con tal de seguir a tu lado. Yo no necesitaba unos muebles tan caros —aseguro y ella parece bajar la mirada—, y está claro que tú nunca habrías imprimido este catálogo si no pensases comprar algo de él, ¿verdad? Tú eras de las que ni miraban los escaparates de los artículos de lujo, nunca habrías sacado de Internet todo esto —concluyo agitando esas páginas de la mueblería más exclusiva de la ciudad con fecha del día anterior a su fallecimiento y ella asiente con la cabeza muy lentamente—. Por Dios, Martina, ¿cómo ibas

a justificar conmigo lo del opio? ¿Pensabas mentirme quizás? Una cosa así podría haber terminado con lo nuestro,
no te lo habría perdonado, y todo por esta puta mierda de
piso —salto airada y un fuerte estallido parece acompañar
mi reacción.

Asomo la cabeza por la cocina para descubrir que el
horno se ha fundido y que ahora arde. En breves segundos
le hacen compañía el resto de aparatos, pese a la inmediata
desconexión del automático. Estoy a oscuras, solo iluminada por los pequeños incendios de las sobrecargas y la
pequeña pantalla donde aún se muestra mi esposa muerta.
Pese a todo, yo no me muevo de donde estoy.

Martina me hace un gesto golpeándose lentamente
el pecho. Sé perfectamente que con ello quiere decirme
cuánto lo siente, y puedo creerla sin dificultad. Igualmente, y a pesar de la dolorosísima evidencia y mis palabras
de unos segundos antes, yo la perdono sin dudar porque
es la persona que más he querido, quiero y seguramente
querré en mi vida. Su maravillosa sonrisa tímida me indica
que se da por satisfecha de que haya acabado sabiéndolo
pues nunca soportó ocultarme nada y ni la muerte iba a
poder con esa evidencia. Estoy convencida de que ella se
arrepintió en el instante mismo en que aceptó ser cóm-
plice de esos desgraciados, pero los proyectiles vinieron
a interrumpir definitivamente su renuncia a un proyecto
tan poco ético. Fue quizás el mayor error de su existencia,
pero acabó pagándolo con su propia vida, así que todos
los reproches que ahora se le pudiesen hacer sobran.

—Ya se acaba todo, ¿verdad? —pregunto ante la ver-
tiginosa revelación que su sola mirada me ofrece, y ella
asiente—. ¿Qué voy a hacer ahora? —pregunto, más a mí
misma.

Su gesto con la mano parece ordenar tanto que me vaya
y me ponga fuera de peligro de esas llamas ya crecidas y en
verdad peligrosas como que siga con mi vida.

—Te quiero, Martina, te quiero muchísimo. No lo olvides —digo como despedida.

Ella me sonríe melancólicamente y asiente con la cabeza. La pantalla se apaga y comprendo que se ha marchado para siempre, aunque, en esta ocasión, experimento el alivio de saber que por fin se ha ido en paz.

Observo con incredulidad las llamas que me rodean y salgo con una tranquilidad inhumana del piso. Con esa misma tranquilidad voy golpeando todas las puertas para avisar del incendio, aunque me da la impresión de que los demás vecinos han sido más rápidos que yo y ya se han puesto a salvo.

Mientras bajo las escaleras arrimada a la pared, llego a distinguir el sonido de las sirenas de los bomberos acercándose. Mi piso va a quedar definitivamente inhabitable. Qué bien.

Travesía de la calle Principal, 3,
6.º izquierda
C. P.: 96002

16.

Al final, se ha cumplido uno de mis viejos sueños de adolescencia como era vivir en una buhardilla. Ocupo el apartamento más bonito de la ciudad con mobiliario de estreno: Ikea demostrando sus líneas sobrias y su función de proveedor apañado para los caseros que renuevan el interior de sus viviendas.

De nuevo, de inquilina, aunque, por primera vez en mis 36 años de vida, he tenido muchísima suerte con el sitio al que he ido a parar. Vivo en un edificio de la zona vieja completamente restaurado y los vecinos, por lo que parece, son gente educada y discreta que cumple el protocolo del saludo buenos días/tardes/noches, e incluso el estudiante del primero me ayudó a meter las bolsas en el ascensor un día que llegaba cargada del supermercado.

Retorno a la fórmula precisa: una habitación, cuarto de baño y salón-comedor con cocina americana bien equipada. Lo suficiente para mí en esta época de mi vida. Me gusta dormir en esa habitación escasa con el techo inclinado y su claraboya que muestra las fachadas de otros edificios del barrio, con los muebles justos y ese enorme armario empotrado. Me hace sobrellevar mejor la soledad y, por muy prosaico que suene, se hace más fácil de limpiar y, además, no necesita decoración.

Como era de prever, el piso de Ciudad Nueva quedó completamente inservible, así como el rellano de la planta y algunas habitaciones de otras viviendas. Fue la manera de desenmascarar definitivamente a los estafadores de la promotora y llevarles a juicio. Cabe la satisfacción de decir que les ha caído encima todo el peso de la ley. La sentencia ha dictado unas sanciones millonarias, pero es que su lista de desmanes era impresionante: materiales de ínfima calidad, instalaciones hechas por aficionados sin titulación ni experiencia, ahorro en elementos imprescindibles…

Se determinó que el incendio fue debido a una combinación fatal de todo eso más una ligera sobrecarga sin importancia en la red eléctrica y que se originó en mi piso en concreto de manera fortuita. Por fortuna, no hubo víctimas, ni siquiera heridos leves, salvo algún ocasional ataque de nervios y los lloros de los pequeños. Llegaron a creer que yo sería la única desaparecida pues habían golpeado reiteradamente mi puerta sin tener respuesta, aunque la verdad es que yo no recuerdo haber escuchado ni la primera de esas llamadas, así que cuando los vecinos congregados ante el portal me vieron aparecer saliendo tranquilamente entre el humo estallaron en vítores y aplausos como si yo fuese cualquier heroína deportiva.

Todo el mundo ha dado por buena la sentencia y, por supuesto, yo la primera. La verdad de lo acontecido es de esos secretos que me llevaré a la tumba, espero que dentro de bastantes décadas. Sacarla a la luz solo serviría para que me llevasen a un psiquiátrico o, viendo lo desquiciado que está el mundo, para convertirme en objetivo de toda esa cohorte de médiums, parapsicólogos y demás timadores de lo sobrenatural y, como es de suponer, yo no quiero ni una cosa ni la otra.

Martina, en definitiva, se vengó contra el objeto material causante de esa tentación tan desafortunada que le supuso morir a miles de kilómetros de mí. Es todo, pero no se puede plantear en el plazo de alegaciones.

Por mi parte, yo nunca ocuparé de nuevo ese piso, lo tengo clarísimo. Lo pondré en venta en cuanto el mercado inmobiliario mejore un poquito y, aprovechando que el seguro me cubre la reparación total de los daños causados por el fuego, lo tendré alquilado durante unos años.

Quién me iba a decir a mí que acabaría convirtiéndome en toda una señora casera. Por una de estas simpáticas casualidades que se dan en el mundo, lo arrendará Carla, la compañera de trabajo de Camila y fallida cita a ciegas. Esa Carla no habría resultado como pareja, pero sí que parece la inquilina modelo, cuidadosa y formal. Por aquello de los viejos tiempos, aunque solo sean el intervalo correspondiente a una copa rápidamente tomada en un bar, le reservaré el piso este par de meses mientras no llega su novia, por fin con plaza en la misma ciudad. Al final, el 4º A de Ciudad Nueva, 185B, portal 1 lo ocuparán una parejita de enamoradas como estaba previsto. Deseo de corazón que allí sean tan felices como Martina y yo esperábamos ser. Según me explicaba esta Carla, hay un montón de condiciones favorables: el puesto de trabajo de su pareja está a un par de manzanas de distancia, su utilitario entra perfectamente en la plaza de garaje, pese a todas las dificultades de maniobra inherentes y el mobiliario del que ya disponen se ajusta como anillo al dedo a las diferentes habitaciones.

Llevo un poco de retraso. Es el defecto que se me ha desarrollado al vivir en pleno centro y estar cerca de todas partes. Lo cierto es que mi paso no es tan veloz y que ahora llego a mis citas pasándome siempre unos cinco-siete minutos sobre la hora establecida, algo que yo justifico como una muestra más de mi elegancia chic y que aún no ha sido protestado en mi círculo. Acabo de arreglarme con ese arduo equilibrio informal-arreglada tan difícil de conseguir y aún me lleva un buen rato coger la aspidistra de manera que no le fastidie el celofán del envoltorio, ni que se enganche con la correa de mi bolso. Tal vez habría sido mejor buscar otro tipo de regalo, por lo menos, más fácil de transportar. En el ascensor las puertas están a punto de segar una de las hojas más verdes y tengo problemas para abrir la del portal sin que el dichoso tiesto se me caiga de las manos.

Calculo que a pie tardaré unos diez minutos. Ahora estoy hecha toda una peatona y apenas empleo el coche para mis desplazamientos, entre otras cosas, porque la plaza de garaje que he alquilado está en otra calle y me da más pereza ir hasta ella que acercarme a pie a mi lugar de destino. Me estoy planteando la posibilidad de ponerlo en venta, o pasárselo a mis sobrinos. Sería todo un ahorro para mí, pero, por otra parte, me frena un poco que mi hermano pueda torcer el gesto ante esa decisión sobre su cuasi regalo, así que primero tendré una conversación con él sobre el particular en nuestra próxima comida familiar, el domingo que viene.

Me temo que esta es de esas únicas ocasiones en que sería más conveniente moverse en automóvil. El maldito tiesto se hace muy pesado mientras intentas mantener la compostura por la calle. En uno de mis escarceos con el celofán y el bolso oigo una voz femenina saludarme con un atropellado "hasta luego" que no espera contestación y al alzar la vista distingo a Irene Galdón alejándose con un paso voluntariamente apurado.

Pobre chica, qué mal lo debe de estar pasando. Descubrir simultáneamente que tu marido era un delincuente y que ese hombre con el que empezabas a tener ilusiones románticas te ha estado ocultando la verdad no parece plato de gusto. Enrique por fin se decidió a contar lo que sospechaba, aportación que sirvió para aplicar en los interrogatorios y conseguir que el sargento Barbacoa confesase, aparte del delito por el que lo habían detenido en concreto, el movimiento de sustancias alucinógenas en el cuartel, lo que yo más o menos sabía: el conductor y los siete pasajeros del blindado estaba cumpliendo su encargo de recoger y transportar hasta la base unos fardos de opio que él había conseguido apalabrar en una ocasión anterior. Borja conduciría hasta allí y Eloy y uno o dos más introducirían la carga en el vehículo. Los demás, como Martina, se limitarían a vigilar y, sobre todo, a disimular. Fácil y rápido, según los espurios cálculos de Bárcenas.

Se trataba simplemente de parar en aquella casa a la vuelta, cuando las normas son menos estrictas, y coger el cargamento, una operación calculada para no más de un minuto. Era suficiente droga pura como para garantizar unos buenísimos ingresos y una cantidad lo bastante modesta tanto para traer de vuelta distribuido en varias bolsas y macutos como para no levantar sospechas ni entre el resto del destacamento, ni en esos señores de la droga que controlan el negocio. Pero, como bien dijo Quique, esos tipos no estaban dispuestos a soportar advenedizos y, una vez tuvieron noticia de ese plan, decidieron eliminarlos nada más se acercasen a su proveedor a quien, según parece, ya habían degollado un par de horas antes.

Hay que ver cómo la simple idea de un listillo puede traer consigo tantísimas desgracias. Cuando Defensa tuvo las primeras sospechas sobre lo acontecido, solo un par de horas después del ataque, comenzó una investigación en el más absoluto secreto, con el temor insoportable de redes ilegales de narcotráfico entre sus tropas y miles de cosas peores. Así, durante varios meses estuvieron indagando y consultando con la mayor discreción todas las fuentes, incluso siguiendo a familiares de los fallecidos, precisamente, los que más recelos pudieron levantar al tal teniente Morales o Morrales que nos visitó, de ahí las sospechas de la asociación sobre gente en sus talones. No querían hacerlo público de ninguna manera por el pavor a las posibles ramificaciones del asunto, pero, en definitiva, solo se trataba de la ocurrencia estúpida de un oficial corrupto y la elasticidad moral de soldados a su mando que aceptaron demasiado rápidamente la oferta y, desgraciadamente, en ese grupo quedó integrada mi esposa a última hora. Estos ni siquiera lo habían comentado con más gente, familia o amigos. Pensarían que era demasiado urgente para buscar más opiniones, sino el rechazo frontal.

La genialidad de Barbacoa ha traído la desgracia al menos a ocho familias, no solo por sus muertes, irreparables, sino también por la constatación terrible sobre las decisiones de los fallecidos.

Por supuesto, la asociación protestó de todas las formas posibles ante las conclusiones de la investigación y un par de miembros, en concreto, los interesados en mayores compensaciones económicas, amenazaron incluso con acciones legales, pero la verdad es demasiado contundente y ese grupo no hacía tanto combativo y unido acabó disolviéndose sin mayores protocolos, solo esa humillación pública que obliga a salir de foco cuanto antes y, paradójicamente, porque por fin han recibido cumplida respuesta a sus preguntas y su objetivo se ha conseguido.

Pobre Irene, me pregunto cuál sería su conversación con Quique. También me pregunto si Eloy le envió algún tipo de mensaje en esos meses posteriores como Martina a mí y si ella fue capaz de interpretarlo. La diferencia, en este caso, estaría en la paz con la que ahora podría enfrentarse a las cosas.

Prefiero no mirar el escaparate del comercio donde Jacinto y Merche han hecho la lista de bodas y que hoy queda en mi trayecto. Se está echando encima la fecha y aún no he ido a elegir el regalo. Imagino que el protocolo laboral recomendaría que me esmerase especialmente en esa elección de artículos ya propuestos, por cuanto comparto despacho con ese ilusionado novio, pero, para ser sincera, un evento como ese, al margen de que a la pareja le desee lo mejor, sigue resultándome completamente indiferente.

No he dejado de creer en el amor entre dos personas, sin más añadidos ni protocolos, y a veces tengo la duda descorazonadora de que, si Martina y yo no nos hubiésemos casado y hubiésemos seguido con nuestra vida de pareja joven, sin papeles de por medio ni propiedades, todo se habría resuelto de otra forma, pero esos son ocurrencias, afortunadamente, decrecientes y, en última instancia, sigo teniendo la eficaz ayuda farmacológica, cada vez menos necesaria.

En cualquier caso, no hay escapatoria, antes de una semana debo personarme en ese establecimiento tarjeta de crédito en ristre y elegir entre el conjunto de juegos de maletas, cuberterías y demás ajuar que estos maduros tortolitos han apuntado en el listado. Le pediré a Lidia que me acompañe. Desde que me he reintegrado a las actividades de mi pandilla habitual, es la que se muestra más entusiasta ante mis propuestas y adora ir de tiendas. Prefiero no tomar en consideración que también debo comprar traje y zapatos para el banquete, y quizás también acercarme por la peluquería para un arreglo especial. Ya cruzaré ese puente en su momento. Por ahora debo conformarme con la evidencia irrenunciable de que mi cuenta corriente va a sufrir dos o tres severos ataques, aunque, como dijo alguien, que todos los males sean esos.

Al fin, tras un par de vacilaciones por la calle, me sitúo frente al portal buscado. Pulso la tecla del piso en el portero automático y abren enseguida sin preguntar.

Mi ojo crítico de buscadora de alquileres evalúa positivamente ese vestíbulo al margen de un par de defectillos de fácil arreglo, pero no es tan generosa sin embargo con su falta de ascensor, insoportable para quien lleva carga como es mi caso, aunque se trate de un primero que en otros edificios sería más bien un entresuelo. Debe perdonarse pues es el primer alquiler individual que realiza esta persona y estas cosas se van aprendiendo con el tiempo. Se trata de que ella esté contenta y, desde luego, su voz desbordaba alegría al dar la noticia. Por fin ante la puerta, por cierto, hecha con lo que parece una excelente madera maciza, llamo al timbre con un corto toque y se abre enseguida, seguramente, porque ya estaba esperándome justo al otro lado.

Débora me recibe con una sonrisa radiante que la hace parecer hermosa como nunca.

—Hola —saluda. Yo le tiendo un tanto bruscamente el tiesto, más que nada porque lleva un rato resbalándome y temo que acabe roto en el suelo.

—Qué tal. Un regalito —digo al tiempo que ella lo pone de cualquier manera sobre un aparador cercano tras un rápido vistazo—. Son las mejores plantas para interiores —informo—. ¿Qué? ¿Me enseñas tu piso?

Ella me coge por las manos y tira de mí suavemente.

—Ya lo ves todo desde aquí mismo. Es un estudio —explica en un susurro acercándose mientras sus labios buscan los míos y me depositan en ellos un beso dulce como ya no creí que pudiera volver a saborear.

Desde luego, la visita promete.

Otros títulos de la editorial

¡Sí, mi capitana!
Diana Gutiérrez

El tren
Teresa P. Mira de Echeverría

Mientras surca los mares del Caribe, la joven Mary Read es capturada por un barco pirata. Su capitana es Anne Bonny: una fascinante y temible pelirroja de ojos verdes. Mary y los piratas emprenderán una búsqueda trepidante en la que la muchacha descubrirá la afición de su capitana a dar órdenes... que, para su sorpresa, ella está encantada de obedecer.

El sintagmarca Jules Gare dirige un grupo de exploradores que recorren unas interminables vías de tren. Aunque desconocen el término de su misión, confían en que en algún momento trabarán contacto con los nativos de ese planeta. *El tren* es una novela breve en la que la autora despliega su estilo personal para construir un hermoso mundo onírico y salvaje.

www.editorialcafeconleche.com

Índice

www.ingramcontent.com/pod-product-compliance
Lightning Source LLC
Chambersburg PA
CBHW031105260626
47172CB00001B/227